U0128617

老天津的
诗社与诗人

侯福志 董欣妍 著

中国文史出版社

图书在版编目（CIP）数据

老天津的诗社与诗人／侯福志，董欣妍著．－－北京：中国文史出
版社，2022.12

ISBN 978－7－5205－3907－4

Ⅰ.①老⋯ Ⅱ.①侯⋯ ②董⋯ Ⅲ.①诗词研究－天
津－民国 Ⅳ.①I207.2

中国版本图书馆 CIP 数据核字（2022）第 205071 号

责任编辑：金　硕

出版发行：中国文史出版社

社　　　址：北京市海淀区西八里庄路 69 号　　　邮编：100142

电　　　话：010－81136606/6602/6603/6642（发行部）

传　　　真：010－81136655

印　　　装：北京温林源印刷有限公司

经　　　销：全国新华书店

开　　　本：787mm×1092mm　1/16

印　　　张：20.5

字　　　数：330 千字

版　　　次：2023 年 3 月北京第 1 版

印　　　次：2023 年 3 月第 1 次印刷

定　　　价：72.00 元

　　侯福志、董欣妍合作撰写的《老天津的诗社与诗人》，是集知识性、趣味性为一体的诗词评论集和诗词发展史研究专著。系统地介绍了这座北方都会诗坛的发展脉络和历史风貌，还原了大量的历史细节。此书出版之际，深表祝贺！

2022 年 12 月 5 日

（作者系著名作家、中国作家协会名誉副主席、文化部原部长、"人民艺术家"）

序

　　学友侯福志、董欣妍著《老天津的诗社与诗人》将由中国文史出版社推出，无论是对于他们个人还是对于弘扬津沽文化，都是一件非常有意义的事，因此当他俩请我写篇序言介绍本书的时候，私情公谊，义不容辞。

　　在天津文化界，提起由、倪、侯（戏称"由泥猴"）无人不知，其中的侯就是侯福志，另两位分别是由国庆与倪斯霆。国庆的主要研究成果是天津民俗方面，斯霆对天津乃至整个北派武侠小说的研究较为深入。福志作为天津这座历史文化名城保护处的负责人，频年从事天津地方史研究，尤其对武清历史掌故如数家珍。新时期以来，我在报刊上经常读到他这方面的文字。福志为人低调，不事张扬，他那些很接地气的文字涉及诸方面，包括地质文化史、北方报刊史、通俗文学史及民风民俗等，目前已累计出版个人撰写的各类著作、专辑十六七种。对民国时期天津诗社与诗人的研究，也是他涉猎的领域。这方面的成果，很多具有创新性，被很多媒体转载和同行引用。作为天津作家协会会员的董欣妍女士，发表过大量有影响的文章。她供职于《中老年时报》，如今这份报纸早已走出津门，在全国产生了影响。在纸媒普遍受到冲击的时代，能获得读者的认可，当然是因为报社领导具有与时俱进的创新意识，但也凝结了包括编辑董欣妍在内的报社同仁的心血和共同努力。与她合作的过程中，我深感其敬业精神，她创意策划的"聚红厅谭红"与"大观园荟萃"两个专栏，前者是本人的红学文字，后者主要是《红楼梦》电视剧演员们谈表演艺术的体会，这种形式深受读者的欢迎。

　　根据不同情况，学术界将学术著作分成若干等级，一般是四类，即"新文献、新观点""新文献、旧观点""新观点、旧文献""旧观点、旧文献"，最后一类自然不会受到任何出版社的青睐。优秀的学术著作，或以文献丰富取胜，或以观点新颖见长，一部学术著作能经受岁月的考验而流传后世、嘉惠学林，总有其某方面的特色。《老天津的诗社与诗人》这部著作，包括"诗社团体""文献珍存""诗坛逸事""雅集之所"四个不同的板块。史料还原是思辨索原的前提，此书非常重视文献的搜集，还原的大量历史细节，都可以找到相应的文献佐证。侯福志数十年如一日的这方面收藏，功不可没。民国时期天津有很多诗社，如城南诗社、冷枫诗社、玉澜词社等。诗社之间还有交集，很多诗人有时会参加不同诗社的活动。诗社成员也不局限于津沽大地，不少成员来自外省市，如由津门乡贤严修等倡建的城南诗社，天津和来自全国各地的会员近200人。本书的"诗社团体"板块，专设"天津城南诗社成立始末"，对城南诗社的来龙去脉及在文化史上的地位进行了高度评价，这就突破了文献学的层面。文献固然是研究文艺、文化内容的前提，但如果滞留于此一层面，会钝化人的形象思维和感悟能力。因此在重视文献的大前提下，两位作者将文献与文艺、文化层面紧密结合，使得本书的研究视野，具有广阔的参照系和深层的制导因。《老天津的诗社与诗人》涉及诗词这一文体，作者的行文，始终未遮蔽文学的审美视线。研究方法与修行方法一样，方法不同会导致不同的结果。唐代神秀曾作《无相偈》："身是菩提树，心如明镜台。时时勤拂拭，莫使惹尘埃"，慧能又作《菩提偈》："菩提本无树，明镜亦非台。本来无一物，何处染尘埃"，前者讲究"渐悟"，后者讲究"顿悟"，修行方法迥异。文献、文艺、文化的不同内容，使得其各自研究路数也有区别，文献学重基础扎实，文艺学重感悟，文化学重多学科交融，但三者之间如果实现完美对接，就是一维导向多维、平面引入立体的研究，可以开阔读者的视野并获取多层学术信息。

作为地方文史学者，有得天独厚的条件去系统梳理、深入挖掘乡邦文化。地处九河下梢的天津历史不过600多年，但却形成了"雅文化""俗文化""洋文化"的丰富形态，《老天津的诗社与诗人》实际已不同程度涉及这三种文化形态，其中的诗词文化，就属于"雅文化"形态。人们常说"百年历史看天津"，其实就诗坛而言，天津的地位也非常重要。因此《老天津的诗社与诗人》的推出，不仅对于"百年历史看天津"提供了又一佐证，而且对于全国诗坛的研究，也都具有十分重要的意义，这正是本书最具学术价值的地方所在。我和广大读者一样，期盼这部学术著作早日问世。

赵建忠

壬寅冬雪于聚红厅

（作者系中国红楼梦学会副会长、天津市红楼梦研究会会长、天津师范大学博士生导师、著名文化学者）

自序

本书是一部诗词评论集及诗词史研究专著,其在内容上,分为诗社团体、文献珍存、诗坛逸事、雅集之所等四个部分,共收录论文和学术短文 112 篇,另附 110 张珍稀文献的书影、报影及人物照片。该书的很多研究结论,在诗词史研究史上都具有原创性和唯一性,这对于喜欢和关心天津民国诗坛乃至全国诗词发展史的读者来说,都将是一个非常有意思的看点。

笔者致力于天津诗社与诗人研究已有多年。除经常浏览各大图书馆报刊文献外,还收藏了不少与天津相关的诗词文献。利用这些资料,结合民国时期的老报刊研究,我们对民国时期的诗坛,诸如诗词团体、诗坛人物、诗人雅集及诗人的风格特点、诗人之间的交游活动等,有了系统的认识和整体的把握,通过认真梳理和研究,厘清了诗坛所发生的很多史实,并且还原了大量的历史细节。比如诗人之间随礼的规则、诗社活动经费的来源等。此外,诸如城南诗社之"城南"到底指的是哪里,学界一直有不同的说法,而基于史料的认真分析,得出了"城南"之南,乃为天津"南市"及"江南第一楼"之南,而并非指"八里台"之南，更扯不上"南开大学"之南。类似的问题，在本书中都可以找到相应的研究结论和佐证资料。

　　民国时期，天津的诗词社很多，其中最著名的是城南诗社、冷枫诗社、玉澜词社等，上述团体，既具有独立性，同时又有很多交集。很多诗词家，同时参加上述诗词社的活动，进而形成了以重量级诗人为核心的数个"朋友圈"相互影响、相互激励而又相互促进的繁荣景象。此外，由于天津本身所具有"避风港"的特殊作用，上述诗社团体的大多数成员多来自北京、河北，乃至浙江、江苏、安徽、福建及云贵川一带的外地，这种特殊的人员结构，使上述诗词社具有了全局性的影响力。尤其是城南诗社，其会员累计达到近200人的规模，其中有三分之二以上的会员都是天津之外的诗人，他们或是寓公，或是遗老遗少，或是学者、教育家，使这个诗社的辐射力早已超出天津本身。这种情况，在全国都是独一无二的。

　　人们常说百年历史看天津，其实，就民国时期的诗坛而言，天津的地位同样非常重要，甚至其繁荣程度，可与当时的北京、上海等城市比肩。因此，本书的研究结论，不仅对于天津市，甚至对于全国的诗词史研究都将具有积极的意义。

侯福志　董欣妍

2022 年 12 月 6 日

目录

诗社团体

文献珍存

诗坛逸事

雅集之所

诗社团体

天津城南诗社成立始末

天津的诗社，有着 300 多年的历史。先有张氏遂闲堂的南北宴集，后又有查氏水西庄的文人盛会。张氏客座中人如赵秋谷、吴天章等，俱称一代词宗。而水西庄的诗友，如厉樊榭、杭堇浦、朱导江等，又皆为康雍乾嘉时词坛巨擘。津沽文风之盛，足可媲美江南。

清道光、咸丰之际，可称为天津诗社的中兴时期，此一时期有梅树君先生主持的梅花诗社，社友多半是邑中士子。

民国之后，严范孙（严修）返里，他与赵元礼（幼梅）、李琴湘（金藻）、王仁安（守恂）、吴子通（寿贤）等人一起结城南诗社，人才之美，不让于查氏水西庄。

城南诗社成立于 1921 年初夏，是民国时期津门最具影响力的文学社团。迄今为止，有关城南诗社创立情况，仍存在一些错误说法。近日，笔者做了一些钩沉工作，基本上可以还原历史真相。

据吴子通发表在 1939 年 11 月 23 日《新天津画报》上的《天津城南诗社源流》一文载，城南诗社始创于民国十年辛酉孟夏（农历四月），由严修、王仁安、赵元礼、冯俊甫、李琴湘、严台孙、吴子通等 7 人所发起。

关于成立过程，吴氏在文章中作了记述。起初，在城南诗社成

1939 年 11 月 23 日《新天津画报》发表吴子通《天津城南诗社源流》一文

立之前，严修曾联合林墨青等津门耆老在 1921 年春天创办了"存社"，存社每月拟题征诗，并备有奖品。第一期征诗的题目为"水仙花"及"费宫人故里"，要求提交古、近体诗各一首为完卷。征诗工作结束后，吴子通的诗作位列榜首，这引起了严修的注意。当严修得知吴子通与其弟严台孙为北宁铁路局的同事之后，乃于 3 月 25 日在严修之蟫香馆（严修书斋）设宴款待。同时参加宴请的尚有冯俊甫、王仁安、赵元礼、李琴湘、刘竺生、赵生甫、林墨青、严台孙等。吴子通以诗致谢，在座者亦皆有和作。其中王仁安和诗中有"却恨相逢已太迟"之句，表达了诗友间相见恨晚的一种情绪。

一个星期之后的 4 月 1 日，赵元礼、王仁安、李琴湘、冯俊甫四公，又假蟫香馆宴请吴子通。吴子通当场又以诗致谢，但因一时疏忽，竟"而忘寄琴湘一人"，这种"忘寄"实属疏忽。但严修却笑对吴子通言："当罚。"吴子通则报以一笑，点头称是。

不久之后，吴子通践诺前言，在位于南市的"江南第一楼"回请诸公。继这三次雅集之后，诸友人亦轮流作东，"诗酒流连，几无虚日"。严修觉得"每人作东，颇觉靡费，不如改为公酿（即今言之 AA 制），仍于每星期一集，乃假江南第一楼为会址，此诗社取名'城南'之缘（原）因也"。

关于"城南"之得名，以前人们多以为该诗社经常在城南八里台一带雅集，故有"城南"一说。而吴子通作为当事人，确认"城南诗社"所言之"南"乃为"南市"及"江南第一楼"之"南"。南市虽亦在城南，但与八里台之"城南"并非一码事。这是目前为止，有关城南诗社得名最具权威的解释了。另据杨轶伦于 1943 年 8 月 23 日发表的《沽上吟坛鸟瞰》一文（载于《新天津画报》），"后以社员渐多，乃改在南市饭庄内雅集，故名曰'城南诗社'云"。杨轶伦的说法，也佐证了"城南"之南乃指南市之"南"而非八里台之"南"。

按照约定，城南诗社成立之初，每周雅集一次，后改为每半月一次，再后来改为一个月一次。每次雅集均设题征诗和诗钟，由参加者于下次雅集时交卷。待下次雅集时，所有诗作、诗钟均粘于墙壁，供大家交流传看。宴会结束后再由严台孙带回省立第一图书馆（严氏时任馆长），交由一位杨姓馆员用誊写版油印后分送同人。1925 年，由王仁安负责编辑的《城南诗社集》，经由严修出资赞助刊印。除每月例会之外，每逢春秋佳日，亦会有雅集，如蟫香馆赏梨花，择庐（李琴湘书斋）秋宴，每年佳节都有盛会。社友如陈宝琛、郑苏堪、王逸塘、杨昀谷，皆海内骚人且负重望者。其他如王纬斋、刘云孙、吴子通及东安高士马钟琇、马诗癯等。诗社"每周必聚饮，觞咏之盛，蔚为大观"。范公（指严修）谢世，赵元礼先生起而振之，陈诵洛大令，章一山太史，金息侯少保，先后入社。

1943 年 8 月 23 日《新天津画报》刊载杨轶伦的《沽上吟坛鸟瞰》

当是时，上谷王伯龙，又移家沽上，与张一桐联翩入社，济济多才，文风为之一振。到 1939 年止，城南诗社累计吸收社友 80 余人。

1929 年春，严修逝世，社务初由赵元礼主持，继而因其体弱多病，改由管洛声主持，每次活动多于其个人的新农园（位于今吴家窑大街）举行。1938 年冬，管洛声去世，社务仍由赵元礼主持。另据 1940 年 3 月 25 日出版的《新天津画报》刊载的《城南诗社本年第一集》一文，1939 年秋，赵元礼去世，社友公推章一山为社长。值得注意的是，"吴子通先生则于严、管、赵三老主持时，均为赞助一切，自管、赵先后谢世，今岁重行邀集，推章一山先生为领袖，而一应洽办之事，仍烦吴子通独任其劳"。吴子通虽不是社长，但有"赞助一切"之功。章一山之后，社长继由王伯龙接任。20 世纪 40 年代初，在王伯龙主持下，城南诗社一度中兴，但由于受到日本侵略者摧残及三年内战的影响，此种繁荣情况仅为昙花一现。

（原载 2020 年 6 月 8 日《中老年时报》"岁月"版）

管洛声主持城南诗社

新农园又称管园，也称观稼园，位于今八里台与吴家窑之间的津河南岸。它的主人为民国时期的著名诗人管凤和。

管洛声（1867—1938），名凤和，一名幼安，字洛声，原籍江苏武进。清末曾在北洋新军任职，并于1904年在天津普通中学堂（今天津三中）代理监督（校长）一职。1905年，奉调担任海城知县，数年之后升任奉天知府。在东北任职期间，曾创办《东三省公报》《海城白话演说报》，主编《海城县志》《新民府志》等地方志书。1919年8月，被推举为北戴河公益会干事，在此期间编著了《北戴河海滨志略》，为后人留下了珍贵史料。20世纪20年代管洛声退隐后回到天津，在城南建筑花园，即本文所称的新农园。

管洛声喜欢艺菊。从前人们艺菊，都是采用根芽分栽的办法，所以佳品有限，且仅限于固有的种类。后来，有人从日本输入了籽粒种植法，另外还引进了人工授粉技术，使菊的品种越来越多。天津是开风气之先的城市，随着艺菊方法的改进，艺菊作为风雅之事，亦在20世纪20年代开始流行。与许多名流一样，管洛声亦官亦文，退隐后追求一种恬淡、自然的生活。"自客津桥旁，酷肖陶彭泽。门垂柳五株，田有禾三百"的诗句，恰恰佐证了他此时的生活状态。

也许是受到了与之毗邻的罗园主人罗开榜的影响，管洛声同样喜欢艺菊，他经常与罗开榜一起研讨艺菊之事，并与城南诗社诗友一起观菊、赏菊、吟菊。其子管思强于 1929 年 11 月 3 日刊发在《北洋画报》的《艺菊谈》一文，专门介绍了新农园艺菊的经验。新农园作为八里台一带的著名景点，曾吸引了许多文人墨客。严修去世后，城南诗社由李琴湘担任社长，但由于李琴湘身体不好，一度由管洛声代理城南诗社社长一职，他经常在新农园举办茶会、酒会和雅集，使新农园成为一处文人聚会的所在，当时与管洛声有诗酒往还的除严修、赵元礼等大家外，尚有其他学界名流，如王纬斋、马仲莹、马诗瘦、张一桐、张玉裁等。

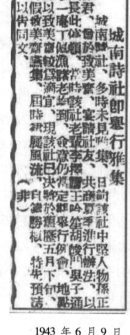

1943 年 6 月 9 日《新天津报》刊载城南诗社雅集消息

笔者在诗人张玉裁所著的《一沤阁诗存》中，发现了 4 首写于 1927 年至 1930 年间涉及管洛声的诗作。在这几首诗里，既有新农园的许多信息，又有管洛声及城南诗社诗友的诸多往事，是颇为难得的津沽文化史料。

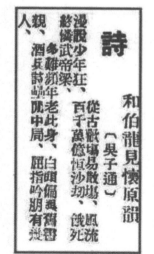

1943 年 11 月 19 日《新天津画报》载吴子通与王伯龙唱和诗作

一是描绘了新农园的具体方位。"斜穿吴窑村，忽见幽人宅。环以衣带水，虚室能生白。"这是张玉裁 1927 年撰写的《秋日宴集观稼园分韵得客字》中的诗句。在其 1929 年撰写的《九月杪管君洛声约秀漳诗瘦纬斋仲莹实之翼桐及余乘舟同往罗园看菊有作》中，有"君言咫尺有罗园，黄花烂漫难与比"的诗句，验证了后人有关新农园在吴家窑附近且与罗园毗邻的推断。

二是对管洛声清廉自爱的品格给予肯定。管洛声寓津后，"结庐南郭南，只有书堪读"，加之其以艺菊为乐，颇似"心远地自偏"的陶渊明。据说，管洛声在奉天从政时，就以清廉著称，故张玉裁在其1929年撰写的《九月二十五日新农园赏菊得读字》中有"当其居辽时，坚贞若松柏"诗句，所言似应不虚。

三是记录了城南诗社成员的一些活动。1929年9月，张玉裁、马仲莹应邀来到先农园，"折柬招我游，言赏园中菊"。过了两三天，管洛声又邀请马诗瘿、王纬斋、张一桐、张玉裁、马仲莹等到对面的罗园观菊，故张玉裁给后人留下了"是时秋色正潇洒，争问菊花开何似"的佳句。一年之后的1930年秋，管洛声又在管园宴请众师友，张玉裁在《九月晦日管君洛声觞客寓庐分得送字》一诗中记载了此事："罗园看菊归，幼安远相送。忽忽一年前，此事殆如梦。今来就菊花，一饮各思痛。壁间觅旧题，似入白云洞。乃知幽人居，邈不同于众。纷披书万卷，溦滟酒一瓮。醉归不生寒，题诗且呵冻。"

（原载 2013 年 12 月 12 日《中老年时报》）

王伯龙主持城南诗社

20 世纪 20 年代，王伯龙曾与其弟王元龙、王次龙在上海共同创办过著名的"三龙电影公司"。之后弃影从文，来到天津从事编辑工作，主编过《天津商报画刊》《华北银线画报》等，另受北平《立言画刊》老板之邀，主持过该刊"天津专页"的笔政。

20 世纪 30 年代末，王伯龙一度主持过城南诗社的社务工作。据 1939 年 4 月 22 日《立言画刊》（第 30 期）载署名蟫香的《天津的诗社》一文："严范孙返里，又和赵幼梅、王仁安结城南诗社，人才之美，不让于查氏水西庄。蟫香馆赏梨花，择庐秋宴，每个佳节都有盛会。社友如陈（宝琛）太傅、郑苏堪、王逸塘、杨昀谷，皆海内骚人重望者。余如王纬斋、刘云孙、吴子通及东安高士马诗癯等，周必聚饮，觞咏之盛，蔚为大观。范公谢世，赵幼梅先生起而振之。陈诵洛大令、章一山太史、金息侯少保

《城南诗社齿录》书影

先后入社。当是时，上谷王伯龙，又移家沽上，与张一桐联袂入社，济济多才，文风为之一振。而今赵藏公（幼梅别署）亦成古稀老人，正赖有王伯龙、孙正荪（即孙学曾）诸子维持，俾延旧绪至亿万斯年。"从上述行文得知，继赵元礼之后，作为报界名人的王伯龙一度成为城南诗社盟主。

1940 年 8 月 16 日《新天津报》刊王伯龙填写的词作

王伯龙主持社务之后，时常组织雅集活动。如 1938 年 12 月，城南诗社在致美斋为坤伶章遏云（珠尘馆主）赴沪演出饯行，王伯龙即席赋诗云："如此情不奈何别，银筝素手按骊歌。江南花发应相忆，记取尊前白发多。"所谓尊前白发，即指出席宴会的管洛声、杨幼甫、潘洁泉等前辈社友而言。章遏云赴沪演出不到 4 个月，当时参加宴会的三位"白发"人相继辞世。王伯龙在给章遏云的《赋寄珠尘主人》一诗叹道："去年雪夜惜君别，见说花时赋倦游。何期缓缓归来日，顿失尊前三白头。"1939 年 4 月 22 日（阴历三月初三），城南诗社在蓬莱春饭庄举办上巳修禊活动，"由金梁、赵元礼、王伯龙、孙学曾四人，具名发起柬邀"。

在主持社务期间，王伯龙创作了大量旧体诗，脍炙人口。如《流尘》一诗云："惊心时序等流尘，又见芳华到眼新。梅萼残枝香苒苒，河桥初涨碧粼粼。剧怜饭颗吟肩瘦，莫负春盘酒盏亲。七二沽边好烟水，看花天许作闲人。"把沽上初春所带来的快乐心境表达得淋漓尽致。

1939 年夏天，天津发生洪水。这一年 9 月 16 日的《立言画刊》（第 51 期）上曾载有王伯龙的 9 首绝句，以纪实手法，详细记录了水灾景象。

其一云："居然人似隔天河，点点风帆户外过。金碧楼台涵倒影，江南无此好烟波。"作者自注："己卯七夕之夜，大水忽来，平地数尺，故以天河为喻。"

其二云："巷里家家俱画船，空明人泛镜中天。水上相逢同苦笑，一篙撑到卧床前。"作者自注："宋人词：'户藏烟浦，家俱画船'，津市灾区居民，仿佛似之。"

其三云："牵裳涉水杂悲欢，平地波生行路难。楼内主人楼外客，哀鸿一列莫轻看。"作者自注："灾民露宿高楼朱户以外，状至可悯，有驱逐他去者，作此讽之。"以上三首诗描绘了洪灾后的惨象。

在灾难面前，津城曾涌现出扶危济困的善士。王伯龙对此极力赞赏。其七云："泛泛轻舠（dāo，作'小船'解）六尺长，打鱼惯住水云乡。于今载得灾黎去，此节莲华大士航。"作者自注："王采丞先生与予对门而居，水灾甚重时，特雇小舟十只，赴灾区接送难民，嗣十字会大量收容乃罢，先后被救者百数十人。"

（原载 2017 年 5 月 2 日《中老年时报》"岁月"版）

《语美画刊》与城南诗社

　　《语美画刊》是一种美术画刊，创办于 1936 年 9 月 9 日。自创办以来，城南诗社的不少诗人，如赵元礼、王仁安、韩补庵、马仲莹、任传藻、陈筱庄、章一山、金息侯、马诗癯、管洛声、陈诵洛、杨味云、张一桐、吴子通等人均为其供稿，有的诗人还开设了个人专栏。

　　城南诗社是近代以来天津成立的最大的诗人团体，由严范孙、赵元礼、李琴湘、吴子通等 7 人共同发起成立。城南诗社经常举办一些雅集活动，每次集会都要征诗、征诗钟。这在《语美画刊》上也有不少记录。据《水西庄重九觞咏小记》一文载，水西庄旧为津门文人胜地，只以年代久远，渐就荒芜。1936 年重九盛会，城南诗社同人，为兴复旧观起见，例于佳节晴明之候，雅集于此。到者名流有高凌雯、王豹叟、赵元礼、方地山等凡 34 人。大家分韵赋诗，以莲坡赏菊诗"黄菊窥篱作好秋，五年清梦隔悠悠。何来野老敲门入，欲送霜枝破客愁。直植几丛当槛列，更删数朵小瓶留。花开便是重阳节，莫惜风轩洗盏酬"为韵，当场拈阄，即席觞咏。此次宴集活动，直至夕阳西坠始散，颇极一时之盛。

　　在城南诗社资料中，有关严修的内容最为珍贵。如有一篇题为

《严范孙先生事略》的小文，介绍了严修先生的生平事迹。该文载："先生讳修，字范孙，原籍浙江慈溪，先世移居天津，遂家焉。十四岁入邑庠，有神童之目，性至孝，父丧，三年不入内寝，前清壬午举人，癸未进士，历官翰林编修，贵州学政，学部侍郎。民国以来，虽袁政府任以教育总长参政等职，均不就，居家二十余年，专心教育社会事业，创设南开学校等。年七旬，卒于里第，门人私谥为静远先生，著有《严氏教女歌》《欧游讴》《张文襄公诗集注》《诗集日记》等书。"上述记载，对于研究严修履历无疑有重要价值。

文光先生的《静绿洲与涤耻湖》一文，记录了严修陪同客人游历北宁公园的一则往事："乙卯（1915）秋，无锡侯保三来津，严范孙先生邀游种植园，荡舟湖中，侯君一时兴到，名湖曰'涤耻'，范孙先生赋赠诗曰：'亭台掩映水弯环，小景聊供半日闲。莫向南中轻比拟，芙蓉湖与惠泉山。'并手题摄影片上。今广智馆尚存其物。按：'涤耻湖'者，即今宁园划船处也。私冀于湖中，或湖旁，择一适当所在，题曰'涤耻湖'，此三字在今日，则其寓意尤为深远矣。"

在 1937 年 2 月 24 日出版的画刊上，赵元礼在《藏斋随笔》连载中，提到了"严修不作狭斜游"之逸事，高度评价了严修先生的人品。按照文章记述，在民国时期，文人喜作"狭斜游"，但偏偏要掩饰一下，并美其名曰"应酬"，而"友人中之终身未入妓馆者，严范老一人耳"。有一次，城内一富翁刘君，极慕严范孙之为人，拟约之小酌，预请定期并定地点，严修难却其意，定于某日正午在某酒肆。当时，严修届期准至，赵元礼与尹澄、于泽九、王仁安等人亦至。甫入席，忽一小妓坐主人旁，乃为刘君昨夜所约者。严修"卒然起立曰：'予仍有他约，此间恕不陪矣。'匆匆去。刘君诧曰：

'今日之聚，渠所订，何以稍坐即逝耶?'予（赵元礼）笑曰：'渠是真道学，不敢入妓席，君特不知也。'其律己之严如此"。

1937 年 7 月 21 日，因日本军队侵占天津，《语美画报》被迫停办。从此，这份高品位的画刊告别了津门父老，城南诗社亦在不久暂停了活动。

（原载 2021 年 2 月 5 日《中老年时报》"岁月"版）

杨轶伦发起成立天津冷枫诗社

冷枫诗社成立于 1936 年 12 月，相较于 1921 年成立之城南诗社，虽然时间较晚，但其在 20 世纪三四十年代之影响力并不亚于城南诗社，今之人只知城南诗社而不晓冷枫诗社者不在少数，实为憾事。

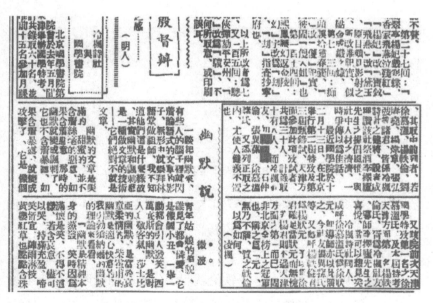

1943 年 1 月 30 日《新天津画报》刊载冷枫诗社消息

冷枫诗社发起人为杨轶伦、张异苏、王禹人诸人。其中尤以武清籍教育家、诗人杨轶伦贡献最大。以成立时正值秋季，取唐朝诗人崔明信之"枫落吴江冷"之句得名。初创时，采取社友轮流值课（即出题征诗、征诗钟）方式，其后以社友日多，乃于1938年秋季始，公聘赵元礼为导师，1939年赵元礼去世后，乃另聘高凌雯、李琴湘二耆宿为祭酒（导师）。最高峰时，冷枫社共有社友30余人，刘云孙、胡峻门、郑菊如、李一庵、徐镜波等津门诗坛名流皆为社员。自1941年夏季开始，诗社举办有奖征集活动，一时四方俊彦争以佳作相投，颇极一时之盛。

1943年2月20日《新天津画报》刊载冷枫诗社消息

关于冷枫诗社之缘起，1937年4月13日至6月24日，天津出版的《大中时报》分四期连载了杨轶伦的长文——《吟余杂缀——冷枫诗社成立始末》作了披露。

据载，1934年暑假后，杨轶伦就职于位于老西开附近的若瑟女子学校。第二年，杨轶伦的老友高守吾亦来该校任职，"当年旧雨，此日同人，谈艺论道，颇不寂寞，有时此唱彼和，尤觉兴复不浅，而组织冷枫社之动机，亦肇始于此时矣"。1936 年秋季，杨轶伦与高守吾谈及组织诗社之事，得到高守吾首肯，并表示愿竭力促成。杨轶伦复往老友、著名教育家吴杰民（衰柳）处接洽，吴杰民亦极愿加入。

张异荪时为城南诗社社友，亦为津沽名诗人。1933 年，蒙王焕如先生介绍，杨轶伦与张异荪相识，二人一见如故。杨轶伦商张异荪结社之事，亦得到张异荪的支持。"既与（高）守吾、（张）异荪约定，数日

杨轶伦《自怡悦斋诗稿》书影

后，复至河北访（王）禹人，请伊赞助，禹人亦首肯。""忆自犀灵社，而河北文艺社，至是予（杨轶伦）与禹人已为三度之同社友矣。笔墨缘深，殊令人溯当年不置也。"此外，旧友解石田对成立诗社亦表示赞同，复承若瑟女校同人于君"慨然以寓处相假，俾便充作社址，而予等六人，遂作冷枫社之发起人，开始筹备一切矣"。

发起人既经确定，杨轶伦遂与同人等讨论诗社名称，几经研究，并无统一意见。有一天，杨轶伦到高守吾处谈及此事，"时正深秋，冷风凄切，使人悲从中来，不能自已"。杨轶伦之女弟子高蕙裳，乃为高守吾之长女，性颇颖悟，适亦在座，"戏谓予（指杨轶伦）曰：诗社命名，宜切合成立之时令，此刻秋风正冷，景物萧瑟，盖以'冷风'命名乎？予不觉跃然而起曰，'冷风'二字，殊嫌不文，古人有'枫落吴江冷'之句，命名'冷枫'，或较为典雅而复切结社之时令"。"冷枫"遂被确定为社名。

社名确定之后，诸位发起人于 1936 年 12 月 6 日下午，借老西开

教堂后瑞德新里五号召开了成立大会，在会上，王禹人题赠"香山红叶"（镶之镜框）留念，张异荪作《赋冷枫诗社成立》七律三章以柬诸社友，其中有诗句云："冷枫结社初成日，恰是吴江木落时。老圃黄花开晚节，御沟红叶写新诗。"诗社同人各依原韵奉和，以答雅意。唱和者计有 9 人，共得诗 14 首，"汇钞一册，作为纪念"。

1937 年 1 月 24 日，冷枫诗社于燕春坊饭庄举行第一次会课，参加社友占全体社员的三分之二。自此之后，诗社每月组织会课一次，这种情况一直持续到 1944 年 4 月。后因抗战进入白热化，时局不靖，加之冷枫诗社人员星散，大概在 1945 年前后诗社停止活动。另据资料载，三年内战时期，杨轶伦、张异荪等冷枫社友之间仍有唱和活动，此当为冷枫诗社之余绪矣。

（原载 2020 年 6 月 2 日《中老年时报》"岁月"版）

王寰如与天津玉澜词社

据 1943 年 8 月 23 日出版的《新天津画报》所刊发的《沽上吟坛鸟瞰》（作者杨轶伦）载，玉澜词社成立于民国二十九年（1940）夏季，系由王寰如、王禹人、赵琴轩等三人发起，固定社址设于兴亚三区（旧法租界三十一号路，即今河北路）的致美斋饭庄。

"玉澜"之名，系由创办人王禹人（偏爱鼓曲）取自鼓曲演员林红玉、张翠兰（繁体为"蘭"）二人名字的最后一字，后改为"澜"字。

王寰如为诗词大家。民国时期，他是天津城南诗社、冷枫诗社的重要成员。20 世纪三四十年代，他积极参与这两个诗社的活动，成为骨干成员和最活跃的文人之一。1940 年 4 月，他与另外两名城南诗社骨干成员王禹人（冷枫诗社创始人之一）、赵琴轩等一起，发起筹备玉澜词社。经数月努力，该词社于当年 6 月正式宣布成立。"该社专以研究词曲为目的，为沽上惟一之词坛。"另据杨轶伦先生的《再谈笔名》一文（刊于 1943 年 3 月 29 日《新天津画报》），王寰如笔名为"非诗人"，"君每作关于玉澜词社之消息，必用此署名焉，亦可以想见其拟谦之意矣"。

与城南诗社、冷枫诗社一样，玉澜词社同样为津门文坛重要阵地。据统计，该词社社友计有王伯龙、张聊公、童曼秋、姚灵犀、张异荪、周公阜、韩世琦、张国威、杨轶伦、石松亭、杜彬庵、冯孝绰等津门诗词大家。另，玉澜词社还聘请了向仲坚、杨味云、胡峻门三先生为祭酒，创办之初，每月雅集一次，1943 年，因时局不靖，便改为每季雅集一次。每次雅集均请导师命题课词。

1941 年 3 月 31 日《新天津画报》载王寰如词作一首

向仲坚为书法家，亦为寓居津沽的词坛大家。据《天津玉澜词社八次雅集》（1941 年 4 月 5 日《新天津画报》）一文载，杨味云曾言，邵次公归道山后，大江南北只仲老一人足为词坛盟主。"我社得仲老指挥，无任荣幸。"

玉澜词社除每月固定雅集之外，在上巳、重阳等节日，以及社内重要成员寿辰，还要临时举办庆典活动。每次集会，玉澜词社均请向仲坚为社员讲课，内容涉及词之源流、重要词人等，"溯及源流，阐发精详，合座无不叹服"。讲课结束后，再由其拟定课题（作业），宴后由社员填词，并于下次雅集时交卷。如 1940 年 9 月 7 日，玉澜词社举办第

1941 年 4 月 7 日《新天津画报》载王寰如所填写的词作

一次雅集后，由向仲坚为社员拟定了两篇课题，一为《吊费宫人故里》，选用的词牌为"望海潮"；二为《中秋》，选用的词牌为双调"好事近"。

1943年6月9日《新天津画报》刊载玉澜词社导师向仲坚之消息

著名报人、学者王伯龙在第二次雅集时提交了作业，其作品受到向仲坚的好评。其《望海潮·吊费宫人故里》云：

明珰翠羽，神鸦社鼓，露筋犹有荒祠。僻巷黄昏，疏林斜照，行人难觅遗碑。往事最堪悲。胜千家野火哭，劫火横飞。孽子孤臣，凭谁只手拯倾危。

金台风雪凄迷。但惊沙铁骑，折载残旗。大将殉忠，权阉误国，那血溅宫围。肝胆我蛾眉。叹渠魁未剪，侠骨先灰。小部梨园，至今能貌古威仪。

向仲坚评为："悲壮沉雄，似东坡大江东去格调。"

作为社长，王寰如带头完成作业，其所填词《好事近·中秋》云：

凉月离晴空，谁领一庭秋色。桂子飘香时候，只自家消得。去年今日水漫漫，回忆增凄恻。今夜月圆花好，莫匆匆轻掷。

向仲坚先生评语为："风格清逸，惜未能得深入浅出之趣耳。"

关于天津玉澜词社存续时间，一般认为只有 1 年余。但从杨轶伦的文字中得知，该词社至少在 1943 年尚有活动。因此，其存续时间不会少于 3 年。但究竟何时停止活动，尚须做进一步的考证。

（原载 2020 年 7 月 28 日《中老年时报》"岁月"版）

《河北新闻》与天津飓风诗社

《河北新闻》创办于 1946 年 1 月，社址在第一区罗斯福路 262 号，发行人是私立育德大学校长姜般若和黄家花园"大事全赁货部"经理魏子文。

据王木先生的《鲜为人知的〈河北新闻〉报》一文载，河北新闻报社，是一座两层楼房，这所楼房原是日本洋行的办公地，抗战胜利后被接收。《河北新闻》在北平、保定、唐山、秦皇岛设有办事处，另在沈阳、霸州、塘沽等地设有分销处。附近有一个小印刷局，编辑部负责人是钱博文，供职于市警察局。要闻版编辑华铸新（原名华泽咸）。副刊名为"万紫千红"，另设有"笔友"专刊，编辑是著名报人王子民。

《河北新闻》的"笔友"专刊是最有名的。按照创刊号《我们的话》一文所作的诠释，"笔友"是为实现大家的共同爱好，而给作者、读者搭建的一个交流的平台，"它就好像一个坦白、真诚的孩子，虽然它没有特殊的主张，更没有什么特殊任务，但它却知道老老实实，平凡地去做一点文学本位以内的工作，借以获得多数相知的同好者"。

"我们交'友'并不限一位朋友，所以我们这里所持的'笔'

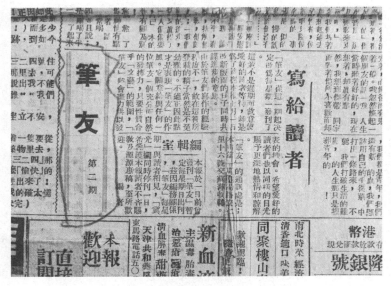

《河北新闻》"笔友"副刊

也非只是一管笔，我们的需要和希冀是众多的，坚强的，有力的。"在创刊号里，有一篇由著名诗人、天津飓风诗社成员万格平先生撰写的《今后文学发展之我见》的文章，这是一篇文学评论，作者在文章中提出了"民族文学"的主张。作者认为，文学是社会的反映，五四以来，新文学虽然打倒了旧文学，但文学还处于蹒跚学步的阶段，我们的作家们仍在模仿其他国家的文学，因此，今后文学的发展，似乎应当向"民族文学"迈进。所谓"民族文学"，就是立足于中国实际的文学。

同一期还刊载了同为飓风诗社成员的诗人宋泛先生的文学评论，题目是《评张望的诗》。张望是现实主义的诗人，他走过一段很艰难的路，出版了《谒浮萍》《海和盲女》《生存》《张望草》《五朵花》等诗集。作者认为，张望先生的诗具有一定局限性，"博大的和狭隘的，利他的和自私主义，错综地存在于张望先生的心里，它们将不休止地冲突、争斗"。因此，作者建议张望先生在

《河北新闻》报影

生活方面要多看、多体验、多分析。只有这样，才可以写出更好的现实主义作品来。

飓风诗社成员、青岛籍诗人田风发表了一篇名为《日子》的短诗，表现出抗战胜利后所呈现出来的积极向上的精神状态：日子"是春天的一片微笑，是月明中的晨星"。"空叹日子的流走，流也流不去心上的悲愤，愿自己的哀愁也如流水流去。"

天津飓风诗社是 20 世纪 40 年代出现的一个非常活跃的新诗团体，海笛、毛羽（毛尧堃）、宋泛（宋大雷）、万格平等都是这个团体的成员。其中海笛先生还曾于 20 世纪 80 年代在小海地创办了著名的昆仑诗社，团结聚集了一大批天津的诗歌爱好者。从某种意义上说，昆仑诗社可被认为是天津飓风诗社的延续与发展。至少在创作风格上，它们是一脉相承的。

研究天津现当代诗歌的发展史，《河北新闻》所刊载的飓风诗社的作品是不可或缺的。

（原载 2020 年 3 月 12 日《中老年时报》"岁月"版）

海笛与飓风文艺社

海笛，是王长清的笔名，民国时期天津的报人、诗人。他1945年毕业于北平师范大学历史系（与著名作家柳溪同班），曾主编《青年呼声》《文联》等杂志。

早在1940年，海笛的处女作就发表在南京出版的《新东方》上，从此走上了新诗创作道路。1943年1月，海笛与他人的诗作合集——《蓬艾集》问世。海笛是一位爱国诗人，正如柳溪在《海笛诗存》序中所评价的那样，"他那风格粗放的诗篇，大胆地呼喊着自由民主、反美抗日，发出了黑暗时代黎明前的呼唤"。另据《海笛自述》一文（见《梦痕》），海笛不仅从事创作，而且对诗歌理论也有研究。他曾撰写了《再谈新诗》一文，发表在1943年5月份的《时言报》上。他说："诗是人类灵魂的表现，当然是精神文明一种……所以说人类活着，求生存，是不能专靠物质文明的，更须有精神的创造与培养的，诗是精神上的食粮。"

因投稿关系，海笛结识了《时言报》社长的儿子常榕。常榕提出由海笛协助其打理副刊。后经协商，海笛和甫光共同创办了《时言报》的副刊之一"诗刊"（每周六出版），1943年3月正式出刊（总共出版30余期）。

海笛主办的《时言报》之"诗刊"

1943 年春，宋泛、毛羽、何之、郭文杰、万格平等人，在天津共同发起组织飓风文艺社。这个文艺社，一方面利用本地报刊（如《新天津报》）开展创作活动，另一方面组织诗社成员进行诗歌朗诵活动，并广泛联系北平、唐山、秦皇岛、上海等外地诗友开展交流，其中尤以北平《时言报》之"诗刊"开设"飓风文艺社"专版可圈可点。

1943 年夏，海笛利用假期专程拜访了飓风文艺社，并在 6 月 27 日这一天组织召开了一次座谈会。在会上，大家围绕着"现代新诗的发展趋势""诗与散文之区别""大众化新诗及如何建设新诗坛"等议题进行了讨论。随海笛一同来津的有萧羽（何家栋）、邵佐卿（邵象）等人。飓风文艺社的闻杰、毛羽、宋泛、高棋、万格平、尹连鹏、李光、苏子光、张爽、何之等十余人参加了座谈。会议达成一致意见，由《时言报》为飓风文艺社开辟专版。1943年7月4日，"诗刊"第11期正式推出飓风文艺社专版，这一期共刊载6篇诗作，有闻杰的《夏歌》，金风的《海燕》，久仰的《打鼓贩》，何之的《童年》，欧阳琼的《街头梦》，荷锄的《室息之灯》等。7月17日第12期"诗刊"又推出了第二个专版，这一期是宋泛的个人专辑。海笛在《编后》一文中作了这样的说明："飓风社之成立，是我们文艺界一大欣喜；这次的特刊，为我们彼此间第一次形式上的联络！由这里的作品，可看出他们努力的成绩如何，编者不再赘言……宋泛之个人作品并陈于此，希读者有以公正的评价。"

海笛后任天津师范专科学校副教授，1987年5月，天津昆仑诗社在小海地成立后，曾应约担任该诗社的顾问。该诗社陆续出版了十余辑《昆仑诗选》，其中有很多飓风文艺社成员的作品。该社不仅继承了飓风文艺社的爱国传统，而且在社会主义精神文明建设中发挥了重要作用。

（原载2017年6月14日《今晚报》副刊）

刘云若笔下的城南诗社

近翻旧书，在《冰弦弹月》中，读到了有关"城北诗社"（实际上是"城南诗社"）的描述，为了解民国时期天津诗人结社情况提供了形象化史料。

《冰弦弹月》的作者是著名小说家刘云若，原载于1944年北平出版的《新民半月刊》，1949年初由上海正气书局出版单行本，并由还珠楼主题写书名。该书以徐止庵、梁叔子拯救鼓曲艺人吴月琴为主线，以报馆职员陆九芝与吴月琴及女厨二姑娘（凤屏）之间的爱情故事为副线，通过对天津"三不管"一带的书场、妓馆、烟馆、赌窟的描写及对不同阶层人物的刻画，表达了作者对青年男女自由恋爱的肯定和对底层民众困苦生活的同情，揭露了以马八爷为代表的邪恶势力的虚伪和奸诈。

《冰弦弹月》用了大量篇幅描写了"城北诗社"及相关社集活动。诗社由前清遗老徐止庵发起组织，社友三十余人，"在商议起名时，就有人提议社址既在城北，可以省用城北二字，其实暗引城北徐公的典"。诗社每半月雅集一次，重大节日还需另行组织社集。如端午节要"咏端阳角粽"。到了夏令要咏莲花、游八里台。"转瞬节令交秋，又咏牛女鹊桥，再咏中秋明月，重阳时就近在一家大百货

店七层楼上,登高赋秋。"冬天来临,又随着季节举办"消寒会","把寒消尽了,又逢新春,大家咏了春雪"。

徐止庵曾在前清翰林院任职,并一度在云贵为官,还在某省担任过学政。回津后,因为"爱慕风雅,纠集同志创立诗社,借此遣兴陶情,本意甚为高雅。因为止庵颇好雅事,又是道高名重,虽是遗老,但门生故吏遍布天下,还颇有些势力。他却淡泊自甘,谢绝世事,只以诗酒自娱"。

《冰弦弹月》书影

20世纪40年代刘云若一家人留影

从描述上看,这"城北诗社"实际上就是1921年成立的城南诗社。城南诗社的创办者是乡贤严修,严修曾任前清翰林院编修、学部侍郎,并分别主持过贵州学政、直隶学务处,这些经历和小说中的人物徐止庵如出一辙。城南诗社经常在蟫香馆(严宅)、择庐(李琴湘书斋)雅集,城北诗社则"在叔子斋中先尝了碧桃,又在孔眉山花园中赏了桃杏,接着咏止庵宅晨书斋屋檐下的燕巢"。有趣的是,在刘云若笔下,诗社并非净土,名士亦非全为圣贤。如名士梁叔子在国务院某厅"有咨询名义",每月白得三四百元。因为政局变化,内阁换了首脑,位子朝不保夕,幸而有徐止庵代为关说,才保住了位子。毛道昌、胡鲁题是两位诗翁,但为争夺所谓的笔墨生意,竟然当众揭短攻讦,致使斯文扫地。

（原载 2015 年 3 月 27 日《今晚报》副刊）

刘潜与城南诗社

刘潜（1873—1943），字芸生，天津人，著名教育家、城南诗社社员，有《粹庐诗钞》（四卷）、《癸辛疑梦集》存世。有关刘潜的生平，迄今所见记载不详。现笔者结合《粹庐诗钞》《癸辛疑梦集》等文献作了归纳整理，供研究者参考。

教读、做官、为文，为刘潜一生三部曲。

关于教读。"余三十岁以前习举业，以教读为生。"1892 年，刘潜由浙江回天津应试，"是秋余倖入泮"（秀才）。1894 年，到献县教授家馆。1897 年，赴北京参加乡试。1902 年、1903 年，津邑兴学，担任由严修、林墨青等人创办的民立第一小学堂监督兼总教习。1903 年，经严修推荐，被派往日本弘文学院留学（习师范），同行的还有李琴湘、陈宝泉、胡家祺、郑菊如、刘宝慈等教育界人士。"余溺于私意，不欲往，妻子力促成行。"

关于做官。1904 年，"余自日本归国，旋赴保定佐严范老幕于直隶学务处"。1905 年 2 月，直隶学务处由保定迁往天津，"余虽服公职与家居无殊，颇有家室之乐"。1905 年 12 月，"清季学部初设，余奉调入部，遂供职京曹（任员外郎，严修任右侍郎）"。其间，曾奉命到直隶、山西、山东、江浙等省视学。1917 年秋，奉调黑龙江

组建教育厅,"余时有迁谪之感",
一年后辞职回京。1919 年初,应
江苏督军李纯邀请,"遂至南京任
秘书会"。曾随军辗转于上海、昆
山、汉皋等地,一直到 1927 年北
伐战争结束。1928 年,河北省政
府成立,"孙药痴长民厅,聘余任
主任秘书,乃挈眷回京"。1930 年
秋,应旧友王叔钧邀请,"讫任青
岛盐官"。"余在青岛未及一年,
旋随王叔钧都转至板浦寄孥岛上
(今属连云港)",领两淮盐政。

刘潜《粹庐诗钞》封面

1933 年,"余由扬州北归,仍往天津任民厅秘书,及天津图书馆
事"。1936 年,"平阳长官开府冀东延揽人才,至友约余东行,妻子
力赞其成,余遂赴通(州)"。"通州事变,余负伤归京。"此后,因
身体原因一直赋闲在家。

关于为文。刘潜一生得益于严修的提携。早年东渡日本留学是
由严修举荐的,从日本留学归来,先后任职于直隶学务处、学部,
并与恩师严修共事,亦受到严修器重。有趣的是,1933 年,刘潜回
天津担任河北省立第一图书馆馆长期间,曾参加了原由恩师严修等
人于 1921 年创建的城南诗社(此时严修早已作古)。《粹庐诗钞》
涉及天津的 31 首诗作,都是在加入城南诗社期间创作的。内容包括
三个方面:一是雅集唱和,如《城南诗社会饮赋呈同社诸子》《同
社诸老赋诗欢迎并为预祝愧不敢承叠前韵答谢》《城南诗社分韵得珠
字》《暮春朔日城南诗社分韵得城字》《城南社集分韵得处字》《水
西庄宴集分韵得成字》等。二是题诗题画。包括《苏星桥先生诗存

刘潜《粹庐诗钞》书影

三百首题词》《张芍晖社兄为其十一叔母徐宜人撰述事略征集题咏谨成四绝用志钦仰慰仁波世丈悼怀即乞正之》《为王廷钧题其先德行乐图》《题许琴伯画佛》等。三是贺寿挽诗。包括《贺宁河齐公寿》《陈筱庄六十寿》《贺吴孚威六十寿》《挽林墨青姻丈》《挽王纬斋先生武禄》等。

　　刘潜的妻子陈缉贤（字淑卿）也是天津教育界的前辈，陈"为外舅砥庵公长女"，光绪年间，女学大兴，曾在天津教女学，"与陆闸哉、吕碧城、王淑方、卢云青等女士为师友"。1897 年刘潜与陈淑卿结婚，先后育有一女两子。长女慧年，长子慧琨，次子鹰年。1941 年春，陈淑卿病逝，曾题《癸辛疑梦集》80 首，"聊以述哀云尔"。

（原载 2014 年 7 月 13 日《今晚报》副刊）

诗人杨意箴与城南诗社

杨意箴，名懿年，字意箴，以字行。生于 1868 年，卒于 1928年。据朱则杰《清代诗人生卒年补考》一文，杨意箴是贵州省荔波县人，由监生中式乙酉科（1885）本省乡试举人。1901 年 7 月，在广东报捐道员，指分江苏试用。本年 7 月，经吏部带领引见，奉旨照例发往。可能是因为世代兴替之故，辛亥革命后，他一度退隐津门，20 世纪 20 年代曾为天津城南诗社骨干之一。

据 1940 年 1 月 27 日、30 日《新天津画报》连载的城南诗社顾问吴子通的《励清室诗话》第六、第七两部分记述，城南诗社人才济济，突出的有冯俊甫、赵元礼、王仁安、杨意箴、王纬斋、冯问田、谢履庄、管洛声诸公，然皆先后作古。吴子通在文章中有一段关于杨意箴生平简介的内容，对于我们了解这位诗人很有价值。据云，意箴为蜀人（即四川，这与朱则杰先生说法有区别），"意箴之才，犹为清狂"，他乃孝廉出身，历保江苏补用道。退隐津门后，由富变贫，生活拮据，甚至到了晚年，"家无立锥，病卧河北一小旅馆中，病重始抬回家"。他的妻子亦久病床榻，夫妻对视，含泪无语。某一日晚上，"夫妻同殁"。他有二子，但全都失业。夫妻去世后，其丧葬费用，全都由其老友魏海楼支持。海楼乃意箴次子未婚妻之父。海楼与意箴虽属姻娅，然其热肠古道，"盖丧并举，所耗三千余元，亦难得也"。

1940 年 1 月 27 日《新天津报》刊载吴子通撰写的回忆杨意箴的文章

关于意箴的旧体诗创作及诗的风格，吴子通对其评价颇为中肯。吴氏认为，意箴的诗作有极清婉者，也有极狂恣者。其人的性格，亦如其文。所谓"才人之笔，固无所不可也"。1926 年春，意箴曾作绝命词 4 首，当时城南诗社同人和者 20 余人。1928 年，他又作了 6 首绝命词，而前 4 首词稿早已散佚，在这 6 首词作前面，缀有一篇小序云："余于丙寅作绝命词，瞬经三年，依然未死。近时世日非，兀然寡味，春初病喘精力益疲，虑将淹忽，被叙六首。"在作完这 6 首绝命词之后，早已失去生活乐趣的他，便于四月二十六日晚上，同其发妻一同撒手人寰。

诗人张玉裁是城南诗社早期成员，也是意箴的好友。他于 1925 年曾作《寄怀杨意箴天津》，为我们了解意箴其人其事提供了参考。原诗如次：

1940 年 1 月 30 日《新天津报》刊载吴子通有关对杨意箴评价的文字

"日摩老眼看园林（时张玉裁寓河北公园图书馆），息息相关是此心。老我三秋如一日（寓居馆内凡三阅月），羡君万事付孤斟。酒能遣恨休辞醉，诗未名家敢废吟。各有风怀慰迟暮，海天寥廓几知音。""万事付孤斟"，一方面说明意箴善饮，另一方面说明他的生活比较洒脱。这与吴子通"意箴之才，犹为清狂"的评价是吻合的。

意箴辞世后，张玉裁曾作《挽杨意箴孝廉》，原诗如下："尘箧犹藏绝命辞（君生前二为绝命辞），死生大矣岂能知。伯伦隔世为良友（君尤嗜饮），德祖当年一小儿。久欲归田师靖节（指陶渊明），惜无葬地傍要篱。鹿车共挽年年恨，况遣奚奴荷锸随。"在张玉裁看来，意箴在文学上的成就，堪与伯伦（伯伦是刘伶的字，东晋"竹林七贤"之一，以善饮著称）、德祖（指东汉文学家杨修，"德祖"为其字）相媲美，而其生活态度和为官之道，则又可以与陶渊明比肩。意箴为官清廉、耿介，不仅他的儿子未沾上他的一点光，甚至其死后的丧葬之费尚须他人支持。为官清廉这一点，在当今亦是非常难得的。

　　无论为官还是为文，诗人意箴先生均有可圈可点之处，城南诗社有此人，当为天津诗坛之幸也。

天津"不易诗社"之得名

　　笔者此前在《中老年时报》岁月版发表了《给文人画像的"红楼梦酒令"》一文，其中提及了天津的"不易诗社"。文章见报后不久，即有热心读者打来电话，要求笔者披露"不易诗社"详细情况。笔者愿借本报一角，满足读者心愿。

1940 年 8 月 16 日《新天津画报》载王伯龙寿诞庆祝活动

　　20 世纪 30 年代末，报人、作家王伯龙在主持《新天津画报》（《天风报》前身）副刊时，曾召集一批社会名流组建了"不易诗社"，一时在津沽文化界产生重要影响。

　　据 1943 年 8 月 29 日《新天津画报》载《读沽上吟坛鸟瞰后》一文，"不易诗社"原系由五人组成的"小诗会"，每周活动一次，社集的时候，以打诗钟为戏，一咏两题，限即席交卷。"酒后品茗，或喃喃自语，或搜肠刮肚，状态如见香菱学诗之入魔，殊觉可哂。"这五人均以"仙号"冠名，分别是韩湘子（韩慎先）、常财神（常乙公）、张果老（张聊公）、王土地（王啸圃）、龙王（王伯龙）。后来，雷公（郭重霖）加入进来，成为六人的小诗会。

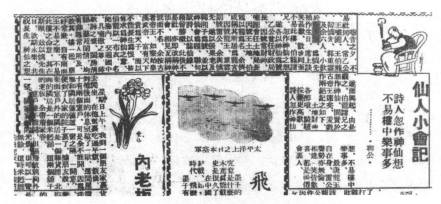

1941 年 3 月 20 日《新天津画报》载张聊公《仙人小会记》

关于不易诗社的得名，杨轶伦在《沽上吟坛鸟瞰》一文（刊于1943 年 8 月 23 日《新天津画报》）中作了解释。文章说，"不易诗社"，又名"神仙会"，以该社每次雅集，必于王伯龙的"不易此楼"举行，故有此名。又以诗社社友多喜用神仙名，故又名"神仙会"。

张聊公在《仙人小会记》（刊于 1941 年 3 月 20 日的《新天津画报》）中，对"不易此楼"之得名作了说明。他说，王伯龙在旧英租界大兴村（今重庆道）有小楼一楹，因朋好常聚此娱乐，故取《聊斋志异·云翠仙》"得妇如此，南面王不易也"之典故，将这所小楼命名为"不易此楼"。"自有南面王不易之乐，不易此楼之命意，其在斯欤。"

另据张聊公记述，某日晚上，不易诗社同人常乙公、王啸圃、王伯龙、韩慎先、郭重霖、张聊公等六人，在旧法租界致美斋饭庄雅集，兼为韩慎先（夏山楼主）补作生日。席间，大家诗酒唱和，谈笑甚欢。宴会结束后，大家同至"不易此楼"继续娱乐。"伯龙诸兄，忽作神仙之想，遂各以神仙为号。"其中，乙公曾任财政局长，因号常财神；啸圃曾任土地局长，因号王土地；伯龙以龙为名，因号龙王（其所居寓所被称为龙宫）；重霖，因为名字中有"霖"，故号雷公；张聊公与韩慎先，因与仙人同姓，故分别以"张果老""韩湘子"两位仙人为号。其间，大家还以"神仙会"为题，联句赋诗，以志仙缘。从此，不易诗社又称"神仙会"。每次雅集时，大家互称神号，而不再称呼姓名。

为纪念"神仙会"之得名，张聊公曾专门作诗一首。诗云："土地财神各醉哦，骑驴采药更高歌。诗人忽作神仙想，不易楼中乐事多。"

1939 年水灾后，不易诗社人数由六人增加到十一人，因空间太小，聚餐地点改为致美斋饭庄，餐后再同返不易此楼，"喜敲钟者打钟，喜清唱者，由郭仲霖操琴……吟哦弦歌之音，达于楼外，极良友觞咏之乐"。

关于玩诗钟的细节，1941 年第 141 期《立言画刊》发表的《不易社诗钟集》一文，曾提到以小说家刘云若的名字嵌入诗钟的一次游戏。当时，张聊公以"云""若"首唱（两句话的第一个字嵌入），作了两条诗钟：其一："云当夏令常奇幻，若有人兮欲出来"；其二："云情蜜意常思我，若个文才足比肩"。王啸圃、王伯龙以"云""若"五唱（即两句话的第五个字嵌入），各作两条诗钟。王啸圃的两条，其一："绝妙风神云水鹤，无边光景若耶溪"；其二："剑气升腾云梦泽，钗光掩映若耶溪"。王伯龙的两条，其一："翱翔飞鸟云出岫，寂静空山若有人"；其二："严上无心云相逐，笔端妙趣若有神"。诗钟概括了刘云若的外貌与文学成就，堪称佳话。

（原载 2021 年 4 月 27 日《中老年时报》"岁月"版）

孙正荪与城南诗社

孙正荪，名学曾，字正荪，以字行。天津诗人、书法家，天津冷枫诗社社友，自 1943 年 6 月起，一度担任城南诗社临时负责人（相当于社长）。与严修、赵元礼、李琴湘、王伯龙、杨轶伦等诸诗家友善。1947 年夏，曾与李琴湘等人一起，创办了著名的私立崇化中学。

目前有关孙正荪的信息很少。笔者曾在 20 世纪 40 年代的《新天津报》《新天津画报》上，发现了不少关于他的史料，或可弥补有关他的研究上的一点空白。

最早的一则消息刊于 1940 年 4 月 19 日的《新天津报》。当日的报纸刊载了孙正荪的《冷枫诗社同人于宴集日公祭藏斋先师率成俚句书痛即呈在座诸公》一诗："正是星期雅集时，空瞻遗像泪又垂。学诗未就应怜我，得句析疑待乞谁。共惜人间丧此老，讵喑吾党哭其私。为商与祭诸君子，可否年年祭在兹。"诗后附注云："正荪孙学曾初稿。"

由此可见，孙正荪此时已是冷枫诗社社友，该诗是为悼念冷枫诗社导师赵元礼逝世而作，发表时只是初稿。

孙正荪最活跃的时期，是在 1943 年至 1946 年。当时报纸有关

1943 年 11 月 14 日《新天津报》刊载孙正苏夫人
去世消息

他的消息比较多，表明他在文人圈中的地位比较高。尤其是他临时
主持城南诗社工作，更是可圈可点。据 1943 年 6 月 9 日《新天津画
报》载，"城南诗社多时未见雅集，日前该社中坚人物孙正苏君，曾
于致美斋宴请社友，共商夏季进行办法，以免长此停顿。该社老辈
李择庐、王吟笙、胡峻门、吴子通、李一庵、丁佩渔（瑜）诸老均
到。金意仍当定期举行例会，地点仍以致美斋为适宜，现该社已决
将于旧历五月上旬，仍假致美斋宴集，届时裙屐风流，自筹胜概，
特先预志，以告同人"。这则短消息，是由诗人王寰如撰写的。按照
我的理解，所谓中坚人物，其实就是核心人物。由孙正苏宴请诸公，

并商讨诗社接续办法，说明孙正苏此时的身份相当于诗社负责人。

自孙正苏担任城南诗社负责人后，城南诗社一直很活跃。据1944年2月27日《新天津报》载，城南诗社于新正十三日，曾在致美斋邀集春宴，到者甚众，颇臻盛况。闻该社中坚分子李择庐、孙正苏、王禹人等，以旧历三月初三日，为上巳修禊之期，拟于该日举行本年第二次雅集，其地点即假马厂道静园章一（山）老寓斋，因一老今年已八十有四，精神固强健

《孤云集》序

如常，以其春秋已高，不欲劳其步履，故特移樽就教，藉可畅叙。一老对此举，亦欣然允诺。值得注意的是，孙正苏的身份仍被称作"中坚人物"，而非社长。这表明，城南诗社在王伯龙离津后，其社长一职仍然空缺。

值得一记的是，1946年抗战胜利后，城南诗社另一位社友、原天津县县长陈诵洛自重庆归津，受到城南诗社同人的热烈欢迎。1946年7月19日天津出版的《中南报》，以《城南诗社欢宴陈诵洛氏漫记》一文，报道了这一盛况。据载，当日出席活动的有章一山、李琴湘、杨味云、顾寿人、

孙正苏编印悼念妻子的纪
念集——《孤云集》书影

金息侯、王吟笙、郑菊如、李海寰、孙正荪、王伯龙、姚灵犀、王禹人、王寰如、王占侯、李一庵、程卓云、于馥岑、张一桐、徐幽谷、徐镜波、王斗瞻、张梯青等名流。"是日孙正荪、王禹人照料一切，很是辛苦。"可见，孙正荪此时实际上已是城南诗社的负责人了。

（原载 2021 年 10 月 11 日《中老年时报》"岁月"版）

陈葆生与城南诗社

陈葆生，名实铭，号踽公，葆生是他的字。河南省商丘人，清末拔贡，诗人。1907 年，任玉田县代理知县、知县。1914 年，改任山东临朐知事。1916 年，任山东费县知事。20 世纪 30 年代客居天津。在津期间，参与多个重要诗社的活动，并有大量诗作存世。赵元礼《藏斋诗话》评价陈葆生之诗风特点为"明秀"。1943 年 9 月，陈葆生在津病逝。

1941 年 3 月 26 日《新天津画报》刊载陈葆生参加城南诗社活动的消息

陈葆生在山东任职时，就曾是著名的"曹南诗社"成员。该诗社成立于 1910 年，是山东省菏泽地区的一个颇具影响的旧文学社团，由李经野发起，致力于古、近体诗的创作，陈葆生当时是曹南诗社创始人之一的曹县诗人徐继孺的学生。曹南诗社成员所作之诗被结集为《曹南诗社唱和集》，其中收录了陈葆生的 10 首诗。1929年，陈葆生又加入了开封的衡门诗社，继续从事诗歌创作。

陈葆生寓居津沽后，即为沽上城南诗社重要成员，并经常参加城南诗社的雅集活动。尤其是到了晚年更趋活跃。《新天津画报》曾报道城南诗社在天津大水之后恢复活动的消息，陈葆生即是城南诗社恢复活动的重要推动者之一。据载，上元之夜（正月十五），城南诗社同人在杏花村酒楼宴集团拜。参加活动的除陈葆生外，尚有章一山、丁佩瑜、马诗瘝、马仲莹、王伯龙、吴子通、张聊公、陈子勋、石松亭等十余人。大家在一起，"即席商定恢复城南诗社，每周聚餐雅集，以杏花村酒楼作社集之地，依昔时蜀通饭庄原例行之，择于三月三日（星期日）上午十二时作庚辰年第一次公宴，分韵赋诗"。

1943 年 9 月 14 日《新天津画报》刊载的城南诗社挽联

城南诗社恢复活动后的第二场活动是所谓"十八学士登瀛洲"。据《新天津画报》载，城南诗社老友严台孙先生，因感者旧凋零，骚坛冷落，特商诸姚品侯先生，假其寓所之雨香亭，招邀在市区居住之社友欢宴。事前由孙正荪先生函催，二月初九日正午举行。是日参加宴集者正好是 18 人，其中以胡峻门孝廉寿龄最高，75 岁；朱燮辰（士焕）次之，73 岁。另有陈葆生、严台孙、孙正荪、姚品侯等名流，以及当日新入社的六位社员，即王吟笙、郑菊如、王纶阁

（王襄）、周微甫、黄洁尘、张梯青等。姚品侯出斗酒饷客，即席请王吟笙分韵赋诗，并写真纪念。因是日与宴者18人，正好符合登瀛学士之数，允为词林佳话。雨香亭本为清高阳文正公（鸿藻）读书处，为当代沽上名胜之地。是日诗酒联欢，至日晡时，宾主始兴辞作别。"葆生老谓：正与杏花村遥相唱和云。"

俦社成立于20世纪30年代初。据《读沽上吟坛鸟瞰后》（作者杨轶伦）一文载，俦社社友初为赵元礼、郭啸麓、袁寒云、方地山、管洛声、丁佩瑜、章一山、金息侯、陈病树、陈伯耿、林笠士、许佩衡、陈葆生、杨味云、蒯若木、张一桐、王伯龙诸人，二十余人。嗣分为两组，皆名俦社。"个中原委，仅以一二人闹小意见。"

俦社最活跃的时期当数1934年、1935年，由社长、水香洲主人张镒组织的水香洲酬唱活动。张镒在《水香洲小记》中云："菡萏始华，俦社诸子毕集。"1936年梓行的《水香洲酬唱集》，曾收录了陈葆生的《水香洲酬唱集序》一文，可作为陈葆生参加俦社活动的记录。其文曰：

> 仲金（仲金为张镒的号）往矣，水香洲之游邈焉不续。同人每于酒座间谈及，相与抚膺慨叹。余曰：忽于现在，恋于既往者，情之常也。然既往矣，恋之何益！且胜游虽往，而吾侪酬唱之作不与之俱往也。及兹辑而存之，以存水香洲，且以存仲金，不犹愈于抚膺慨叹乎！蚩云胠吾言，乃就仲金所手录者，稍编次之，以付剞劂。夫是洲之盛衰兴废，两年间耳，时之至暂者也。然而展是编也，其地其人宛在心目，足以永无穷之思矣。后之人其有眷怀风雅过荒洲而欷歔凭吊者乎？

陈葆生晚年还曾加入了水西诗社。据《新天津画报》发表的《沽上吟坛鸟瞰》一文载，水西诗社原名"消寒诗社"，每隔9日雅集一次，共雅集 9 次，"乃期满闭幕，改为水西诗社"。每月会课一次，每次课有诗词，每次均有诗词、诗钟作品甚多。社友计有吴子通、陈葆生、张聊公、王伯龙、黄洁尘、姚灵犀、何怪石、陈尚一、赵伯犀等 9 人，均系一时文坛名宿。

水西诗社曾为陈葆生举办过公祝活动。有一年的七夕节前夕，水西诗社因陈葆生病愈，又值王伯龙生日，在"洞庭春"举行公祝宴集，并为新社友刘云孙、孙正荪举行欢迎会。刘云孙为"永清才子"之一，孙正荪则为名诗人、大律师，并擅篆书。本次宴集所拟定的诗题为"祝伯龙生日"（不限体韵），词题为"癸未七夕大雨""贺新凉"（即《贺新郎》）。"葆生是日饮啖甚欢，并称必先交头卷云云。"但天有不测风云，"不意昨接陈宅家人口报，蹋公竟撒手人寰，驾赤凤载云旗，修文赴召去矣。回首前尘，恍然如梦，水西诗社失此良导师，相与抚膺叹悼不已云"。

陈葆生去世后，著名学者、诗人李琴湘曾撰挽联悼念。其联云："善为词并善为诗，一生才调自绝伦，想我城南无几辈；优于仕实优于学，豪气消磨今已尽，问君床上属何人。"这副挽联发表在《新天津画报》上，题目是《挽陈葆生社长联——代城南诗社拟》。由此文可知，陈葆生亦曾担任过城南诗社社长一职。

（原载 2021 年 11 月 1 日《天津日报》"满庭芳"副刊）

"三弓居士"与冷枫诗社

"三弓居士"乃为津沽诗人张弘弢（字异荪，以字行）的别署。

张异荪生于 1901 年，天津人。20 世纪 20 年代，他任职于长芦盐务局，先后任会计主任、总稽查之职。1930 年一度远赴河南盐业机构任职，六年后返回天津。1936 年加入城南诗社，并于当年 12 月与杨轶伦共同发起成立冷枫诗社。与王纶阁、王斗瞻、徐镜波等同为著名诗人王仁安的大弟子。有《奇芸室诗荟》和《妙吉祥庵诗稿》《二学集》《千方集》等诗集问世。1944 年（一说为 1943 年）去世。

据杨轶伦《再谈笔名》载，"诗人张异荪名弘弢，与予曾有昆季之约，相交且逾十年矣。按君又别署'三弓居士'，盖以其姓与名三字，皆为'弓'字之偏旁，信巧合也。君又曾作《冷枫八仙歌》，末二句自道云：'异荪'虽'异'未必然，性耽诗酒乱华筵。释名成句，而又反其意以自拟谦，亦佳制也。"

张异荪的书斋名"奇芸室"。据《新天津画报》载："社友张异荪先生昨访导师高彤皆（高凌雯）先生。彤老因病久不出门，然对社中仍甚关怀，希望常开诗会，以为三津文化之倡。并对异荪之'奇芸室'书斋，拟改为'齐云阁'。故异荪自即日起书斋已易'齐云阁'云。"高凌雯给张异荪书斋改名，堪为津沽文坛之佳话。

東冷楓詩社示異藕（王猩酋）

冷楓詩社詩清新，社中有舊友二人，藐孫嗜詩日千首，讀書忘食楊軼倫，醉尤飲酒天亦醉，風雷單下走鬼神，其餘諸公雖未面，誦詩巳見厴山真，同聲衆首斯最樂，吟成大雅當扶輪，此間一儁遠相慕，洗硯不得濫竽陪衆賓，草屋近來有忙事，洗河刻硯昏復晨，晨復昏兮不自已，是爲洮河來臨寨，洮河綠石無慚顏，宋人什襲思懸巾，平生攀想忽懵頤，十洲三島都紅塵，野人已是陶汰物，所喬之物尤嶔陳，人生嗜痂從所好，不可救藥手不輟，得隴望蜀食未已，邇硤昨又求海潯，擬同端歈作展覽，孔子生日爲良辰，年年籌備換新樣，專門列硯將在今，所以忙來忙不了，敢告社中諸同仁，同仁附掌一大笑，驚起牛斗翻天津。

1940 年 11 月 18 日《东亚晨报》刊载王猩酋（菡）与张异荪交往轶事

张异荪最大的贡献是他与杨轶伦等共同发起成立冷枫诗社。1933 年，蒙王焕如先生介绍，杨轶伦与张异荪相识，二人一见如故。到了 1936 年，杨轶伦商张异荪结社之事，得到了张异荪的支持。同年 12 月 6 日下午，杨轶伦等借老西开教堂后的瑞德新里五号召开了成立大会。在会上，张异荪作《赋冷枫诗社成立》七律三章以柬诸社友，其中有诗句云："冷枫结社初成日，恰是吴江木落时。老圃黄花开晚节，御沟红叶写新诗。"参加成立大会的师友们各依原韵奉和，以答雅意。唱和者计有 9 人，共得诗 14 首，会后"汇钞一册，作为纪念"。

张异荪《妙吉祥庵诗稿》《二学集》《千方集》等诗集出版时，杨轶伦曾为其题词祝贺：其一："诗成二学又千方，妙笔谁如妙吉祥。玉版法书君丽句，享名同是十三行。"其二："鸡林价重羡佳篇，

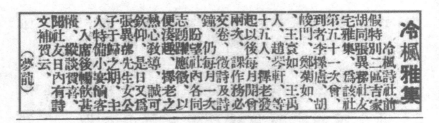

1942 年 4 月 6 日《新天津画报》载张异苏组织冷枫诗社社集消息

题句何妨附骥传。我亦有诗三百首，未知付梓待何年。"

张异苏的诗作成就亦为著名诗人、学者王猩酋所称道。王猩酋《柬冷枫诗社示异苏》诗中有"冷枫诗社诗清新，社中有旧友二人。异苏嗜诗日千首，读书忘食杨轶伦。醉天饮酒天亦醉，风雷笔下走鬼神"。"醉天饮酒天亦醉"表明张异苏的诗风具有浪漫主义的特点，这是对张异苏诗词感染力的高度评价。

张异苏曾经是津沽诗人中最为活跃者之一，也可以说是津门诗界的领军人物。这从当时的有关他参加冷枫诗社的活动报道中可以得到佐证。如 1937 年 6 月 24 日，天津《大中时报》发表了张异苏的题为《今燕子楼名扬同社八公联句其上赋谢一章》的旧体诗一首："楼名燕子古今同，直与尚书异曲工。杜牧偶然歌好好，韦青终许遇红红。岁寒林木称三友，枫冷诗坛会八公。为我聪吟良可感，有人惆怅月明中。"

《东亚晨报》报道过冷枫诗社的一次雅集活动。由杨轶伦、王禹人、张异苏三君发起，柬约社友在法租界二十八号路通义学校内雅集。此前，诗社已沉寂半载之久。是日，下起了小雨，但并没有影响大家的兴致。到会者有康仁山、胡峻门、王叔扬、韩世琦、曹烜五、张异苏、王禹人、杨轶伦、赵琴轩、王寰如等二十余人。大家在会上作了交流。因导师李琴湘有病未能与会，故提前由张异苏到其家中，请其为社友出题征诗钟。社集的时候，就以李琴湘所题

"白莲"二字为唱，请社友们分别完成诗钟（一唱至七唱自选）。答卷寄至英租界五十九号路四维里 14 号李宅。上述文字，除说明张异荪之活跃外，还透露出了李琴湘先生的住处。英租界五十九号路即现在的沙市道。四维里即现在的四达里，位于沙市道西段南侧，只不过旧址平房已在 1988 年拆除。

张异荪还曾在其居室组织雅集活动。《新天津画报》曾载文说，冷枫诗社假特别二区吉家胡同张异荪社友宅雅集，这次雅集为该社成立以来的第 51 次聚会。当日参加活动的有李琴湘、胡峻门、郑菊如、王寰如、王禹人、赵琴轩等 15 人。自从李琴湘担任该社导师后，按照惯例，冷枫诗社每月要开会两次。其中的一次，由李琴湘出题征诗及诗钟，另一次不再征集。"择老（指李琴湘）之热心教导，诚可钦仰。"有意思的是，当日为张异荪先生女公子"于归"（出嫁）之期，于是主人特备小宴饷客。大家入席后畅饮甚欢，并提议由社友们于日内分别作诗补贺。

除冷枫诗社、城南诗社外，张异荪还与章一山、金息侯、岳雪樵、蒋沺清、陈庸庵（即陈夔龙）等社会名流有交集，并经常在一起诗酒唱和，有关的诗作为研究张异荪的生平和交游提供了难得的史料。

（原载 2022 年 2 月 21 日《天津日报》"满庭芳"副刊）

王禹人与沽上诗词社

王禹人，1902年出生，20世纪40年代天津著名诗人、书法家。曾参与组建犀灵诗社、河北文艺社、冷枫诗社、玉澜词社，并同时参与城南诗社活动。因此，在津沽诗词史上具有重要地位。

据杨轶伦发表在1937年4月13日《大中时报》的《冷枫诗社成立始末》一文载，1923年，杨轶伦与王禹人、周耘青、许遇声、杜小宸等师友，在天津关上组织"犀灵诗社"。诗社每月定期活动，每次活动均命题征诗或举行猜谜活动。一时"三津硕彦，纷纷投函赐教"，"颇极一时之盛。"

1928年秋季，杨轶伦与王禹人、周耘青、解石田、牛司愚、王震宇等六人，发起成立"河北文艺社"，专门从事新文学之创作。后因周耘青赴闽，王震宇亦赴北平求学，成立未及一年之诗社即自行解散。

1936年12月，杨轶伦与好友王禹人、高守吾、张异苏、解石田等人，在老西开教堂后瑞德新里五号若瑟女子学校，共同发起成立了冷枫诗社。社长是杨轶伦。王禹人是创始人之一。取唐代诗人崔信明的"枫落吴江冷"诗句，将诗社命名为冷枫诗社。先后聘请赵元礼、高凌雯、李琴湘三人为祭酒。社友一度达30余人，其中不乏名家，如刘云孙、胡峻门、郑菊如、李一庵、徐镜波等。诗社成立时，王禹人刚由香山游览而归，"携归红叶多片，并择叶之肥大而美丽者一片，以镜嵌见赠，题曰'香山红叶'，藉作冷枫社成立之纪念"。

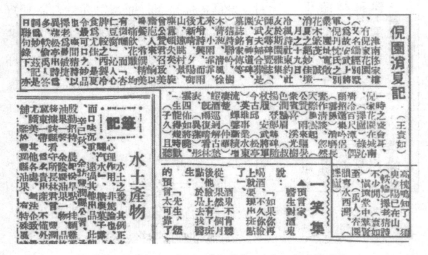

1942 年 7 月 30 日《新天津画报》刊载王寰如的文章

1940 年夏，王寰如与王禹人、赵琴轩等三人共同发起成立了玉澜词社，以位于兴亚三区（旧法租界）三十一号路（今河北路）的致美斋饭庄为社址。著名文人周公阜、王伯龙、张聊公、姚灵犀、张异荪、杨轶伦等先后参入。"关于成立词社的宗旨，王禹人在《玉澜词社的前途》一文（刊于 1940 年 11 月 11 日《新天津画报》）中作了诠释："词在前些年曾被新文学家俞平伯、郑振铎、赵景深、卢冀野诸先生重视和提倡。而今有些喜欢填词的人，又继续俞先生前志，成立一个玉澜词社，将俞先生播下的种子，要它开花结子。"

词社先后聘请杨味云、向仲坚、胡峻门三先生为祭酒，每月（后改一季度）活动一次，按期命题课词。如于 1941 年 1 月 13 日，玉澜词社举行第五次雅集活动，同时为社友姚灵犀补祝寿辰。"由王禹人君书一大红寿字悬诸壁上，倍极生色。"

王禹人还曾是城南诗社的骨干社友，他曾多次主持城南诗社的重要活动。如沽上著名书法家沈斐庐，"真行隶草各体皆工，而篆笔尤妙，盖其致力于此道者深矣"。1941 年 6 月，沈斐庐举行书画展。除书画外，沈先生亦工诗词，"闻王禹人先生拟约其加入城南诗社、玉澜词社"。

据 1942 年 4 月 30 日《新天津画报》载，顾寿人去世后，城南诗社于 4 月 26 日午刻，在日租界松岛街妙峰山下院举行公祭。司仪一职即由王禹人担任。期间，杨味云为主祭，刘云孙诵读祭文，陈葆生、马诗瘤、胡峻门、姚品侯诸前辈参加。

1940 年 11 月 1 日《新天津画报》刊载玉澜词社成立贺诗

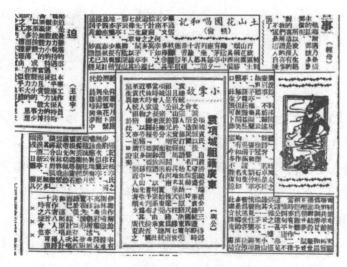

1942 年 10 月 1 日《新天津画报》刊载土山花园雅集消息

另据 1946 年 7 月 19 日《中南报》载，城南诗社假致美斋饭庄欢宴自重庆归来的社友、原天津县县长陈诵洛先生。是日，由"孙正荪、王禹人照料一切，很是辛苦"。沽上诗人悉数出席，计有章一山、李琴湘、金息侯、王吟笙、郑菊如、李海寰、孙正荪、王伯龙、姚灵犀、王禹人、王寰如、王占侯、李一庵、程卓云、于馥岑、张一桐、徐幽谷、徐镜波、王斗瞻、张梯青等。

（原载 2022 年 3 月 14 日《中老年时报》副刊）

任传藻与城南诗社

任传藻，字瑾存，号剑庐，1886 年出生于江西省丰城（今属宜春市）。贡生。直隶法政学堂毕业，毕业后长期从政，其间主编过《东明县新志》（1933）、《藁城县志四种》（1934）、《丰城县志稿》（1948）等著述，并有《剑庐诗存》（1932）一书存世。

1916 年，任传藻从山东调往直隶省任职，并定居天津，其间任直隶省大名道尹公署科长（一度代理道尹）、冀南镇守使署军法处长等职。1917 年 10 月份，北方暴发特大洪水。任传藻曾从天津出发，赴直隶省石门、正定、雄县一带赈灾。其《天津道中》一诗，记录了他在路途中的所见所闻："征轮甫卸又重开，容易津门过眼来。别后亲朋违咫尺，望中楼阁怕徘徊。阳侯汹涌逞余虐（时河已将冻又惊水涨），闹市繁华半劫灰。尚幸冬寒寒未甚，客途犹见垄头梅。"1916 年至 1925 年这 10 年间，任传藻虽家住天津，但因其主要在直隶南部各县任职，故与津沽学者之间的交往并不多。诗人张念祖（苕晖），因与任传藻为邻居，所以二者之间的交往密切，这可能是个例外。1932 年张念祖曾作诗言："我识任侯踰十载（1922），酒楼斗韵欢飞觞。小筑数椽招客住，奈余惭作赁庶梁。"

1926 年，任传藻因患病一度辞官，并在津门居住达 8 个月之久。

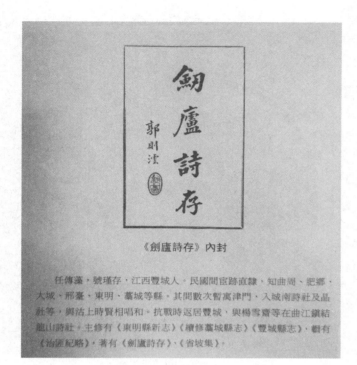

《剑庐诗存》内封

后又于同年接到任命赴曲周县（今属邯郸），因直隶一带发生战争，故未能按时赴任。因为长时间在津，故他在这一年，有机会正式参与城南诗社活动。严范孙当年曾作《和任瑾存见赠原韵》一首，记载了任传藻首次参加城南诗社活动的情况。其诗云：

　　花信将逢百五辰，德星来自剑池滨（君有小印，文曰"结庐剑池滨"）。舆歌河朔思循吏（君御曲周县篆未久），社酒城南款上宾（旧历正月下澣，城南诗社会期，君始贲临，社例凡初次与会者居宾位）。东里政书无碍猛（君著《治匪纪略》，分治标、治本两法，其治标法力戒因循姑息），西江诗笔亦何神。寒斋昨枉高轩过，蓬荜平添四壁春。

问津书院重刊任传藻《剑庐诗存》书影

1927 年至 1935 年这 8 年间，任传藻先后在曲周、肥乡、赞皇、东明、藁城等县担任县长职，其间主要利用假期或处理公事时返津参加诗社活动。如 1928 年，曾应约参加了张玉裁组织的雅集活动。张玉裁作《七月十七日夜大雷雨中约幼梅诵洛从周瑾存饮集城南酒楼有作》一诗，中有"魂翻眼倒醉如泥，三五故人成小聚"，记录了此次雅集情况。1931 年，天津发生了便衣队暴乱，任传藻曾救助过津门耆宿王仁安。王仁安在《剑庐诗存》序文中，曾谈及此事："瑾存于烽火中冒险入城，约余暂避他处。及余侨居浮寄，又复朝夕过从，以慰寂寞。"任传藻宅心仁厚，视朋友如生命，在津沽文人圈里颇得好评。1932 年冬，任传藻的《剑庐诗存》经由赵元礼、陈诵洛二人校订后付梓。王仁安应约为之作序，刘云孙、李国瑜、张念祖等社友分别题词祝贺。

1936 年，任传藻退休寓津，故有更多时间参加社集活动，与津门师友往来密切。如在当年的重阳节，他曾参加了在水西庄故址的雅集活动，同时参加活动的社友多达 30 余人，其间曾在"功赞平成"牌坊下合影留念。大约在 20 世纪 40 年代后期，任传藻离津返归丰城故里，累计居津达 30 余年。

任传藻的政绩、人品和诗才在城南诗社中可谓有口皆碑。如赵元礼在其《藏斋诗话》中，对任传藻的政绩颇多好评："丰城任瑾存大令传藻精爽而有肝胆，历宰河北各县，安良除暴，声施烂然。"赵元礼还对任传藻的诗作给予高度肯定："与予订交十年，休戚与共。从政之暇，不废吟咏。句如《与诵洛夜话》：'乱后牧民心自赤，衰时说士眼谁青。'又《和芍晖》：'忍睹疮痍医术拙，不谈冷暖世情谙。'又《登卫辉白云阁》：'农圃心情丰稔好，神仙踪迹有无中。'皆稳练沉挚，不落凡响。至'黄河一线横千里，白发频年添数茎'，则苏（东坡）、黄（庭坚）妙境矣。"

（原载 2022 年 4 月 26 日《中老年时报》"岁月"版）

管洛声与城南诗社

管洛声，名凤和（1867—1938），字洛声，号石莲居士，以字行。江苏省武进（今属常州市）人。民国时期天津的著名诗人、书法家，曾任城南诗社社长。有《北戴河海滨志略》存世。

1902 年，管洛声曾在北洋常备军中任文案。1905 年，他就任奉天海城县知县。后升任奉天新民府知府。其间，于 1909 年主持编纂《新民府志》。入民国后，管洛声一度任北戴河公益会干事，在北戴河海滨的莲峰山畔，修筑别墅一所，以为消夏之地。"石莲居士"之号，即由此得来。20 世纪 20 年代后，管洛声退隐天津，在吴家窑建私家花园——新农园，终日以艺菊、写字、赋诗和诗酒唱和为乐。其书法有"秀雅通神"之誉，"得者宝之"。

据 1939 年 11 月 23 日《新天津画报》载，城南诗社自成立迄今19 年来，社友凡 80 余人。"管洛声生前，曾编印社友录，可屈指数也。"己巳（1929）春，范老（指严范孙）去世，社事初由赵幼梅主持，继而幼梅多病，改由管洛声主持。"洛声性嗜风雅，除每月例会外，年中雅集多在新农园举行。戊寅（1938）冬，洛声既殁，仍由幼梅主持。"

城南诗社创办人之一的吴子通，在发表于 1940 年 2 月 17 日

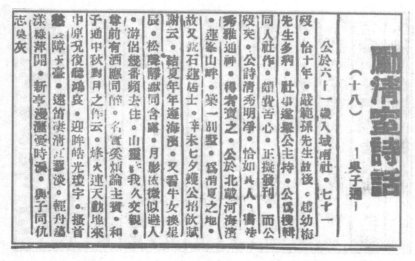

1940 年 2 月 17 日《新天津报》载吴子通介绍管洛声事迹

《新天津报》上的《励清室诗话（十八）》一文中，曾披露了管洛声的生平事迹，可作为研究管洛声的参考。据载，管洛声于 1928 年 61 岁时加入城南诗社，至其 71 岁去世时恰好 10 年。严修先生故后，赵幼梅先生亦多病，赵幼梅举荐，社事遂由管洛声主持。"公为搜辑同人社作，颇费苦心，正拟发刊，而公殁矣。"

吴子通认为，"昔人谓温柔敦厚，诗之教也。故读其人其诗，即可见其人之性情。词意豪放者，其人之亦豪放；温婉者其人亦温婉"。管洛声的诗作"清秀明净，恰如其人"。兹摘录其佳句，藉见一斑。如《观人垂钓》云："忆昔方舟惶恐滩，排定雁阵泪声寒。今朝激浪矶头坐，不望游鱼上钓竿。"此诗别有寄意，读者自得之。《和前溪海滨之作》云："良医纵少一时方，肯使牢愁扰肺肠。天外鸟飞看汛疾，夜行犬吠漫张皇。涛声翻海喧中静，月影穿林晚愈凉。骑马终输驴背稳，南窗一榻世相忘。"吴子通曾作和诗一首云："谁谓疗分有妙方，崎岖世路走羊肠。弭兵会竟羞盟主，益地图空羡古皇。冷眼揪枰争黑白，惊心橐吁转炎凉。贾邻终觉莲峰好，先耳松

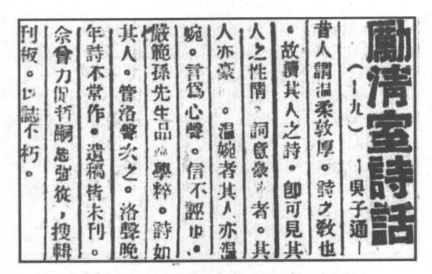

1940 年 2 月 24 日《新天津报》载管洛声事迹连载

涛俗虑忘。"但管洛声晚年并不常作诗,其遗稿亦皆未刊行。据吴子通言,他曾力促管洛声之哲嗣管忠强进行整理,将其诗作刊行,"以传不朽"。

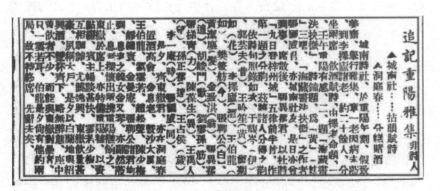

1942 年 10 月 22 日《新天津画报》载城南诗社聚会消息

值得注意的是,管洛声除在吴家窑一带修建管园外,在海大道还有一别墅,名曰管城。高凌雯在《健饭集》(1938—1939)中,曾收录了作者的一首题为《城南诗社移洛声之金石书画社发端赋此》

的诗，诗云："城南旧是联吟地，诗事今移到管城。四壁欣看石墨遍，一楼常对海云生（在海大道）。胜游随处留尘迹，大隐何须厌市声（门外人杂声器）。却怪当筵无只字，不辞瓦缶独先鸣。"

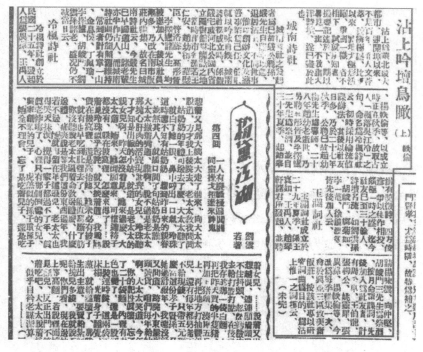

1943 年 8 月 23 日《新天津画报》载天津诗社情况

从以上诗句中，可以得知：在日本侵占天津后，城南诗社仍在坚持活动，并且一度将社址迁往管城之"金石书画社"。可惜，管洛声于 1938 年冬天去世，城南诗社便居无定所矣。

顾寿人与城南诗社

　　顾寿人,名祖彭,寿人(仁)为其字,以字行。原籍江苏江宁。光绪二十年(1894)三甲进士。津门著名诗人、书法家。辛亥革命之后,他寓居津沽,与严修、赵幼梅、李琴湘、王仁安等耆老多有诗酒往还,并成为城南诗社最具影响力的骨干成员。

《新天津画报》载城南诗社公祭顾寿人消息

　　年轻时,顾寿人一度主讲庐阳书院(今属安徽合肥市)。后在北京商部任主事,不久又荐升郎中,充庶务司掌印。因其办事果断,且公正廉明，故在考核中，以"京察一等"的成绩成为"记名道府"。入民国后，顾寿人辞官居津，终日以文会友。当时在政界，很多官员都是他的下属或同僚，但顾寿人已绝意仕进，终日唯以闭门读书、研讨诸史及名家文集为快事。举凡所诵读者，则过目不忘。吴仲泽侍郎曾以所藏抄本《南吴旧话录》一书求他指教，因前后存在脱页现象，并不知作者为何人。顾寿人检阅《闲斋笔记》后，知作者为明代高士李东园，并将结果写信告知吴侍郎。吴侍郎很激动，在回信中，有"君真东园千秋知己"之语。顾寿人知识之渊博，由此可见一斑。

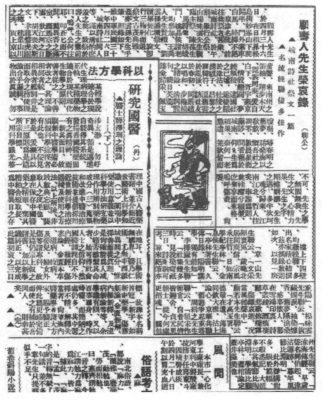

1942 年 4 月 26 日《新天津画报》载顾寿人简历

顾寿人于近人诗中颇喜《广雅堂集》（张之洞作），曾经为之作笺注，密行细字，微引繁博。后闻严修先前曾有笺注，遂不复作。严修笺注之《广雅堂集》影印本，引用顾寿人的笺注颇多，足见严公对顾寿人渊深学问之肯定。

顾寿人早年耽于考据之学，尤殚辞章，喜为诗。赴京任职后，几近废弃。寓居津门后，复理旧业，先后与严修、赵幼梅、管洛声、王仁安、李琴湘诸先生一起结城南诗社，并与章一山、金息侯、杨味云、蒯若木、郭啸麓、陈一甫、丁佩瑜诸先生结俦社及十作会，流连杯酒，聚话沧桑。

此外，寓津期间，他还日夕临池，使其书法日益精进，求字者接踵而至。顾寿人为人谦和内敛，待人接物皆出于诚。其在故乡的薄田收入，悉数用于照顾亲友，数十年如一日。顾寿人之气节文章，足令今人钦仰不置。

顾寿人在城南诗社一直很活跃，几乎参加过诗社的所有雅集活动。20世纪40年代初，因身体原因，很少再抛头露面。王寰如撰写的《圆人寿——城南诗老赏中秋》（刊于1941年10月9日《新天津画报》）一文，曾披露了顾寿人最后一次参加城南诗社活动的细节。据该文载，这一年的中秋节中午，城南诗社假致美斋饭庄举行雅集，章一山、李琴湘二位耆老，因家里有事不克参加。"而平日向少到会之顾寿人，则扶杖而来。王禹人君因谓寿老今日能到，恰合'月圆人寿'之意，大为生色。社友亦无不欣然色喜"。这一天，参加雅集者除顾寿人外，尚有姚品侯、郑菊如、郭芸夫、于馥忱、胡峻门、刘云孙诸老将，而孙正荪、王叔扬、张异荪、石松亭、王禹人、张梯青、张聊公等中青年社友，亦同时在座。席上饮酒少许，共赏中秋。饭后，即由顾寿人命题征诗，顾寿人所命题为"辛巳中秋"，不限体韵。这次活动后仅3个多月，顾寿人便于1942年1月17日（辛巳十二月初一日）在寓所病逝。

当年 4 月 26 日（旧历三月十二日），城南诗社在日租界松岛街（今哈密道）妙峰山下院，为顾寿人组织公祭。关于这次公祭，4 月 30 日的《新天津画报》作了详细报道："门外素车白马，络绎不绝。京津名流，前往奠祭者甚众。"城南诗社于午刻，举行公祭，由杨味云先生亲临主祭，陈葆生、马诗癯、胡峻门、姚品侯诸老均悉数参加。王禹人先生致赞礼，刘云孙先生诵读祭文。读毕焚化，旋即行三鞠躬而退。祭文由城南诗社另一位耆老刘云孙手撰，其中有"同严（修）、赵（元礼）以唱和，步梅（尧臣）杨（万里）之绪余"两句，一方面肯定顾寿人的人品、学问，指其可与严修、赵元礼相媲美，足见顾寿人在津沽诗坛上的影响力。另一方面，概括了顾寿人旧体诗的风格与特点。梅尧臣、杨万里，均为宋代颇具影响的现实主义诗人，梅尧臣是北宋诗歌革新运动的推动者，对宋诗发展起到了巨大的推动作用，史上有"欧梅"之誉。杨万里则是南宋著名诗人，他的诗作自成一家，独具风格，其"诚斋体"一直影响后世。"先生之学，无固无我。先生之文，心精力果。先生之字，刚健婀娜。"刘云孙在祭文中对顾寿人之学问及书法成就褒奖有加。

顾寿人一生为官清正，学问渊博，凤负重望，其学问、文采及对天津诗坛的贡献，堪称城南诗社之楷模。

刘云孙与城南诗社

刘云孙（1876—1951），名赓垚，字云孙，以字行。原籍河北省永清县，民国时期寓居天津的著名诗人。

刘云孙是清光绪年间永清县廪生，担任学堂教员。1923 年至 1926 年，一度担任曹锟总统府秘书及无极县县长等职务。据 1927 年 3 月 26 日北京《益世报》载："署理无极县知事刘赓垚另候任用，遗缺以任邱县知事岳有蒿调署。递遗任邱县知事，委曹恩澂署理。"也就是从这一年起，一直到 1950 年，刘云孙再次定居于天津（居所旧址位于今和平区营口道联兴里 6 号），以秘书公职及家馆教师为业。

刘云孙工于书法。21 岁时，就曾在永清县书法比赛中获得过第三

刘云孙为《赵幼梅先生哀挽录》题词

72

名。他的绘画成绩亦可圈可点。《新天津画报》载："城南诗社诸老，皆精书画，如李择庐、严台孙诸氏之书法，与刘云孙、樊筱舫诸氏之绘事，均高雅脱俗。近来合作扇面甚多，将由蕴宝斋汇收，即在该店楼上举行展览。"用"高雅脱俗"四字形容刘云孙的绘画，足见刘云孙绘画之影响力。

刘云孙最大的成就体现在他的旧体诗的创作上。自 1921 年起，他先后加入天津城南诗社、冷枫诗社、水西诗社等诗词团体，与严修、赵元礼、李琴湘、吴子通、顾寿人、王伯龙等名流多有往还。

刘云孙的旧体诗创作，曾受到赵元礼的重要影响。1921 年 11 月 13 日，城南诗社雅集后，赵元礼邀请刘云孙到家中做客，并向其赠送了他的《藏斋诗集》。刘云孙"赋

1927 年 3 月 26 日北京《益世报》载刘云孙消息

长歌以纪之"。诗作被收录在《城南诗社集》里。"云孙有诗不轻作，常恐通人笑浮薄。自得藏斋数卷诗，维摩说法天花落"，道出了因受赵元礼的鼓励，刘云孙开始从事旧体诗创作的心路历程，并表示"我读君诗识君意，羡君偶俶无与俦，仰天一笑三千秋。待得明年七十二沽春水暖，十里波平一叶舟，愿鼓双楫同君游"。

关于刘云孙的诗作特点，赵元礼在《藏斋诗话》中曾这样评价过："城南诗社已故之诗友不计外，今之时与赓和者，则顾君寿人之典雅，王君逸塘之博洽，周君熙民之笃挚，高君彤皆之沉链，杨君味云之朗润……刘君云孙之浓郁，李君琴湘之道隽，陈君诵洛之警拔，济济一堂，于今未坠。"他还举刘云孙的《过水坡渡口》为例：

"满地黄花认水坡，北来我又渡黄河。年年争战民财尽，放眼中原老泪多。"认为该诗"有喷薄之气，故佳"。又《过娘子关》云："雄关高与万峰齐，回首并州落日低。浩瀚浑流来眼底，乱山排到井陉西。"赵元礼评价其"亦有盛唐气派，以其无蹈空之字句也"。

赵元礼去世后，作为师友，刘云孙专门作《追挽藏斋二章》以示悼念。其一："城南诗社水西庄，陈迹微茫付梦乡。两地招魂招不得，萧萧风雨又东阳。"其二："别有辛酸只自知，检寻旧札与遗诗。他年纵有惊人句，散帙追酬宗却谁。""散帙追酬宗却谁"，道出了二人之间亦师亦友的关系，更能看出赵元礼对刘云孙诗风形成的重要影响。

20 世纪 30 年代，陈诵洛担任天津县县长，他是城南诗社最年轻的"帅哥"，一度主持城南诗社工作。刘云孙非常器重这个比自己年龄小很多的师弟，把他作为自己旧体诗创作上的"知音"。除经常一起参加诗社雅集外，他们二人还经常在一起小酌。1921 年，刘云孙作《玉壶春小饮赠诵洛先生》，其中有四句诗云："玉壶不惜留君醉，买尽江南十斛春。漫谱冰弦一曲琴，喜从弦外结知音。"二人之间的友谊溢于言表。

张玉裁是著名诗人陈石遗的弟子，是一位国学造诣颇深的教育家、诗人。他是河北雄县瓦桥关人。因为是同乡，故与刘云孙关系非常密切。1927 年，张玉裁曾作《九日小集云孙寓庐》一诗，概括了二人之间的友谊。诗曰："宿醒犹未解（谓前夜真率会），折束又相招。此会知谁健，同来远市嚣。秋光蓟门树，诗思广陵潮。莫负杯中物，能将块垒浇。"刘云孙邀请张玉裁到家中做客，说明二人之间的关系非同一般。

刘云孙在天津诗坛愈加活跃。城南诗社的重要活动，他几乎都没有缺席，并且事实上他在城南诗社里同样担任着很重要的"秘书"

角色。城南诗社曾假致美斋饭庄举行例会，参加活动的诗人有姚品侯、陈葆生、刘云孙、陈子勋、黄洁尘、童曼秋、张聊公、曾公赞、孙正荪、石松亭、王禹人、张梯青诸人。按照例会决定，城南诗社将于旧历的三月初三日举行上巳修禊活动，"当由刘云孙先生即席拟具小启，通知社友，届期莅临"。

除参加城南诗社外，刘云孙还参加了著名的冷枫诗社。据杨轶伦的《沽上吟坛鸟瞰》一文载，冷枫诗社发起人为张异荪、王禹人、杨轶伦等。以成立时正在秋季，故取古人"枫落吴江冷"之句，将其命名为冷枫诗社。起初采用轮流值课办法，其后以社友日多，乃公聘已故赵幼梅先生为祭酒。赵幼老逝世后，乃另聘高彤皆、李择庐二先生为祭酒，并举办有奖征诗活动，四方俊彦，争以佳作相投。社友达三十余人，诗坛名流，如刘云孙、胡峻门、郑菊如、李一庵、徐镜波等皆先后加入。

冷枫诗社曾假法租界同仁堂药店小楼雅集，到会者李择庐、胡峻门、黄洁尘、徐镜波、曹炬五、刘云孙、杨嗣箴、杜彭厂、张靖远、杨绍颜、康仁山、杨轶伦、石松亭、王禹人、王寰如、张异荪等，并举行春节团拜。可见，刘云孙在冷枫诗社里同样十分活跃。

（原载 2021 年 9 月 27 日《天津日报》"满庭芳"副刊）

马骧与城南诗社

著名学者、教育家、藏书家马骧（字子龙，号颉云），今廊坊市安次区东光镇得胜口村人。据《桑梓纪闻》一书载，得胜口马家为畿南望族，历代文风兴盛，代有传承。如马骧之父马庆恩，"岁贡生，候选教谕，笃守程朱义理，著有《四书辑评》《畿辅书征》"。著名诗人、学者马仲莹（钟琇），为马骧之子，毕业于天津北洋法政学堂，曾在前清担任法部主事，进入民国后担任众议院议员和公府顾问。退隐天津后，加入城南诗社。著有《城南诗社小传》《竹荫斋丛稿》《安次县志》等。

马骧本人"赋性聪慧，为文如素构。收藏甚富，藏书十余万卷"。1871 年（辛未）参加童试，取得第一名。后连续参加科试、岁试，均取得优等成绩。1879 年（己卯）、1882 年（壬午），两试秋闱，未能得中。加之马骧"豪于饮，因以酒致疾"，所以这之后就放弃了科举考试，每日"独居一室，犹手不释卷，吟哦其中。著有《竹荫斋集》。1905 年（乙巳）被举荐进入学宫，并依例被授予州判之职（七品）。后以次子马钟琇任职比部（即刑部）之故，被晋封为中宪大夫（文职正四品封阶）。

马骧热心公益和慈善事业。1906 年，他在家乡创立乐群学校，

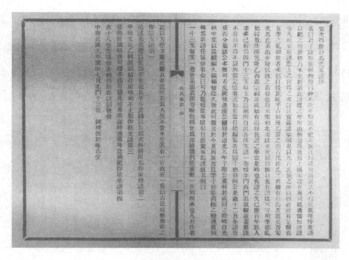

《马氏家谱》序

并设东语（日语）专修社，使家乡子弟能够兼习外文。这所学校不收学费，也不要公家补助。在 20 余年里，累计在此卒业者达数百人。马骧也因此曾获京兆尹颁发的"嘉惠士林"匾额。1917 年，海河流域洪水泛滥，邑南褚河港村（今属霸州市）因地势卑下，被洪水围困。"一村多不举火，公出巨资赈之。"1924 年夏天，得胜口一带"淫雨为灾"，马骧又捐助银币千元，用于附近 20 余村村民之救济。为表彰义举，各村公送马骧"救灾恤邻"匾额一方。1928 年，为躲避战事，马骧曾避地津沽马钟琇家中。其间，曾参与城南诗社文酒之会。1930 年 2 月 12 日，马骧不幸逝世，享年 77 岁。

马骧逝世后，王仁安、李琴湘、高凌雯、赵元礼、陈宝泉、严台孙、顾祖彭、陈一甫、张玉裁、曹经沅、胡浩如、冯问田、李凤石、李国瑜、张一桐、王武禄等城南诗社宿儒纷纷题写挽联，颂扬马骧的学问、义举和善行。如高凌雯题联云："停杯病酒，尚享高年，想见是翁真矍铄；筑馆藏书，尽遗后嗣，合称今日小玲珑"。李金藻题联云："舆诵廿余村，众人有母；楹书十万卷，令子克家"。

严台孙题联云："河北著名家，学富五车，诗酒逍遥真事业；畿南称望族，书藏万卷，梓桑润泽老明经"。冯问田题联云："无廊庙气，无山林气，允推当代名儒，教子有义方，万架缥缃绵世泽；是文学家，是慈善家，大庇一方寒士，老成遽凋谢，满城桃李泣春风"。

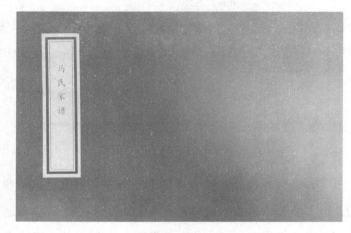

诗人马仲莹编写《马氏家谱》书影

马骧夫人曹氏，为武清王庆坨人，1921 年卒。有子五人：除二子钟琇外，长子钟琦（城南诗社成员、书法家），贡生。其余三子为钟璿、钟瑄、钟璞等。

（原载 2021 年 12 月 13 日《中老年时报》副刊）

吴子通与城南诗社

吴子通（1880—1944），名寿贤，子通为其字，以字行。民国时期天津著名的诗人、学者和报人。有《吴子通驳正胡适读经平议》一书存世。

吴子通原籍广东南海，自民国初年始，长期寓居津门，直至终老。他于1912年就职于津浦铁路（天津北站）。1921年，与严范孙等七人一起，创办了著名的城南诗社。1926年前后，担任《京津泰晤士报》副刊编辑。20世纪30年代，曾在《新天津报》《新天津画报》分别开设"励青室诗话""炎詹杂录"两个专栏，一时享誉津沽。

吴子通与黄兴为旧友，这在他人生履历中留下了光辉的一笔。据吴子通发表在1940年3月12日《新天津报》上的《励清室诗话（廿二）》载，1912年，"革命伟人黄兴北来，晤袁项城。冬十月（黄兴）南归，余随当局派专车送之南京。因结伴往游杭之西湖，历览南北高峰、西泠、岳坟、孤山之胜"。

在天津历史文化史上，吴子通最大的贡献，当为参与创办城南诗社，并一直襄助城南诗社活动。关于这一史实，1939年12月14日的《新天津》发表了南宫先生的《南海诗翁》一文，披露了相关

1940 年 1 月 24 日《新天津报》发表吴子通《励清室诗话四》谈城南诗社史

1944 年 1 月 22 日《新天津画报》刊载张聊公悼念吴子通逝世的诗作

情况。据该文载，"南海吴子通先生，吾初来津时，得于《京津泰晤士报》'快哉亭'副页中见其文。及请谒于中表严修二兄，始知其为城南社友。"吴子通初来津时，以橐笔鬻字为生。辛酉三月（1921），由严修发起成立的存社拟题征诗，吴子通应征作品获得第一名，故严范孙先生置酒招之，引为朋侪。从此，与严修结为知交。南宫先生的说法，得到了吴子通本人的印证。据吴子通发表在1939年11月23日《新天津画报》上的《天津城南诗社源流》一文，"城南诗社创始于民国十年辛酉孟夏，为严范孙、王仁安、赵幼梅、冯俊甫、李琴湘、严台孙及余共七人所发起。""先是范孙老创办存社，由教育办事处每月拟题征诗，备有奖品。第一期为是年三月，诗题为'水仙花'及'费宫人故里'，古近体诗各一首为完卷。榜发，余居首列。范老知余与其弟台孙在路局同事，因于三月二十五日宴余于'十万卷楼'，后改蟫香馆，约冯俊甫、王仁安、赵幼梅、李琴湘、刘竺生、赵生甫、林墨青、严台孙作陪，余谢以诗，在座者皆有和作。"这是城南诗社第一次雅集。第二次是在4月份，地点是在严范孙的蟫香馆。第三次是在江南第一楼，由吴子通做东。"继而严台孙、林墨青、冯俊甫及范老，轮流作东，诗酒流连，几无虚日。每集必有诗，范老乃提议每人作东，颇觉靡费，不如改为公醵，仍于每星期一集，乃假江南第一楼为会址，此诗社取名'城南'之缘（原）因也。"另据1940年3月25日出版的《新天津画报》刊载的《城南诗社本年第一集》一文载："吴子通先生则于严（范孙）、管（洛声）、赵（幼梅）三老主持时，均为赞助一切。自管、赵先后谢世，今岁重行邀集，推章一山先生为领袖，而一应洽办之事，仍烦吴子通独任其劳。"吴子通虽不是社长，但有"赞助一切"之功。

　　吴子通参加城南诗社活动，所作旧体诗虽多为唱和之作，但却是真性情的流露。他主张作诗，一定要"道性情"。而作者要道性情，一定要有真性情，然后才有佳诗。1940年1月20日，《新天津报》上曾载吴子通的《励清室诗话》，在谈及这个话题时，吴子通提到，"诗之有真性者，最能感人。由西周历汉、唐、宋、元、明、清，数千年来，佳诗不可胜数，其可传者，皆有真性情也。少陵野老，固二者乎不可，有清一代，能诗者车载斗量，可传者亦甚多。"

试举例如次。1939年10月30日，《新天津报》曾载吴子通的《己卯重阳息侯少保伯龙学博招饮酒家作登高会即席分韵得真字》一诗："重阳薄暮萧疏雨，百劫浮生淡泊身。圃冷黄花标劲节，珠飏丹海积轻尘。樽前有酒浇愁垒，地下无书寄故人（赵幼梅先生新逝故云）。难得年年作高会，一堂觞咏见天真。"诗中即表达了老友赵元礼新逝后，作者的思念之情。赵元礼为城南诗社耆老，德高望重，为社友所敬重。"樽前有酒浇愁垒，地下无书寄故人"两句诗，反映了作者的真性情，体现了吴子通诗与心灵关系的主张。

吴子通真性情还体现在他热情招待自己的师友上。据1940年9月13日《新天津画报》载，友人陈子翰章，由京来津，吴子通招饮于杏花村酒家。陈翰章盛称酒馔精美，出袖中扇一索诗，吴子通"勉古一律以应"。其诗云："画楼一角倚西风，沽饮何须问牧童。醒醉眼中残局劫，行藏心付信天翁。盘飧雅擅郇厨美，樽酒无虞孔座空。自是仙人好居处，清狂君不让山公。"

吴子通对作诗的规律很有研究。据吴子通发表在1940年1月23日《新天津报》上的《励青室诗话（三）》载，吴子通认为，无论是五七律，还是五七古，均各有章法，句法、字法截然不同。但作诗应当先调平仄，其次是讲押韵，再次是审声调，三者既无舛误，诗之骨架即成。然后是命意、遣词、造句、练字，诗之精神就具备了。他还建议读者多读《毛诗正义》《汉书》及唐朝、宋朝的古诗，"优游而玩案焉，能如是，庶不愧乎诗人矣"。

吴子通一共育有 14 个子女，其中有 8 个夭亡。据署名"老乡"的作者发表在 1939 年 10 月 24 日《新天津报》上《巧不易解》一文，有一次，作者同诗翁吴子通在一家饭馆吃便饭时，曾谈及吴子通膝下的四男二女，说他的福气很大。吴子通听后摇了摇头说："从先我一共十二个儿子、两个姑娘，都是同母的，如今也只剩掉这六个了。"

吴子通于 1944 年年初去世。关于这一点，张聊公在《哭吴子通》一文（刊于 1944 年 1 月 22 日《新天津报》）中曾披露了相关情况。据介绍，吴子通因患胃病甚剧，于月前入本市中华医院调治。不幸于国历 1 月 16 日逝世。"吴君一介寒儒，平素以讲学为生，身后极为萧条。"

虽然吴子通身后萧条，但他对城南诗社的贡献，仍为社友所重。著名学者、诗人张聊公的《哭吴子通》一诗，追思了老友的过往及疗疾的过程，"廿年文酒场，咸赖君总持"是对他所作贡献的最大肯定。因原诗不长，且文献价值较高，故笔者抄录于后供学者参阅。

城南盛裙屐，与君最相知。弄墨偶登台，椽笔劳品题。丹青恨未工，嗜痂偏取携。裙摭友断句，更愧阿其私。招邀每及我，窃喜侍杖藜。廿年文酒场，咸赖君总持。伴狂甘隐抢，骞腾志已灰。闭门苦觅句，与世殆相远。余钱但买醉，歌席足娱嬉。优游亦自得，长寿意可期。入冬忽病胃，缠绵竟难医。登楼殇床榻，消瘦惊颜衰。犹冀善调护，定还松筠姿。岂料才旬日，斯人云已萎。一暝不复视，遽尔乘化归。君体夙坚强，连尊增歔欷。今秋哭踽公，哀愤摧肝脾。老泪已无多，今又为君挥。世难知何极，盖棺转念机。耆贤日凋落，能无心惨悽。感逝方欲念，腊鼓又频催。人生流转苦，孰能觉所迷。轰饮纡郁结，他日好共谁。怆念气类伤，俯行寄深悲。

许琴伯与城南诗社

许琴伯（1885—1967），名以栗，字忍庵，号琴伯。浙江杭县（今杭州）人。民国时期天津著名诗人、书画家，城南诗社社员。清末杭州府学邑庠生，曾赴日本留学，并加入中国同盟会，追随孙中山参加辛亥革命。入民国后，曾担任过京兆尹秘书、霸县县长。其间曾在内部政任过职。1930 年至 1936 年期间，在天津市政府担任秘书，家住河北新大路寿和里。新中国成立后加入了民革，并被聘为中央文史馆馆员。

许琴伯的诗，除反映诗友间的友情外，还把焦点放在反映现实生活上。赵元礼在《藏斋随笔》中，曾收录了许琴伯的一首题为《临川感赋》的旧体诗："寒迫饥驱事可哀，青山碧血满蒿莱。澄清寰宇知何日，放眼中原几霸才？"作者反思了北洋政府时期，军阀混战给华夏大地所带来的灾难，期待着"寰宇澄清"的时刻早日到来。这首诗代表了他在内容上的特点。

1933 年，许琴伯曾参加了在水西庄举行的城南诗社雅集，事后由李琴湘集成《癸酉展重阳水西庄酬唱集》。这个集子收录了 14 位作者的作品，其中就有许琴伯的一首诗。其诗云："莲坡游赏地，零落感斯文。联辔来荒刹，开尊倚夕曛。胜朝余断碣，旧劫溯惊氛。

此日登临处，秋声未忍闻。"作者有感于水西庄由盛而衰的沧桑变化，以及随之而来的水西庄历史文化的泯灭，表达了"未忍闻"的复杂情绪。

在诗风上，赵元礼的评价最为中肯："城南诗社已故之诗友不计外，今之时与赓和者，则顾君寿人之典雅……许君琴伯之冲淡。济济一堂，于今未坠。"

许琴伯在天津任职期间，加入了城南诗社，与赵元礼、方地山、章一山等名流多有诗酒往还。1933 年 5 月，赵元礼曾致信许琴伯，内附《琴伯先生社集饱聆》诗稿 1 首，其中有"大诗细读，妄改若干字，其尤佳者并加朱圈"。并告知近日患病未能下床，待病愈后再为其诗集作序。丁丑正月初九日（1937 年 2 月 19 日），章一山曾作《送任霸县事》诗稿 1 首，内有"呈请许琴伯吟正"字样。许琴伯还是《北洋画报》的骨干作者。他曾在该报发表旧体诗及书画作品，并因此与该报特约编辑、作者，如吴秋尘、王伯龙、方地山等建立了良好关系。1934 年第 1140 期《北洋画报》上，曾刊载许琴伯为王伯龙寿辰祝寿画一幅。1936 年 8 月 27 日的《北洋画报》曾载该报"编者"所作的《许琴伯五十初度唱和诗》，在序文中，作者曾这样介绍许琴伯："杭县许琴伯，精篆刻，工诗文，才华藉甚。早年揽胜探奇，足迹半天下。今岁为其五十初度，今以唱和之诗见遗，因刊原作一篇于左。"

即使许琴伯离开天津，他仍时常回津参加活动。1936 年 7 月 7 日鲁人在《十年来之城南诗社》一文中，曾言及"社友之离津而仍有时至会者，李琴湘、许琴伯、陈劼嵚诸君"。1936 年，许琴伯离津赴霸县任县长。不久，他又调任北平，但他仍不时回津来参加城南诗社的活动。据 1940 年 6 月 29 日《新天津画报》载，城南诗社于 6 月 23 日午时，仍假杏花村举行例会。参加者有在租界居住的章一山、刘云孙、陈葆生、陈子勋、吴子通、张昪荪等。因此时租界已开放，故在"中国地"居住的孙正荪，亦来参加。另外，在北平的社友许琴伯先生也参加了活动。"琴伯特携笔砚，乞章一山诸老，当筵书扇，留作他年印证。盖琴伯任职旧京，翌日即须遄返也。"

许琴伯还保存了城南诗社很多社友的诗稿。鲁人在文章中说："每社集在昔必分韵赋诗，或命题拈字斗诗钟（对联）。社友争奇斗胜，不惮苦思力索。近年诗钟不常作，分韵及咏物诗偶为之。间以书画、联扇相投赠。时而高论雄辩，时而促膝清谈，相对欣然。数年前曾由王仁安先生选社作印行。近十年存稿积厚盈尺，存之许琴伯、管洛声、陈嵩洛诸君许，尚待选定续印。"

许琴伯擅长书法、金石篆刻，曾拜著名书法家姚茫父为师。1934 年 1 月，赵松声、黄道敏、许琴伯等三人，曾借法租界大华饭店举行画展。在画展上，许琴伯"有《忍庵微言》之撰，率皆经世格言，可供怡情遣兴也"。走南闯北，遍访名山大川、文物古迹，故许琴伯对佛像绘画颇为擅长，其中的《正光三年造像》为其代表作。赵元礼在《藏斋随笔》中曾谈到过许氏画佛像的情况。赵元礼在文章中谈道："前人云：'吟安一个字，捻断数茎髭。'此'安'字骤看似易实则难。有杨君《题许秘书琴伯画佛》，起二句云：'吾乡许子善画佛，妙相庄严齐仿佛。'予谓'齐'字不安，于是同人皆拟一字，'如''同''皆''都'等字，细思之均不甚安，予则为之改一'佛'字，颇为人所赞许，以'妙相庄严佛仿佛'，字法句法皆甚老矣。"

许琴伯还是一位收藏家。《北洋画报》主编吴秋尘，曾专程赴许宅拜访。目力所见，尽为宝藏："栅木为门，楼老且斜敧。排闼入复室，一灯摇黄，四壁灰暗。庋架亦多老旧，所藏零落堆叠，若不置意，恍以置身于荒墟幽树间，独占古趣。""屋内有六朝出土佛像、花瓶，有唐、宋瓷碗、龙骨、铜范，有带羽毛的明代头盔，还有巨石六十一方，方方有跋。窗台有铁瓦一片，得自华山之巅。还藏有明中期雕漆果盘、汉尚方镜、唐人写经五卷，其一出自敦煌石室，曰羊皮经，长九尺，皆藏文。可见许以栗的收藏虽庞杂，却不乏重器。"

　　许琴伯在 1936 年 8 月 27 日所作的《丙子端午后二日五十初度赋感》（刊于《北洋画报》）七言古诗中，概括了自己的生平和履历。因文字不多，且史料十分珍贵，故笔者将其附录于后，供研究者参考。

　　岁在丙子榴花红，行年五十渐成翁。鬓犹未雪颜犹童，康疆百岁日方中。韶华瞥眼太匆匆，一事无成负藐躬。我生不辰逢鞠凶，零丁陟岵感途穷。饥驱轮铁走西东，此身飘泊类转蓬。读书真个误乃公，百城坐拥虚侯封。半生埋首作书佣，金石刻画事雕虫。当时意气凌长虹，图南九万欲御风。揽胜曾经谒岱宗，探奇直上太华峰。绝顶层云烫心胸，摩崖题字斩难工。在山泉水声淙淙，林表气象徒葱茏。遨游所愿赤松从，芒鞋竹杖访崆峒。参禅一笑悟色空，丹砂写佛礼慈容。远征载笔更从戎，边荒千里臂弧弓。剧惊蛮触各称雄，万骨全枯一将功。折腰斗米殊自慵，彭泽高逸素所崇。时艰蒿目忧心忡，我常踌躇簿书丛。差幸天骄健犹龙，敢期长寿歌如松。矢诗不多诉寸衷，愿祝民和兼年丰。举头我欲问苍穹，嗟乎天视方梦梦。

严台孙与城南诗社

严台孙，系严范孙之弟，名侗，字台孙，一字仲尤，以字行。著名书画家、诗人，城南诗社七位创办人之一。早年曾在津浦铁路局工作，与另一位著名诗人吴子通（寿贤）为同事。1918 年，受聘担任直隶省立第一图书馆首任馆长。

严台孙参与创办了著名的城南诗社。据吴子通《天津城南诗社源流》一文载，1921 年农历三月，天津社会教育办事处（位于广智馆）以存社（由严范孙在广智馆创办）名义，向社会有奖征集诗词作品。第一期征集的诗题为"水仙花"及"费宫人故里"，要求每人作古、近体诗各一首为完卷。吴子通的应征作品位列榜首。"范老知余（指吴子通）与其弟台孙在铁路局同事，因于三月二十五日宴余于十万卷楼，后改蟫香馆，约冯俊甫、王仁安、赵幼梅、李琴湘、刘竺生、赵生甫、林墨青、严台孙作陪，余谢以诗，在座者皆有和作。"不久，吴子通在江南第一楼回请众位师友，并相约成立城南诗社。"继而严台孙、林墨青、冯俊甫及范老，轮流作东，诗酒流连，几无虚日。每集必有诗，范老乃提议每人作东，颇觉靡费，不如改为公醵，仍于每星期一集，乃假江南第一楼为会址，此诗社取名'城南'之缘（原）因也。""每星期日诸诗人倡和觞咏，极一时之

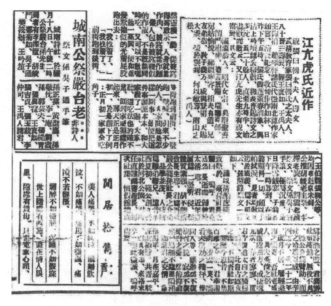

1943 年 1 月 29 日《新天津画报》刊载严台孙逝世的消息

盛。"那个时候，诗社的每一次雅集，社友们均要作诗一首并诗钟二题，集会结束后，再由严台孙带回图书馆，交由属下馆员杨君誊写油印，待下一次雅集时分送。据 1943 年 1 月 17 日《新天津画报》载，1929 年，严范孙逝世后，严台老受到很大的打击。"久不出席（诗社活动），旋即息影家居，日以诗书画消遣。1939 年，水灾以后，诗社恢复，姚品侯、王吟笙、胡峻门、樊竹南，与先生（台孙）不时在姚（品侯）氏'雨香亭'社集，然非诗会绝少出门也。"上述文字表明，从 1929 年至 1939 年这 10 年间，严台孙很少出席诗社活动。但在天津水灾后，借由城南诗社恢复活动的契机，这时的严台孙重新开始参加诗社的活动，并开始组织召集社友雅集。据 1940 年 3 月 22 日《新天津画报》载，城南诗社老友严台孙先生，因感耆旧凋零，骚坛冷落，特商诸姚品侯先生，假其寓所之"雨香亭"，招邀在市区居住的社友欢宴。事前由社长孙正荪函催，二月初九日正午正式举行。当天到会的社友，除严台孙、姚品侯、孙正荪外，尚有胡峻门、朱燮辰、陈葆生、王叔扬、董晳香、王占侯、张异荪、徐镜波、张聊公等名流，另有"新入社者，为名孝廉王吟笙先生、郑菊如先生、王纶阁先生、周微甫先生、黄洁尘先生、张梯青先生"。姚品侯"出斗酒饷客，即席请王吟老分韵赋诗，并写真纪念"。因与宴者共计18人，其中以胡峻门孝廉寿为最高，年七十五。远明老人朱燮辰（士焕）七十三。"适符登瀛学士之数，允为词林佳话。""雨香亭"为当代沽上名胜之地，是日诗酒联欢，至日晡宾主始兴辞作别。

1943年1月8日，严台孙逝世。据王寰如发表在1943年1月17日《新天津画报》的文章载，严台孙先生近年多病，已很少参加各诗社的活动。姚品老去世后，严台孙曾去吊唁。仅5个月，噩耗又传来，严台孙于日前（8日）在特二区粮店后街小胡同1号本宅逝世。"翌晚成殓，吊者甚众。三津文坛失一名宿，闻者无不悼惜云。"

严台孙去世后，城南诗社原社长李琴湘代表城南诗社作一挽联，对严台孙所作的贡献予以褒扬：

河北图书馆，向为风雅所宗。回忆范老立社已历廿余年，愿君相继维持，可称难弟。

城南诗酒盟，近觉耆英渐少。自从姚公逝世才经五阅月，本会何多损失，又丧斯人。

严台孙去世后，其家属遵照遗嘱，丧事简办，所发讣闻载有"隆仪绫、幛、花圈、挽联、冥资，一切概不敢领"等语。由此可见严台孙"清高朴实，大足针砭末俗。值此励行节约时期，此事更应提倡"。然城南诗社以先生对社务维护多年，苦心孤诣，殊堪感佩，故为其举行了公祭。据1943年1月28日《新天津报》发表的《诗家严台孙氏发引简记》一文载，城南诗社同人于旧历本月十八日下午 2 时，公祭诗家严台孙先生。虽天气飘雪，到者甚众。由胡峻门（孝廉）主祭，李琴湘（提学）襄祭，刘云孙（大令）读祭文，文系出自南海诗翁吴子通先生手笔。"典雅哀痛，述及往事，同人均不禁泪之涔涔也。"翌日上午 10 时，自特二区本宅发引，各界名流纷往送殡，唯雪花较昨日更大，然均送至金钢桥始散。城南诗社同人李一庵、李海寰、黄洁尘、孙正苏、王寰如、王禹人在出殡沿线负责照料，张梯青冒雪徒步送至江苏公墓。师友们参加活动，"亦足见严氏生前人缘之佳也"。

严台孙死后，被安葬在位于西沽的江苏公墓，与赵元礼、顾寿人、袁克文诸先生为邻。"生而相契，死又为邻。谈艺联吟，殊不寂寞。"

冯俊甫与城南诗社

冯俊甫（？—1923），字学彦，原籍河北省涿县（今河北省涿州市），清末民初天津著名诗人、画家、书法家。据史载，光绪十一年（1885），冯俊甫参加殿试中举人，后在北京及秦中（陕西）为官，辛亥革命后退隐津沽。

冯俊甫与严修是旧相识，而且曾一起创办了城南诗社。严修在1921年所作的《叠前韵简冯俊甫先生》一诗曾有诗句云："识君我昔寄僧庵，未熟黄粱梦正酣。三十五年如过客，六旬以外复攀谈。"按照作者自注，丙戌（1886）春，严修居京师"松筠庵"，并与冯俊甫初识。另据鹤青先生的《城南诗存》（详见1939年12月10日天津出版的《警察三日刊》）一文载："辛酉民十，严侍郎范孙组织城南诗社，于河北公园第一图书馆内。每期集诸社友饮于馆侧之霞飞楼，吟句联欢，飞觞醉月。一时沽上耆宿，海内文豪，如吴子通、孟定生、严台孙、李琴湘、冯俊甫、赵幼梅、林墨青、王仁安诸老前辈，风起云涌，荟萃一堂。诗酒酬唱，盛极一时，实为津沽词坛放一异彩。"

1924年刊行的《城南诗社集》中，曾收录了冯俊甫的三首诗。其诗前的小序与文内注释，包含了大量的历史信息，包括创作、交游及诗社雅集等内容，为我们了解冯俊甫生平提供了史料。

在《范孙先生惠诗过蒙奖借勉和一章叠前韵》中，作者曾提到30 年前与其师高阳先生的一次交往。有一次，高阳先生宴请门人，参加宴会的有辛蔚如、梅韵生、李润生等。冯俊甫"生平嗜饮"，其中有一句"引觞浸俗即沈酣"，反映了冯俊甫热情爽朗的个性特点。席间，冯俊甫还曾以所作"台阁体诗"向高阳师请教，表明他诗作受到贵族气的影响，具有雍容典雅的特征。

其第二首题为《辛酉立夏后邀子通定生绩臣江孙昆仲小酌定生不至翌日奉子通之作并仿东坡〈寿星院寒碧轩〉体》，透露出他创作更受苏轼诗风的影响。1921 年夏，冯俊甫与吴子通、孟定生等师友小酌，席间奉吴氏之命，模仿苏轼的《寿星院寒碧轩》，作了一首七律。中有"滔滔江汉泻峡水，韡韡伯仲吹埙篪"的诗句，所描绘的景色画面感极强，与苏轼的"纷纷苍雪落夏簟，冉冉绿雾沾人衣"有异曲同工之妙。1922 年夏，冯俊甫与城南诗社社友泛舟八里台，其间，选取姜夔的《湖上寓居杂咏》的"荷叶似云香胜花"一句诗，采取抓阄的方式，由每人各拈得一字，以此分韵赋诗。冯俊甫拈得"荷"字，并作了一首题为《壬戌七月初六日城南八里台泛舟以"荷叶似云香胜花"分韵得荷字》，描述了师友们八里台"一日游"的场景。原诗云："城南八里台西路，乘兴来游乐若何。冷食充肠饶野趣，清流濯足戏秋波。篙拖蔓叶捞菱芡，船入陂塘乱芰荷。日暮归途犹未晚，小诗赋就当狂歌。"其中的"冷食充肠饶野趣，清流濯足戏秋波"两句诗，反映了文人雅士在一起游玩时的欢快情绪。至今读来，仍令人神往。

除诗词成就外，冯俊甫在绘画、书法上亦很有成就。北京琉璃厂古玩店豹文斋（创始人袁克文）根据吴心谷的《历代画史汇传补编》，编印了《增广历代画史汇传补编》一书，其中就有冯俊甫的小传，文中提到冯俊甫"花卉宗南田，诗文、词曲，各擅其长，尤精指画"。钱塘诗人吴庆坻在《蕉廊脞录》中曾提到过冯俊甫："涿州冯俊甫孝廉，贻我辽刻石经柱拓本八纸。柱凡八面，俗称为八棱碑，沙门惟和书。首行文曰'大辽涿州涿鹿山云居寺续秘藏石经塔记'。"上述文字表明，冯俊甫对书法艺术已很痴迷，且很有造诣，实不可等闲视之。

关于冯俊甫卒年，迄今未有明确记载。严修于1922年所作之《重九假公园图书馆社集以人世难逢开口笑菊花须插满头归分韵得头字》一诗，中有"数较七贤增一倍，就中妙续竹林游（坐有冯俊甫、问田叔侄）。去官凤岭兼龙塞（俊甫宰秦中，国变身退；问田知龙江，海伦事近，亦告归），隔坐朱颜对白头（坐中俊甫最长，问田最少）"。该诗表明，冯俊甫在1922年重阳节时尚健在。而据严修1923年所作《社集分韵得古字》一诗云："有酒火急饮，有诗火急吐。君看隔年冯，眼前已千古（谓俊甫）。"表明冯俊甫在当年已作古。就以上两首诗分析，冯俊甫逝世时间，当在1922年重阳节之后，最晚不会超过1923年。另诗中提到的冯问田，乃为冯俊甫之侄，亦为寓居津沽的著名诗人，曾有《丙寅天津竹枝词》《紫箫声馆诗集》等著述存世。

胡秀漳与城南诗社

"虬枝偏傲雪，干老欲屈铁。风霜满地来，不挠亦不折。任他澈骨寒，冰心终皎洁。清标迥绝伦，时穷识英杰。从来济变才，同此坚贞节。"这是天津诗人胡秀漳创作的题为《画梅题句》的一首诗。该诗被收录于 1925 年刊行的《城南诗社集》中。"任他澈骨寒，冰心终皎洁"两句诗，概括了梅花坚贞、高洁的品质，某种意义上又象征着作者的人品及人格。

胡秀漳，名浩如，秀漳为其字，以字行。浙江绍兴人。生于 1858 年，1936 年前后去世。系城南诗社社友，诗人、画家。与严修、赵元礼、王仁安、管洛声、张玉裁等文人学者多有往还。

目前见到的胡秀漳的诗、画作品并不多。我们只能通过同时代文人留下来的文字，来推断相关情况。如关于诗作特点，津沽耆宿赵元礼，曾用"奇创"来评价胡秀漳的作品。在《藏斋诗话》一书中，转引《雪涛诗评》一书曰："李沅南《赴公车别所爱姬人》诗：'宝马金鞭白玉鞍，藁砧明日上长安。夜深几点伤心泪，滴入红炉火亦寒。'第四句奇创。"同样，"城南社友胡秀漳先生能画梅，有题句云：'奇暖是冰雪。'亦奇创也"。

关于参加社集活动，冯问田 1923 年曾作《秀漳屡以诗钟见示又用云孙韵以赠》，其诗云："自附诗坛末，惟君齿德尊。衙斋沉暝色，秋雨涨溪痕。仙句比梅瘦，童颜如玉温。鉴湖好风月，今夕可重论。"另还有《步胡秀漳元韵》："与君同病自相怜，厌线生涯又一年。过眼韶花真若水，回头陈迹已如烟。乘除难尽无穷数，祸福翻成不结缘。悟彻人天皆是理，何须面壁学参禅。"《再呈秀老》："萧斋相对莫相怜，兴至还将学少年。几树梅花写晴雪，一枝栉枥踏溪烟。公家事了仍多暇，老友诗来亦夙缘。闻说江南好风景，可曾归梦到东禅。"

这一方面说明，胡秀漳作为城南诗社较早的一批成员，当时还是很活跃的。另一方面，通过作者的"仙句比梅瘦，童颜如玉温"两句诗，亦可见其人其诗。陈诵洛在 1933 年刊行的《蟫香馆别记》中，曾有一段事关胡秀漳的记载。"公（指严修）好为雅谑，同社胡秀漳丈年七十，赵幼梅年六十，公设酒为寿。座中有谓胡、赵气粹貌腴，不类六七十岁人者。公曰：'《论语》盖有之矣，方六七十，如五六十。'"胡秀漳虽已古稀，但他精神矍铄，看上去不过五六十岁的样子。上述文字还提供一个信息，胡秀漳长赵元礼 10 岁，若按照赵元礼生于 1868 年推算的话，胡秀漳生年当在 1858 年前后。

1929 年，张玉裁曾作《九月杪管君洛声约秀漳诗癯纬斋仲莹实之翼桐及余乘舟同往罗园看菊有作》一诗，记载了包括管洛声、胡秀漳、马诗癯、王武禄、周实之、张一桐、张玉裁在内的 8 位城南诗社社友赴罗园赏菊的情况。一度担任城南诗社社长的管洛声，于 20 世纪 20 年代在城南吴家窑一带，修筑了名为"管园"的别业，作为他退隐之后的住所。他平常以艺菊为乐，除组织城南诗社社集活动外，很少外出应酬。这一天，他约请社友一起在管园赏菊。"管宁宅此凡几年，题襟忽到君园里。是时秋色正潇洒，争问菊花开何似。"其间，管洛声告诉大家，与管园毗邻的罗园（主人罗姓，皖人），其艺菊水平比自己要高，于是大家坐着小船，划到一水之隔的罗园大门口。只见"入门簇簇千万丛，寒香直欲侵杖履。异卉原从岛国来，如橘踰淮竟化枳（闻诸园丁菊有来自异国数年间变至廿余种者）。性虽耐冷色万殊，嫣红之中兼姹紫"。在主人的引导下，大家参观了罗园五彩缤纷的菊花，感受到菊花的美好。而一向对梅花情有独钟的胡秀漳，自然对同样为岁寒三友的菊花刮目相看。

1936 年《北洋画报》曾发表了鲁人撰写的《十年来之城南诗社》一文，其中有"社友之逝世者，严范孙先生而外，其哲嗣严慈约与金纯之、胡秀漳、林墨青、步芝村、冯问田、王纬斋、任香谷诸君"。上述文字表明，胡秀漳已在 1936 年前后去世。

王人文与城南诗社

　　王人文，字采臣（采丞），号遁庐，别署豹隐、豹叟、豹君，云南太和（今大理市）人，白族，晚清重臣，天津诗人、书法家。有《遁庐诗存》（1920 年由大公报馆承印、华世奎题签）存世。

　　郑孝胥在《今传是楼诗话》（1927 年连载于《国闻周报》，至 1933 年结束）中，曾收录了《王人文赵熙相交至深》一文。据该文介绍："滇池王采臣人文，一字豹君。余于辛亥国变后，于役春申，过从极密。近年同隐沽上，寓室伊迩，偶于菜羹香中相聚小酌，情话更依依也。""阅报端诗，见有署'淡叟'者，知为君作。冲夷恬静，如其为人。"上述文字，可作为研究王人文名号及别署的依据。

　　关于王人文的简历，《民国

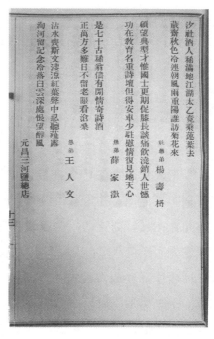

汐社酒人稀满地江湖太乙茭莲叶去
蕺斋秋色冷连朝风雨重阳谁访菊花来
　　　　　　　　　　　壮愚弟 杨寿枬

硕望典型才惟国士更期促膝长谈痛饮浇销人世憾
功在教育名重诗坛但得安车少驻恋情复见地天心
　　　　　　　　　　　愚弟 薛家澂

是七十古稀翁儒有闲情奇诗酒
正万方多难日不留老眼看沧桑
　　　　　　　　　愚弟 王人文

沽水丧斯文津浥红叶酽中忍听薤露
沟河留记念冷落白云庭怅望醇风

元昌三河盐总店

王人文、杨味云（寿枬）等悼念赵元礼

人物大辞典》上曾作了较为详细的介绍。据载，王人文于 1863 年出生。1883 年癸未科进士。历任贵州湄潭、贵筑、开泰县知事，广西南宁平乐府、奉天锦州府知府，广西桂平梧道，广东按察使、提学使，陕西布政使，四川布政使，护理四川总督，川滇边务大臣。1911 年 6 月，王人文在担任护理四川总督期间，曾因支持四川人民的"保路运动"，而被盛宣怀免职。曾被武昌政府誉为四川革命的"八大功臣"之一。冯问田 1926 年所作的《敬步王采臣老八里台纪游原韵》一诗记录了这一过程。诗云："人世浮沉未可知，苍凉归梦蜀江湄。泛舟又触沧桑感，十五年如一转曦。"按照作者注释，"辛亥，采老自蜀归，同行者八十余船，洵亦与焉"。王人文还曾从事过慈善事业。冯问田在同题诗作中云："风雨漂摇撼室家，釜鱼况又灶生虾。弭争济难先天下，偶寄余情到水涯。"作者在注释中言："赵次老屡倡和平，采老与朱桥老筹办慈善事业，全活灾民甚众。"

1912 年，王人文加入初组的中国国民党；同年 4 月，任川滇宣慰使。1913 年，当选为参议院议员。后脱离国民党。国会解散后，离开北京。及国会重开，遂入京，仍任参谋院议员。1922 年，第二次恢复国会时，仍任参议院议员。1926 年前后，寓居津门，直到逝世。抗战时期，拒任伪职。

王人文大概在 1926 年寓居津门，并加入城南诗社。此前于 1924 年刊印《城南诗社集》，在所收录的诗人作品中并无王人文的作品。赵元礼在《藏斋诗话》中曾载，丙寅（1926）夏五月，王人文陪赵次珊先生泛舟八里台，并作诗八首。这表明，63 岁高龄的王人文已在津居住。其诗作最末一首云："卜筑溪庄狎水鸥，避居聊作稻粱谋。十年树木谈何易，况是园翁已白头。"赵元礼评价该诗："寄托遥深，予最喜诵之。采老所期稻粱之谋，究未能发展，固知求田问舍，又是一种学问。"

自寓津后，王人文便经常参加城南诗社活动。1936 年，城南诗社曾在水西庄故址举行重阳雅集，并在"功赞平成"牌坊下摄影留念。根据刊载在11 月 4 日第 9 期《语美画刊》上的《丙子重阳城南诗社同人水西庄雅集题名》一文载，当时参与雅集的城南社友一共有三十余位，均为社会名流。他们是：姚彤章（品侯）、方尔谦（地山）、陈宝泉（筱庄）、

刘春霖为赵元礼《藏斋二笔》题签

赵元礼（幼梅）、江宁朱士焕（燮辰）、管凤苏（洛声）、章梫（一山）、王人文（豹叟）、高凌雯（彤皆）、杨寿枏（味云）、杨星耀（协赓）、胡宗楙（季樵）、金梁（息侯）、郭春翕（芸夫）、戴玉璞（允挥）、李金藻（琴湘）、孟广慧（定生）、许以栗（琴伯）、杨鸿绶（子若）、张念祖（芍晖）、刘赓垚（云孙）、马钟琇（仲莹）、任传藻（瑾存）、陈宝铭（葆生）、陈中岳（诵洛）、马钟琦（诗癯）、张豫骏（一桐）、程卓沄、张同书（玉裁）、徐兆光（镜波）、徐国枢（震生）、严仁颖、俞祖鑫（品三）等。王人文位列其一。

同期《语美画刊》曾载有赵元礼的《丙子重阳琴湘社长招饮水西庄秋禊分韵得何字》一诗，诗中概括了这次雅集的情况，并提到了王人文嗜酒。诗云："水西庄上树婆娑，水西庄下水不波。年年此地作重九，堪惊去日如抛梭。李侯（指李琴湘）发兴展良宴，英奇四座何巍峨（到会者三十四人）。章高大年说健硕（章一山、高彤皆两公皆七十六岁），豹叟独倾金叵罗（采臣翁七十四岁酒量极

宏）。昔侯少保（金息侯）擅史笔，有才学识无偏颇。更喜群贤异流俗，德业分具清任和。酒龙诗虎孰能敌，对之不敢发啸歌。二十屐齿望不到（王逸塘、王仁安两公未到），临风怅惘疑鸣珂。分韵赋诗竞拈字，摘句取之查莲坡……"

署名"吉"的作者发表了《水西庄重九觞咏小记》一文，详细披露了雅集赋诗的过程。

按照该文载，天津西水西庄，向为津门文人雅集胜地。但由于年代久远，此地逐渐荒芜。城南诗社同人，为兴复旧观起见，每年重阳节例行在此雅集。1936 年重九盛会，较往年更为盛大。参加活动的城南社友有高彤皆、王人文、赵幼梅、方地山等，凡三十余人。其间，以查莲坡《赏菊》诗为韵，每人一字，当场拈阄，分韵赋诗，即席觞咏。查氏诗句云："黄菊窥篱作好秋，五年清梦隔悠悠。何来野老敲门入，欲送霜枝破客愁。直植几丛当槛列，更删数朵小瓶留。花开便是重阳节，莫惜风轩洗盏酬。"直至夕阳西坠始散，颇极一时之盛。

1937 年 1 月，著名爱国将领、寓居津门的李直绳将军逝世。作为好友的王人文，亲送挽词一束。该联载于 1937 年 1 月 13 日的《语美画刊》上。联云："广雅记飞觞，并世酒人零落尽；血痕留幻影，伤心动业有气中。"

1939 年 10 月，赵元礼逝世后，王人文送挽联一副："是七十古稀翁，尽有闲情寄诗酒；正万方多难日，不留老眼看沧桑。"1943 年刊印的《赵幼梅先生哀挽录》还收录了由王人文撰写的《城南诗社同人公祭文》，说明王人文在城南诗社的作用还是非常大的。抄录如下：

维中华民国二十八年十月二十八日，即夏历己卯九月二十六日，城南诗社同人王人文等，谨以香花、鲜果、清酒、庶馐致祭于幼梅先生之灵。曰：

呜呼！公殁而吾社几亡矣。吾社于辛酉（1921）孟夏成立，距今凡一十九年。公为创始人之一，每星期一会，为觞咏之流连。己巳（1929）之春，严公范孙作古，吾社中衰，赖公与管公洛声振之，遂为一线之绵延。逮戊寅（1938）冬，管公云殂（cú），吾社复衰，公乃独任夫仔肩。维公年弥高力弥衰，时为二竖所淹缠（yān chán，汉语词语，意思为迁延、延搁），然而每月社期或岁时宴集，仍勉强扶杖出席，与同人相周旋。

呜呼！公实吾社始终不贰之功臣，如鲁灵光之岿然，胡乃昊天不吊，不予以耄耋期颐之寿而遽召为骑鲸跨鹤之仙，宁独吾社之不幸，抑三津后进之士丧失其乡贤？若夫公之德行、文学，人多共知，不必复赞一辞，他日自有家乘、邑志而为之永传。公之位虽不尊禄、虽不厚寿、虽不高，而名闻乡邦，著述等身，诸郎君皆能自立，足征其德盛而福全。

呜呼！公既弃吾社而长逝，天人隔嗟，再见之无线，痛招魂于何处，其将上升碧落而下达黄泉。蟫香馆之梨花，八里台之荷花，新农园之菊花，以及水西访古，上巳修禊，重阳登高，皆不能复见公色笑于宾筵，黄垆之悲，今宁异昔，其谁不挥涕泪之涟涟！

今吾以公将归藏殡宫，而祖奠以壶觞豆笾，公其有知耶？其将尽一觞，而鉴吾党之拳拳，其无知耶？吾党聊尽区区之心，而致以明虔噎公之身，虽与吾社吾党相离，而公之精神，将永寄于吾社吾党而不能舍。

呜呼！言有尽而情不能终，吾党将搔首而问诸无情之天。尚飨维。

1940年8月16日《新天津画报》载《龙筵杂缀（续）》一文，

据作者一客先生介绍，当天晚上，参加画报主编王伯龙生日宴会的均为社会名流。"男女宾客，联翩莅止。王采臣、章一山、李琴湘诸老少坐即去。金息老（金息侯）率其义女金又琴，高踞首席，最为座客所瞩目。老画师赵松声及吴迪生氏，均与息老同席，所谈多涉艺趣。"

关于王人文诗作在内容上的特点，郑孝胥认为，王人文之诗"皆不能无身世之感者"。

郑氏在《今传是楼》曾收录王人文的几首诗。王人文与四川荣县赵香宋有深交。王人文作有《王子秋七月题赵尧〈万生深处〉手卷即送南归》一诗。诗云："越子抛豸冠，所思在深谷。深谷何所有，万壑松谡谡。世变瞬沧桑，风云惊大陆。蜀乱天下先，聚敛丛怨讟。操舟民犹水，能载亦能覆。吁嗟四海穷，焉能永天禄。余疏伤罪言，君章空累牍。戕民以自戕，宁食若辈肉。国破遑言家，河山凄满目。不死又经年，且醉今秋菊。寿君还送君，白发催归速。南荣千万山，山山翠成簇。入山恐不深，遐想山间屋。当门补薜萝，永日侪麋鹿。峨眉幽更密，何时偕卜筑。"又作《送赵樾村弃议职南归》，诗云："老尚有亲真至乐，生几无地更何归。"《次胡蕴公韵》诗云："并世酒人珠落落，过江名士太纷纷。"又"壮气年来消损尽，除看冰雪便风沙"。

关于王人文卒年，目前有 1939 年、1941 年两种说法。笔者则支持 1941 年这个说法。能够支持这个说法的证据有二：

其一，1942 年刊印的《五雀燕六集》（作者李琴湘），收录作者一副挽联，题目是《挽王采老》。这副联作于辛巳年（1941）。其联云："历届作重阳，屡以小诗撩老辈；一谈惊隔岁，愧无大酒奠春风。"

其二，1941 年 4 月 9 日，《新天津画报》载王寰如（笔名非诗人）的《城南诗社公祭王采老》，披露了王人文逝世的消息。据该文载："王采丞先生（人文）道德文章，为世推重。遽尔溘逝，知交同淌悼叹。城南诗社诸公，以采老生前对社务向极维护，当决定举行公祭，以志哀悼。"原定公祭的时间为旧历三月十一日下午 3 点，地点是旧英租界大兴村（今重庆道）21 号王宅。后因下午 3 时，与发引时间冲突，故改为上午 11 时。"是日社友到者甚众，济济跄跄，颇形肃穆，并备祭文一篇，系该社刘云孙先生手笔，斐然可诵。"该祭文仿《离骚》写法，颂扬了王人文的政绩，如在四川从事修路活动："蜀道之难难于上青天兮，应修道之民，讹鹃魂化而望帝兮。"另对其溘然长逝感到悲痛："叹吾社之冷落兮，隳泰山之嵯峨。"渲染了悲壮气氛。

由此可知，王人文逝世时间基本上可确定为 1941 年 4 月。

王武禄与城南诗社

王武禄，字纬斋，江苏省江都（今扬州江都区）人，生于 1873 年前后，诗人、书法家，有《老生常谈》《学佛赘言》等著作存世。年轻时，曾供职于天津周氏"师古堂"家塾，后一度在津浦铁路局工作。自 1896 年至 1936 年，他一直寓居津门，并加入存社、城南诗社等诗词团体，成为二三十年代津沽诗词界的大家，受到赵元礼、陈诵洛、任瑾存等名流的赞赏。

清末的时候，王武禄即在家乡闻名，时为扬州冶春社社员，其间时与当地文人有诗酒往还。如扬州文人孔剑秋（名庆镕）著有《梦梦传》，作于 1896 年，王武禄曾应约为其题词。这一年，王武禄莅津，应周学熙之请，到周氏家馆执教。据周叔弢回忆，他在 6 岁时（1896）即开始在"师古堂"家馆读私塾，开蒙老师是王武禄。这是有关王武禄早期职业的最早记载。同时任教的，尚有唐兰（立庵）、张玉裁（同书）、赵元礼等学者。这表明王武禄在津沽学界已经立足，在文人圈具有较高的地位。

1920 年，林墨青成立存社，王武禄曾多次参加存社征文。据陈诵洛《蟫香馆别记》载：存社"月课诗文，吴子通、王纬斋、李琴湘递膺冠军。公顾而乐之，乃于次岁介为城南诗社"。

其应征作品，多涉人生哲理，后被收录在 1925 年冬季出版的《老生常谈》一书中。据作者在自序中所言："吾人立身大端，内要期不虚此生，外要期有利于世。大上立德，其次立功，其次立言。余自惟才短，无以利世，近又值知非之年，益恐溘然俱尽，姑以管见为朴实说理之议，比之一切闲言绮语，或为较善至肤浅陈朽之浅知不免矣。"上述言论，反映了王武禄的人生观、价值观，是研究王武禄文学思想重要的参考资料。

"探理宜柔，优游涵泳，始可以自得。决欲宜刚，勇猛奋迅，始可以自新。俭则约，约则百善俱兴。侈则肆，肆则百恶俱纵。"这是王武禄书写并给仲衡先生的格言警句，同样反映了王武禄的生活态度和价值观。

王武禄是最早一批加入城南诗社的名流。据 1939 年 4 月 22 日第 30 期《立言画刊》刊载晢香的《天津的诗社》载，进入民国后，严修返里，并与赵元礼、王仁安共结城南诗社。其"人才之美，不让于查氏水西庄"。城南诗社每年佳节都有盛会，如在春季，举行蟫香馆赏梨花活动，秋季则在"择庐"（李琴湘书斋）举行重阳雅集。"社友如陈（宝琛）太傅，郑苏堪、王逸塘、杨昀谷，皆海内骚人重望者。余如王纬斋、刘云孙、吴子通及东安高士马诗癯等。诗社每周必聚饮，觞咏之盛，蔚为大观。"

作为城南诗社骨干成员，王武禄在他去世前，一直寓居津沽，并经常参加城南诗社雅集活动。1924 年梓行的《城南诗社集》，载有《辛酉（1921）四月范孙先生招饮预成小诗呈正》《呈范孙先生》《壬戌十二月十九日城南社集分韵得腊字》等四首诗，记载了这期间王武禄与严修、杨意箴、冯俊甫、吴子通、王仁安、严台孙等众社友之间的雅集及交游活动。另为该诗集作序。他在序中披露了城南诗社初期活动的一些情况："按诗社之始，起于三数人文酒之宴，严范孙先生实倡之。嗣以迭为宾主，不胜其烦，乃改为醵饮（凑钱饮酒）之举，期以两星期一集。柬则遍延，到否悉任其便。然每聚，多则二十余人，少亦十余人。其逢佳节胜区，另有召集，不在斯列。"

　　1922 年七夕前一日，严修召集社友游八里台。王武禄参加了活动。其间，赵元礼分"香"韵作诗一首，中有"严子招我游，乃在城南乡。同游者九人，宾主两相忘。翩然集水亭，列坐罗酒浆。饮罢兴飚发，鼓棹泛野航。残荷已无花，万叶翻陂塘"，记录了包括王武禄在内诸社友把酒言欢、泛舟"野航"的场景。

　　徐石雪在《石雪斋诗稿》中，有两题三首诗涉及王武禄，分别是《同子通纬斋台孙癯庵占侯八里台泛舟二首》《乙丑重阳与幼梅问田纬斋子通诵洛玉裁寿人小集琴湘寓斋分韵得日字即题饯秋图》。前者作于 1921 年，后者作于 1925 年。用生动的文字，描绘了社友们诗酒唱和的场景。另有《题〈画竹〉与王纬斋》一诗，中有"推挤不去已三年（借坡翁句），到处惟余画竹缘。记取水西庄畔路，寒梢斜覆钓鱼船"，描述了徐石雪与王武禄二人同赴水西庄画竹及垂钓等画面。

　　1929 年，张玉裁作《九月杪管君洛声约秀漳诗癯纬斋仲莹实之翼桐及余乘舟同往罗园看菊有作》，记录了社友们赴管园（主人管洛声）、罗园（主人罗开芳）赏菊觅句及田野调查的情况，再现了八里台"是时秋色正潇洒，争问菊花开何似""操舟各自觅津人，俯视盈盈隔一水"的田园景象。

　　王武禄有很高的诗词造诣，颇受同社诸诗人的肯定。任瑾存在《剑庐诗存》一书中，曾收录了其作于 1928 年、题为《王纬斋赠诗次韵奉答》的同题三首诗，对王武禄的艺术成就作了概括。其一："鸿篇掷地作金声，腕底波涛势未平。羡煞右军擅风雅，十年牛耳主诗盟。""擅风雅""主诗盟"是对王武禄书法及诗词艺术的最高评价。其二:"君真清绝饶奇思,独下疏帘卧听松。"其三:"当年种菊君知否,便有思陶归隐心。"用"清绝""奇思""听松"等意象,概括了王武禄诗词的田园风格及归隐田园的理想。

冯问田所作的《癸亥(1923)中元严范老招游八里台分韵得客字》(收录于《紫箫声馆诗存》)中有"二王(指王仁安、王武禄)诗天子,出语抵千百"。冯问田《怀人诗——王纬斋先生》一诗云:"风动疏钟月在天,闭门枯坐静参禅。工诗今见王摩诘,直把城南比辋川。"把王武禄比作王维,可见评价之高。赵元礼在1937年梓行的《藏斋诗话》中,对王武禄同样给予肯定:"城南社友,十余年来,先后溘逝者若而人,未能悉记。忆及述之则徐君友梅之挥洒,严君范孙之志和音雅,杨君意箴之开阖动荡,王君纬斋之诗杂仙心,冯君问田之笃实辉光,天上楼成,人间响绝,不禁感慨系之。"

关于王武禄逝世的具体时间,笔者还不掌握。署名鲁人的作者在刊于1936年7月7日《十年来之城南诗社》一文中,曾言"社友之逝世者,严范孙先生而外,其哲嗣严慈约与金纯之、胡秀漳、林墨青、步芝村、冯问田、王纬斋、任香谷诸君"。表明,王武禄逝世时间当在1936年7月以前。

徐石雪与城南诗社

　　徐石雪（1880—1957），名宗浩，字养吾，祖籍江苏武进（今属常州），久居北京太平巷，著名诗人、画家、篆刻家和文物收藏家，有《石雪斋诗稿》一书存世。其书斋名石雪斋、换膝吟庐、听雨楼、竹隐庵等。

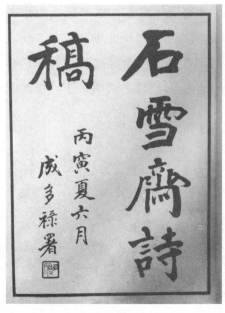

《石雪斋诗稿》内页

　　徐石雪曾花巨资购得署名文石室、苏雪堂的两大幅墨竹画，并作《近得文石室苏雪堂墨竹二轴赋长句志之》予以颂扬。画中有宋、元、明等时期的文人题跋，清人张井尝将各家题跋汇编刻成了两册《澄鉴堂法帖》，徐氏以为既经刻帖，当为真迹，遂各取两位作者名字中的"石""雪"字作为自己的号，并颜所居曰"石雪斋"。虽然这两幅画作并非珍迹，而是清初画家所临摹的赝品，但却对徐石雪的绘画艺术产生了重要影响。

石雪齋詩稿卷一　　　武進　徐宗浩　養吾

題自畫竹

清氣鬱乾坤融結爲河嶽一夜霽春雷蒼龍露頭角

春興

叢竹蕭騷枕簟清水沈香盡碧煙橫東風綠滿窗前草鎮日相看覺有情

春草

春草年年綠江潮夜夜來早知花有落何似不曾開

雨夜

香爐金猊欲化灰擁衣深夜起徘徊無端新種南窗竹又送瀟瀟細雨來

題臨華秋岳栗鼠直幀

蔓草寒藤秋氣涼穴居野處自徜徉山中橡栗年年熟恥向朱門乞稻粱

獨立

《石雪斋诗稿》正文

据《石雪斋诗稿》"自序"载，徐石雪在 10 岁时，即酷嗜吟咏。及长，又嗜画。或因画得诗，或因诗得画。20 世纪初期，徐石雪已成为名画家，与都城画家、诗人如易实甫、林畏庐、陈石遗、周养庵、陈师曾、黄宾虹等常相往还。除绘画艺术外，他的诗词成就同样可圈可点。尤其是从 1925 年开始，至 1929 年，在这将近 4 年的时间里，他参与了天津城南诗社的很多重要活动，并与寓居津沽的社友们建立了密切的关系。王揖唐在《今传是楼》中，曾这样评价道："石雪名宗浩，一字养吾，城南社中之健者也……君工诗善画。""所为题画诗，多清绝可诵者。"这一时期的诗作除艺术价值外，更具有文献价值，值得我们高度重视。

1921 年，徐石雪因经常往返于京津之间，故很快就与沽上文人有了往来，而且，他因为结识了王仁安，在这一时期即加入了城南诗社。在《石雪斋诗稿》中，曾收录了他在这一时期的大量诗作。

城南诗社经常在秋天组织社友泛舟八里台，徐石雪借此机会与社友们唱和。如其题为《同子通纬斋台孙襄庵占侯八里台泛舟二首》云："劳劳尘土负平生，一入南溪双眼明。舟小恰容人六七，芦深转惧路纵横。传壶赌酒拌先醉，分韵裁诗任后成。何日结茅营小隐，斜风细雨听秋声。""断续炊烟隔树生，清波如鉴照人明。浅汀丛芷群凫集，古渡垂杨一舸横。往事凄凉闻不得（过聂忠节公殉难处），夕阳明灭画难成。归来惆怅停舟处，又是喧器晚市声。"这两首同题诗作，信息量很大。一方面记录了一起郊游的社友，这里面除作者外，尚有吴子通、王武禄、严台孙、李一庵、王占侯（王金鳌）等人。另一方面，他还用写实手法，描绘了八里台一带鸥鸟丛集、村烟隔树以及古渡垂杨的田园风光和水乡风貌，以及分韵赋诗的热闹情形。

自 1923 年开始，李琴湘每年都要在其"择庐"寓所举行城南诗社重阳雅集活动，累计达 12 年之久。每次雅集时，除饮酒茶叙外，大家还要分韵赋诗或作诗钟之戏。1925 年，徐石雪携画参加了重阳雅集。这幅画的题目是"饯秋图"，又名"择庐饯秋图"。席间，徐石雪出具这幅画作，并请各位诗人在画作上题诗。"为君写幅饯秋图，题诗好待生花笔。"根据这首题为《乙丑（1925）重阳与幼梅问田纬斋子通诵洛玉裁寿人小集琴襄（湘）寓斋分韵得日字即题饯秋图》的旧体诗，参加本次集会的，除李琴湘外，还有赵元礼、冯问田、王武禄、吴子通、陈诵洛、张玉裁、顾寿人等诗家。

1925 年，由王仁安编辑的《城南诗社集》，收录徐石雪的三首旧体诗，代表了他当时的诗作水平。

其一，是一首叙事诗。其诗云："百年浩劫历红羊，流徙天涯空断肠。宗族凋零亲戚少，孤儿三十始还乡。"在这首题为《题毗陵访墓图》的诗作中，作者记述了自己回乡祭扫的情形，并透过家族四散逃逸及先人墓地无人祭扫的情形，反映了数十年来社会历史的沧桑之变。按照作者前序，"常州自赭寇之乱（指太平天国运动），宗族散处四方。余生也晚，流寓北通州，不墓祭者四十余年矣。戊申（1908）南旋谒墓，族人涵生为写《访墓图》。爰赋四绝，以志崖略"。

其二，是一首寄怀诗。其诗云："高山仰止海门东，邂逅何期杯酒中。人海藏身甘屈蠖，文章名世岂雕虫。诗歌一代推瓯北，书法千秋继长公。那得扁舟泊沽上，过从日夕坐春风。"这首题为《寄幼梅先生》的诗作，表现了作者对赵元礼的敬佩之情，用高山仰止、人海藏身、文章名世等词汇，肯定了赵元礼的人品及诗词、书法等艺术成就，并期待有一天能够再与赵元礼有诗酒之会。

其三，是一首题画诗。其诗云："十年身世感沧桑，寂坐萧斋百虑忘。自笑未能除习气，一帘疏雨写新篁。"这首题为《画竹与诵洛》的诗作，借竹寓意，表现了作者十年如一日，甘于寂寞，每天只与笔墨为伍、与艺术相伴的志趣与追求。徐石雪在《四十初度作》一诗中云："俯仰劳生四十秋，壮心都付水东流。论诗自昔耽王孟，入世从人唤马牛。亦有所长非委琐，渐能知命任沉浮。有书不读平生恨，十丈黄尘扑马头。"其"论诗自昔耽王孟"道出徐石雪山水诗的特征，与其画风相同。

迄1926年，已存诗稿数千首，"爰择夙所自喜者若干首，灾诸梨枣，散之友朋，以当情话"。这就是当年梓行的四卷本诗集《石雪斋诗稿》，收录旧体诗360余题近400首。另据文献载，就在其诗集梓行的那一年，徐石雪就任天津新华信托银行副理。从此，更有机会与城南诗社诸友人诗酒唱和。

著名学者、城南诗社诗家王仁安与徐石雪交谊甚厚，其在序文中对徐石雪诗书画艺术褒奖有加：

> 吾友徐石雪，工诗善画，纯取高情远致，所谓不俗不怪，不腴不枯，别有天然秀气，当求之于古人，庶可得其仿佛焉。近编《石雪斋诗稿》大都经余点定，讽诵一过，恍然游于太虚，松风水月，不复知在尘世间也。晓天云气，重叠铺满，仰首视之，有若山者，有若水者，有若原野者，有若亭榭者，有若鸟兽虫鱼者，有若花木竹石者，因心而起，触境而成，惟心之静且细者，乃能领略之想像之。作诗作画何以异于此哉？

著名古文家赵芾在序文中的评价同样十分中肯："养吾天性清旷，能自拔于侪俗，而家学文词书画咸能世其业。顷岁橐笔津门，生事足自给，于当世之务一不以关乎其虑。严尚书范孙亟激赏之，且称其才志与境地，近人殆罕与俪者，其为当世名贤所钦慕如此。""君独萧然物外，淡而无闷。其诗既不屑摹拟古人，启华振秀，静深冲淡，秀而不纤，肆而不莽，故虽单词短语，亦风蕴清远，往往可诵。"

王揖唐在《徐宗浩题墨竹诗》中曾评价道："石雪最工画竹，题画绝句无一不佳。"

徐石雪也是一位社会活动家，其交游活动十分广泛。除书画家外，还有与城南诗社社友的交往。这其中有几位重要人物都是他的好友。

一是教育家严修。徐石雪参加城南诗社后，曾绘制一幅《城南诗社图》，描绘了诸公在八里台雅集的情形。画成后，曾送严修鉴赏。为此，徐石雪专门作了两首诗。其一是《画城南诗社图成赋呈范老仁老》，诗云："风流未衰歇，胜事集南城。礼法容疏放，歌词见性情。河汾传绝学，约濑养高名。天悼斯文坠，端须二老撑。"其二是《题城南诗社图》，诗云："雅集城南德不孤，啸歌佳日尽清秋。群公各有千秋业，我愧龙眠写此图。谁将蚕纸记流觞，修竹崇兰转眼荒。一样沧桑寄遥慨，风流端慕水西庄。"此外，还专门作了一幅画赠给严修。这幅画以东汉严光（子陵）在浙江桐庐县南隐居的湖光山色为背景，描绘了一位老人垂钓的画面。"严濑高名千载垂，尚书清节亦吾师。纲常自系经纶手，天地中间一钓丝。"这首《题画寄奉范孙先生》诗，概括了画作的主要内容。严光与东汉光武帝刘秀是同学，亦为好友。刘秀即位后，多次延请严光出任高职，但他坚决不就，并隐姓埋名寓于富春山。严子陵这种不慕富贵、不图名利的性格特征，受到了人们的称誉。范仲淹曾作《严先生祠堂记》，其中有"云山苍苍，江水泱泱。先生之风，山高水长"等赞语。徐石雪将严范孙比作东汉高士严光，足见其对严修的尊崇与敬佩。

1925 年，严修在城南雅集中，与诸诗友一起，分别为《毗陵访墓图》《庚子避乱图》题诗。其所作《为徐石雪题毗陵访墓图》《为徐石雪题庚子避乱图》，被收录在《严范孙先生古近体诗存稿》一书中。徐石雪阔别家乡后，已 40 年没有归乡祭扫，他在 1925 年时回到家乡，目睹了亲人四散，物是人非的场景，内心十分复杂。回津后，分别绘制了《毗陵访墓图》《庚子避乱图》，以写实手法，描绘了儿时故乡的历史变迁。严修在诗作中，有"卅载一归棹，孤儿双鬓丝""流离骨肉嗟行路，破碎山河问劫灰""披图有余慕，动我故园思"的诗句，表达了对徐石雪及徐氏家族遭遇动乱的感叹，同时也触动了他对故乡（浙江慈溪）的思念之情。1927 年，城南诗社为赵元礼、徐石雪庆祝生日，严修作了《公祝幼梅石雪先生生日分韵得开字》诗，诗中有"主宾诗侣盛，觞咏寿筵开。秋谷惊人句，青藤旷世才。清风宜满坐，只惜未徐来"，记录了这次雅集的盛况。

二是王仁安。王仁安早年曾在杭州为官，其在晚年回到津门后，徐石雪就拜其门下，王仁安很器重徐石雪，对徐石雪给以大力扶持，并将徐石雪介绍给城南诗社诸社友，由此二人之间建立了深厚的友谊。二人之间经常讨论诗书画艺术。徐石雪首部诗集，大部分诗作都经过王仁安的勘订，足见二人交谊之厚。1921 年，徐石雪绘制了一幅《甘谷图》送给王仁安，画作描绘了南阳郦县的菊潭，并附题诗云："菊花潭水静无波，三十人家日饮和。不负千秋名寿客，南阳耆旧古来多。"其在题跋中提到："南阳郦县有菊潭，其源旁悉芳菊，水极甘馨。居人三十家，不复穿井即饮此水。上寿百二三十，中寿百余，盖水得花之精液耳。"这幅画寓意深刻，送给王仁安，体现了徐石雪祝福王仁安健康长寿的一种美意。此外，徐石雪还多次将画作赠予王仁安，画作及题诗寓意丰富，"文章道德高天下""爱看云山懒看人"等诗句，概括了王仁安的人品与志趣，表达了对王仁安的敬佩之情。这在他的题画中均有记录。如《题竹溪草堂图奉寄仁安师》云："文章道德高天下，钟鼎山林共此身。三载朅来沽水上，抠衣时领座中春。"再如《题画寄仁安师云》："相近相亲鸥鸟驯，江湖浩荡好垂纶。知君背向船头坐，爱看云山懒看人。"

三是赵元礼。20 世纪 20 年代初，城南诗社成立后，赵元礼一直参与其中，徐石雪不久也参加进来，由于经常在一起诗酒唱和，所以二人从相识到相知，自然成为很好的朋友。《酒杯诗卷图》是徐石雪为赵元礼绘制的一幅画作，画上有题诗。其诗云："句句清诗尽可传，一杯况复快当前。劳劳富贵何为者？转眼人生已百年。"作者有感于人生的忙忙碌碌，以及时光之飞逝，希望在诗酒中享受当下，大有"今朝有酒今朝醉"的诗意。

四是张玉裁。张玉裁是直隶雄县人，自 20 世纪初，即追随严范孙先生。曾在周氏家馆、南开学校任教，其间加入了城南诗社。张玉裁分别于 1925 年、1926 年、1929 年作了五首与徐石雪相关的诗作，记录二人之间的友谊。1925 年，徐石雪作了两幅画，分别是《毗陵访墓图》《庚子避乱图》，并请张玉裁在画作上题诗。其中有"连村萧瑟无鸡犬，薄海喧豗尽豕蛇""卅年飘泊支离恨，尽在荒烟断碣中"等诗句，对徐石雪家乡及亲人所遭遇的苦难，寄予了极大的同情。同样是在 1925 年，徐石雪还请张玉裁在自己所收藏的画册上题诗。"愧我寒如孟东野，羡君神似恽南田"，是张玉裁这首题为《石雪以所藏图册索题赋此却寄》里的诗句，把徐石雪比作名画家恽南田，显见张玉裁对其艺术成就的肯定。1926 年腊月，城南诗社同人在蟫香馆赋诗公祝赵元礼、徐石雪二公生日。"年来屈指数知音，赵侯而外唯徐子。自言画法宗南田，寥寥短章尤可喜（君工绝句）。去年曾写饯秋图，择庐盛会皆知己。"这首张玉裁所作的题为《幼梅石雪生日俱在腊月同人假蟫香馆赋诗公祝分韵得以字》一诗中，回顾了二人之间的交往过程，赞扬了徐石雪的书画艺术。

1927 年秋，徐石雪约请张玉裁一起赴南溪（八里台）"一日游"，"是年秋气逼重阳，与君乘舟寻野寺。归来已惜近黄昏，日脚垂垂下平地"。后来，徐石雪以这次野游为主题，为张玉裁绘制了一幅山水画，作为其生日礼物。1929 年夏，张玉裁作《丁卯重阳前二日石雪约予泛舟南溪为竟日之游今夏五月以所写新图见祝感君厚谊遂题其后》一诗，记录了二人同游南溪以及徐石雪绘画的过程："吾友徐公善绘事，下笔迥与寻常异。试披九月泛舟图，想见寥天动寒吹。"因为徐石雪这一年已由天津迁往大连，所以，二人再行见面就很难了。"怜君远处东海滨（谓大连），梦里逢君亦不易。何时海外赋归来，各为登高动诗思。"表达了张玉裁对徐石雪的深厚情谊。

　　除以上诸位外，涉及的城南诗社文人尚有严台孙、冯问田、王武碌、赵生甫、陈诵洛、周叔弢、陈一甫、郭芸夫、杨意籨、任传藻等。徐石雪差不多都曾作画送给这些师友，并赋诗题在画上。这些诗包括《效板桥体题画兰竹与严台孙（侗）》《题陈诵洛（中岳）怀人诗后》《溪上漫成写与诵洛》《题春林双燕图送冯问田文洵出宰满城》《题画竹与王纬斋》《画竹与周叔弢》《夜坐蒙斋用次量故宫韵赋呈生甫先生》《恕斋图为陈一甫翁惟壬写》《为芸夫作知不足斋图题》《画兰与意籨翁》《徐石雪以清诗人吴白庵乡前辈兰石画帧见贻赋谢》等。在城南诗社诸文人交往中，除以诗会友外，以画会友，徐石雪当是独树一帜的。

赵生甫与城南诗社

赵生甫（1883—1934），名芾，字生甫，号蒙斋，祖籍北仓，天津人。画家、诗人，古文家。诸生。曾在北宁铁路局工作，后任北洋政府总统府秘书职。晚年曾在陈一甫家馆担任教师。性笃挚，博极群书。以治古文名于时，有《蒙斋文存》一书存世。此外，他还随其师王仁安参与过《天津县新志》的编写工作，在天津方志史上书写了重要的一笔。

关于赵生甫的籍贯。1929 年，马仲莹在《城南诗社小传·赵芾传》一文中曾有记载："赵芾字生甫，天津人，原籍武清，清给谏赵之符裔也。诸生。公府秘书。著有《蒙斋文集诗集》。"赵芾曾为《李氏家谱》作序云"余先代亦自江南迁居津之北仓"。赵之符乃清代今北仓人，北仓原属武清县管辖，雍正九年（1731）改隶天津县。故赵生甫祖籍应当是天津北仓。

关于赵生甫的艺术成就。赵生甫的好友王揖唐在《今传是楼诗话》第二百九十二则中曾作了披露："天津赵蒙斋芾，一字生甫，能为桐城派古文，创北菁学舍，以古文诏后学，从游者盛。诗不多作，《津上道中得句》云：'惭愧追锋车疾转，不婴尘网果何人。'有物外之致。又和余'之'韵诗见柬云：'四方矗矗怅何之，犹幸中丞

119

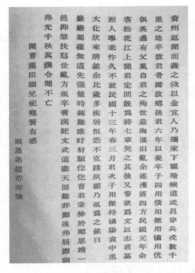

赵苢为诗人曹彬孙诗集题词

数举卮。绿野堂前多旧雨,浣花溪上有新诗。云霄翔凤鸣仍急,风雪潜龙蛰未知。下榻剧怜徐孺子,南州讵许久栖迟。'亦举止深稳,如其为人。"

关于赵生甫卒年。金钺的《屏庐文续稿·赵君生甫传》曾言:君"年止五十有二……所著有《蒙斋文存》五卷刊行。君殁逾十年,君之子迟元粗具事略,属予为文",故"援述其文章卓卓之可垂诸不朽者,濡笔而为之传。甲申(1944)孟秋"。由上述文字推断,赵生甫应当卒于1934年。

除王揖唐提到的诗作外,目前见到的诗作还有1925年出版的《城南诗社集》所收录的两题三首诗。其一题为《次子通先生韵》,共两首。第一首云:"新诗一读两眸开,细雨潇潇津上来。把酒停云陶令宅,垂纶避世子陵台。钟镗自古无凡响,坛坫于今属霸才。留滞何须怨迟暮,养生庄叟善论材。"

"新诗一读两眸开,细雨潇潇津上来"说的是作者与吴子通经常在一起唱和的事情。而"坛坫于今属霸才"一句,是作者对吴子通在诗坛地位的评价。吴子通是城南诗社创始人之一,在其入社后的20多年时间里,自始至终参与城南诗社的社集活动,虽不是社长,但有"襄助一切"之功。故在城南诗社地位相当高。

第二首云:"元纬路前逢细雨,文昌宫畔喜初晴。晚春花草饶新态,季世风骚有正声。广座联吟知雅趣,萧斋叠韵见深情。儒冠只合封诗伯,津上高吟且载盟。"这首诗,描绘的也是城南诗社雅集的情景。城南诗社经常在元纬路附近的河北公园以及文昌宫附近的蟫香馆（严范孙书斋）雅集，"儒冠只合封诗伯"，同样是对吴子通诗才的高度评价。

第二题为《次家幼梅兄夏日游公园韵》。诗云："寂寂空知守旧林，连朝诗酒倍情深。寄情且喜名贤集，真乐仍应我辈寻。花木萧疏忘世味，贞元剥复见天心。满园名卉芬芳甚，津上诗成且独吟。"这首诗同样是记述城南诗社雅集的情景。"连朝诗酒倍情深"，是说作者与赵元礼等师友们经常相聚，因此，感情愈来愈深厚。对于作者来说，城南雅集很难得，尤其是赵元礼这样的津门耆宿经常出席活动，能够给大家带来知识和美好的享受，是一种"真乐"。

赵生甫最大的成就还在于他的古文创作，他的古文成就远胜于诗，并为时人所重。在 20 世纪二三十年代，很多名人的传记或墓志铭均出自他的手笔，据 1933 年陈诵洛作《蟫香馆别记》载："赵生甫，擅古文，公（严范孙）语之曰：'为文宜凡事直书。'" 1935 年 2 月，赵元礼在《蒙斋文存》第五集序文中曾云："族弟生甫，性笃挚，博极群书，以治古文名于时，为桐城陈剑潭、新城王晋卿及吾邑徐弢斋（世昌）所甄赏……惜其中寿以疽发背死。家贫子幼，环堵萧然。"

严智惺（字约敏）是严修的侄子，向为严修所最钟爱。癸丑（1913）病殁（为庸医所误），年仅 31 岁。严修曾作挽联云："吾家第一可意人，叔侄情亲逾父子；终身不忘痛心事，丹砂祸惨甚刀兵。"李琴湘亦挽以联曰："不幸斯人，比颜氏子少一岁而卒；何堪乃叔，有韩文公十二郎之悲。"为悼念严智惺，赵生甫专门撰写了一篇文章发表在 1913 年第 1 卷第 19 号《庸言》上。这篇题为《严智惺先生事略》的文字，概括了严智惺的简短但不平凡的一生，这是迄今为止，有关严智惺最为完整的传记文字，为后人研究严氏家族提供了珍贵史料。

曹彬孙是王庆坨人，宣统年间曾为奉节知县，在清末守城时遭袭殉难。他为官很清廉，在他殉难之后，因为家里没有一点积蓄，所以其灵柩只得暂厝于某寺庙中。后以忠烈故得到襄助，灵柩才得以运回故里。赵生甫系曹彬孙的表弟，为曹彬孙的忠烈事迹所感染，特撰写了《清四川奉节县知县曹君殉难碑记并铭》及《闻曹蔼臣姻兄祀乡贤有感》一诗。上述两篇作品载于曹彬孙后人整理的《寄傲轩诗钞》中。据赵生甫自述，民国元年（1912），赵生甫正客于松花江上，在得知曹彬孙殉难的消息后，"既为诗七章，哭之其后"。"又尝欲为文以志君墓，而人事乖忤，久不就。"1924 年春，曹彬孙次子用杰请其撰写碑铭，因赵生甫近来身体多疾，怕耽搁大事，乃"亟之铭"。铭曰："严严蜀疆，无道先强。值时棘难，睢盱豺狼。仡仡曹君，秉彝于刚。思靖一邑，抑桀扶尪。世乱方亟，卒膏凶铓。文武道尽，天固难详。靡远弗届，靡幽弗光。千秋万口，令闻不亡。"

陈一甫是著名的实业家，他与陈范有一起，曾长期在启新洋灰公司任职并创办了著名的江南水泥厂，为中国水泥工业发展作出了巨大贡献，被天津人雅称为"洋灰陈"。赵生甫曾在陈一甫家馆任塾师，陈一甫的长子陈范有即随赵生甫学习。后赵生甫撰写了一篇古文，题为《居敬轩记》，记述了自己在陈一甫书斋里的所见所闻。这篇古文收录在他的《蒙斋文存》一书中，已成为研究陈一甫这位大家的重要实证资料。除以上所述外，赵生甫还有一些古文很知名，如《天津严公范孙墓碑铭》《赵母郭夫人传》（赵母即赵元礼之妻）等。

赵生甫是城南诗社早期成员之一。城南诗社创立于 1921 年，是民国时期津门最具影响力的文学社团。初由严修担任祭酒。1929 年春，严修去世后，继由赵元礼担任社长。因其体弱多病，后改由管洛声主持。据考证，自创立至 20 世纪 40 年代末解散为止，累计加入的文人有近 200 位。据吴子通发表在 1939 年 11 月 23 日《新天津画报》上的《天津城南诗社源流》一文载，1921 年 3 月 25 日，严修曾在蟫香馆设宴款待诸师友。当晚参加宴请的除吴子通外，尚有冯俊甫、王仁安、赵元礼、李琴湘、刘竺生、赵生甫、林墨青、严台孙等。这次雅集，实际上是城南诗社创办前的一次聚会。另据《严范孙日记》一书载，1921 年 5 月 1 日，严范孙召集王仁安、李金藻、吴子通、赵元礼、赵生甫、陈汝良、严台孙在其寓所雅集。此时，城南诗社刚刚成立不久。根据上述史实推断，赵生甫应当是最早加入城南诗社的文人，甚至可以认为，赵生甫实际上就是创立者之一。

赵生甫除与严修、吴子通、赵元礼、王仁安唱和外，还与城南诗社的另外一位大家徐石雪存在交集。徐石雪在其 1926 年刊印的《石雪斋诗稿》一书中，曾收录了题为《蒙斋图为赵生甫先生茀作》的一首六言诗，对赵生甫包括绘画、金石在内的创作成就评价颇高。诗云："四壁图书金石，一家班左韩欧。占尽蓝田幽胜，个中自有千秋。任道近同拙老（王仁安先生号拙老人，闭户著书，生甫尝从之游），移风远媲文翁（生甫创北菁学社于津门，以古文诏后学）。何日比邻许结，往还亲炙春风。"而赵生甫在为《石雪斋诗稿》所作的序文中，对徐石雪评价亦很高："君独萧然物外，淡而无闷。其诗既不屑屑摹拟古人，启华振秀，静深冲淡，秀而不纤，肆而不莽，故虽单词短语，亦风蕴清远，往往可诵。"他还提到严范孙对赵生甫的器重："严尚书范孙亟激赏之，且称其才志与境地，近人殆罕与俪者。"

1934 年，赵生甫去世。李琴湘曾撰《挽赵生甫古文家》一联以示悼念。这副挽联，概括了赵生甫不平凡的一生及创作成就。联云：

"上交极于名公臣卿间，纵然尊若宾师，总觉风尘知己少；古学不在桐城阳湖下，惜未发为经济，终伤文字乞灵难。"该联收录于 1938 年由姚彤章辑印的《择庐联稿》中。

（原载 2022 年第 3 期《天津史志》）

文献珍存

70 多年前的天津文献《一笑诗草》

"世代相传勿妄愁，得能温饱即无求。儿孙自有儿孙福，何必辛劳作马牛。"这首名为《劝人歌》的诗，刊于 70 多年前《一笑诗草》。

《一笑诗草》，又名《天津华硕卿先生诗草遗稿》，于 1941 年秋季刊行于世。据笔者统计，《一笑诗草》共收录作者晚年（约在 1937—1940）撰写的四言诗 112 首，另附天津著名书画家王新铭（与李叔同是挚友）及华氏后人的序言及后记各一篇。

华硕卿，生于清咸丰十年（1860），卒于辛巳年（1941）2 月，是一位书画家，也是一位诗人。关于诗的创作过程及书的得名，其后人在后记中作了交代："先君一生创垂以勤为本，晚岁家居养静之余犹不自逸，豫情有所感或兴之所至，辄托诸吟咏以益精神，每一诗成，便自书于册，计得百有余首。"华硕卿曾对后人言："余不诗，信手拈来，抒写胸臆，只可付之一笑，因名为一笑诗草。"

作为一部天津的地方文献，《一笑诗草》内容十分丰富，既有咏物伤怀之作，又有慨时讽世之章，尤其是有关天津地方风物和社会生活的诗作，是不可多得的形象化史料。

《一笑诗草》书影

概括来说有以下三个方面内容。一是描绘作者亲历的重大历史事件。如《二十六年丁丑六月津变》（二题），反映了"七七事变"后天津所经历的浩劫。其一："长夏无聊困睡多，忽闻大地动干戈。人民避乱皆惊恐，性命由天奈我何。"其二："炮火连天几度惊，人民竟日困愁城。可怜奢丽繁华地，尽在烟云浩劫中。"

二是反映民国时期天津广泛的社会生活。如《盐税加重盐价屡增》："年久食盐卖价轻，一经民国屡加增。不思百姓多担负，尽法征收为养兵。"《女招待》："津沽近俗倍奢华，因此艰难日益加。更有一班招待女，居然闺秀亦烹茶。"《闲游租界》："一番变乱一番惊，租界依然若太平。曩日所看游艺处，今朝仍与旧时同。"《酒后赴小梨园》："清晨睡起日方闲，忽有良朋召早餐。旨酒饮于微醉后，相将偕往小梨园。"《冒雨观剧》："细雨淋漓赴戏园，到时佳剧正堪观。儿童相伴皆忻悦，携手归来共晚餐。"

三是抒写知识分子的爱国情怀。如《时事有感》："新秋阴雨日连绵，闷取诗书仔细看。年老不知亡国恨，身居乱世亦心安。"《民国经过》："民国于兹念六年，无端战事日连连。可怜大好山河在，竟使人民苦叫天。"

华硕卿的诗作情真意切、词浅意深。正如王新铭所评价的那样："性情厚者词浅而意深，性情薄者词深而意浅，先生之诗其词浅而意深者乎。"

华硕卿去世后，王新铭还曾题挽联一副，对其一生给予极高评价："曰寿曰富曰康宁曰好德，境遇晚尤甘，一旦考终恰符太素登科岁；善书善画善经济善营养，精神真不老，几生修得直到希元志暮年"。

（原载 2014 年 11 月 12 日《中老年时报》"岁月"版）

张玉裁与《一沤阁诗存》

张玉裁，名同书，字玉裁，以字行。生于 1878 年，直隶（今河北省）雄县道务村人，教育家、诗人，天津城南诗社成员，有《一沤阁诗存》等著述传世。

据《一沤阁诗存》自序及《自讼》一诗，张玉裁"十二已读三百篇，十五操笔学为文"。19 岁时入泮，20 世纪初入保定高等师范学堂读书，并于光绪丁未年（1907）卒业。毕业后一度在北京的度支部任职。因此，作者有机会"早游严范孙尚书之门，并受诗文法于陈石遗、林畏庐两先生"。辛亥革命后，由于政局不靖，"从此下帷专教授，饱经忧患况饥寒"。自 1915 年开始，长期寓居津门，曾在周氏家馆（私塾）及南开学校从事教育工作。1921 年，城南诗社成立后，张同书很快入社，并在诗友们的影响下开始了创作活动。1928 年，他曾一度赴保定教书，次年复折返津门。

1931 年孟春，作者创作的《一沤阁诗存》刊行，这是一部旧体诗集。分卷一、卷二及附录三个部分，诗集采用编年体，收录了作者自 1923 年至 1931 年间的诗作 565 题、730 首。该书为竖体铅印本，大 32 开，由郑孝胥、赵元礼题签，王揖塘、顾祖彭、赵元礼等分别题词，马钟琇作序，书后附有郑孝胥题跋。

《一沤阁诗存》大部分诗作以京津冀三地为地域背景，集中反映了以三地为中心的北方地区政治、文化和社会风貌，具有重要的认识价值和启发教育意义。其内容主要有四个方面。

张玉裁《一沤阁诗存》书影

其一，反映京津冀一带军阀混战等重大历史事件。1924 年、1926 年，两次直奉战争涉及京津冀，给京津冀三地百姓造成了很大痛苦，作者为此创作了大量的诗作记录了这一事件。如《哀榆关》有诗句："呜呼鼎革后，同根日相煎。"并对"积尸高于山"等战争惨况表示痛惜。

张玉裁最早诗集——《一沤阁诗存》书影

其二，记录了京津冀众学者名流之间的交往。这些学者名流多是城南诗社社友，而且来自全国各地，但其中又以活跃在京津冀三地的诗人居多。如北京有徐石雪、吴子通，天津有严修、孟广慧、王仁安、赵元礼、陈诵洛、管洛声、高凌雯、华石斧，河北有冯问田、马钟琇、顾祖彭、杨意箴等。张玉裁创作了近百首诗作，记录了作者在不同时期、不同地点，与不同师友之间的交往，表现了快慰、兴奋、感恩或思念等等的不同情绪。1929

年 3 月，严修去世。他在《哭䗶香师》中有"平生有泪不轻洒，今哭吾师竟失声""几度从游南郭外，不堪回首是题襟"等诗句，对严修离世表示哀悼，读来甚为感人。据统计，《一沤阁诗存》中涉及严修的诗作共计 12 首，从 1924 年开始到 1929 年结束，时间跨度达6 年之久。其中作于 1924 年 1 首，即《首次严范师见和原韵》；1926年 3 首，即《八月六日严范师招游八里台舟中赋呈》《二日杪䗶香馆师招赏梨花分得在字》《幼梅石雪生日俱在腊月同人假䗶香馆赋诗公祝分韵得以字》；1927 年 4 首，即《问田过谈上巳修禊散后同人皆往八里台泛舟喜而有作》《七月杪从范师游八里台分韵得清字》《范师以八里台纪游诗见贶欲寄》《十二月十六日雪中范师招集䗶香馆分韵得复字》；1928 年 2 首，即《七夕后五日䗶香师招饮分韵得寿字》《闻范孙师归自西山赋呈一律》；1929 年 2 首，《哭䗶香师（师殁于己巳年二月五日）》《二月二十日天津西郭外会送范师葬》。这些篇什多为作者等城南诗社社友与严修在䗶香馆聚会或共同泛舟野游并饮酒赋诗的情景，对研究严修生平极具史料价值。概括来说，这些诗作包括如下四个方面的内容：一是表达了作者结缘恩师的兴奋之情。如《八月六日严范师招游八里台舟中赋呈》："䗶香馆外花如雪（今春范师置酒䗶香馆招赏梨花），八里台前水接天。两度从游问奇字，来生更欲结良缘。"二是表达了作者对严修盛情相邀的感激之情。如《七夕后五日䗶香师招饮分韵得寿字》："初秋践胜约，如听钧天奏。馆以䗶香名，卷帙杂新旧。纵饮皆故人，公意一何厚。"三是表达作者对严修办学义举的敬佩之情。如《七月杪从范师游八里台分韵得清字》："及时行乐多新雨，为国储才负盛名。北望成均隔烟水（谓南开大学），有人击楫待澄清。"四是表达作者对恩师逝世的哀悼之情。如《哭䗶香师（师殁于己巳年二月五日）》："乍闻噩耗泪涔涔，辜负菁莪养士心（二十年前予游学保定，公适为学务长官）。半载暌违成永诀（客秋八月与公别后，旋赴保阳，不意竟成永诀），九原萧瑟入孤吟。春风桃李恩犹在，秋水蒹葭梦已沈（每年八月，公辄招八里台为泛舟之游）。几度从游南郭外，不堪回首是题襟。"

其三，描绘三角淀风光。三角淀又称苇淀，在民间有东淀、西淀之称。原位于天津西北子牙河、北运河之间，向西穿北辰区到武清区西南部（王庆坨、汉沽港一带）。明朝蒋一葵著的《长安客话》上说："三角淀在武清县南，周回二百里。"1751 年，清乾隆年间，修筑永定河南、北遥堤，三角淀则被围于两堤之间。由于人烟稀少，直到 20 世纪二三十年代，仍然呈现出"苇淀茫茫何处泊，一灯明处有渔村"的景象。张玉裁的诗句提供了这方面的佐证。

《一沤阁诗存》曾记载作者四次自雄县沿河乘船莅临三角淀，并留下 4 首涉及三角淀的精美诗句。笔者照原文抄录于后，供读者欣赏。

第一首，为 1923 年秋末冬初所写。题目是《夜抵三角淀》："隔溪村犬吠，夜气渐冥冥。魂挂将衰柳，波摇乍出星。霜浓汀草白，风历浪花腥。萧瑟陂田外，孤舟偶一停。"

第二首，为 1924 年秋天重阳节后所写，题目是《三角淀》："东淀如斯大，恢恢纳百川。导河洋禹贡，敷土始尧年。风日相吞吐，沧桑几变迁。津沽人似海，此地水为天。"

第三首，为 1927 年初春所作，题目是《阻风东淀荏苒又年余矣追忆有作》："疾雷破山风击岸，雍奴水上夜将半（三角淀即古雍奴水）。征衣湿尽雨如麻，蓦忆此时肠欲断。驹光掷我如飙轮，尘往年年挚此身。纵有田园归不得，况欲取禾三百捆。"

第四首，为 1929 年重阳节所作。题目是《重九日由家回津舟抵三角淀感作》："雍奴水上浩无垠（淀为古雍奴水），日暮何从问水滨。巨浸汹汹吞钓艇，黑烟缕缕辨行轮（汽船往来不见踪迹，只有黑烟一缕弥漫太空而已）。饱尝艰苦成来往，偶狎凫鸥有主宾。老圃黄花天际树，回看应亦恼征人。"

清朝时期的一些县志，如乾隆年间的《武清县志》多有关于三角淀的记载，但清以后的民国时期却少有描述。张玉裁吟诵三角淀的诗句填补了这方面的空白，也为研究三角淀的变迁史提供了形象化史料。

其四，抒发作者因津冀两地分隔而积蓄在内心的深厚情感。张玉裁有翔儿、翩儿、翊儿等三儿和珍儿一女。其中翔儿、翩儿随父亲在津居住、求学，妻子及翊儿、珍儿则留在雄县老家。当时，天津通往保定方向的陆路交通十分不便，所以由天津去雄县要走水路，而且中途经常遇到大风和暴雨等恶劣天气。夫妻二人长期分居，加之道路阻隔，给双方造成了难以言状的痛苦，但也使夫妻之间的感情更加浓烈，这在他的许多诗作中都有反映。如《猝闻室人病革兼程旋里》一诗，有"自我客津桥，不见三年矣。思归不得归，人远室岂迩。谁知妻一病，速我亟归里"。儿女之情，溢于言表。

（原载 2019 年 7 月 29 日《今晚报》副刊"津沽"版）

柳学洙与《医林杂咏》

柳学洙（1906—1983），字溥泉，号医海一沤，天津武清人，著名中医师，师从著名医学家张锡纯，毕业于由陆渊雷先生主办的上海国医函授班。曾先后在杨村民办中医学校、武清人民医院任教、任职，有《医林锥指》《诊余漫笔》等著作传世。

柳学洙既是一位德高望重、医术高明的中医名家，又是一位具有相当造诣的诗人，他的《医林杂咏》可以作为这方面成就的一个佐证。《医林杂咏》是柳学洙先生以武清民间医师为吟诵对象的旧体诗集，共计 73 首，涉及武清医学界人物 83 人，"咏中人物，或得之于传闻，或为一沤之旧识，均为近代武清已作古者"。

柳学洙对旧体诗的造诣，得益于他的古文字修养及他与津门诗界的广泛联系。早在 20 世纪 20 年代，柳学洙在天津就学期间，就结识了津门耆宿、诗人赵元礼。赵元礼非常认可这位年轻人，曾将其引为"朋好"，曾有"闲寻朋好从头数"诗句相赠。柳学洙在《医林杂咏·序》中，引用了赵元礼的这句诗，并言明他创作的《医林杂咏》"犹赵诗之意也"。

除赵元礼外，柳学洙还结识了王猩酋、杨轶伦、杨轶群、张轮远、曹洁如等武清籍学者、诗人，并经常与众好友进行诗酒唱和。

柳学洙《医林杂咏》书影

王猩酋是武清王庆坨人，既是一位教育家、雨花石收藏家，又是一位中医大夫。柳学洙非常敬仰这位传奇大家，并视其为前辈、老师。他在《王猩酋》一诗中，概括了这位先贤的一生，并对王猩酋主张薄葬的理念给予肯定："谦谦师表仰猩酋，诗律医方老愈周（先生工医，用经方）。茹素不缘持佛戒（先生一生茹素，但不佞佛），柳棺薄葬墨家俦（先生生前自编柳条棺，去世后由门下弟子及子侄辈葬舁之。墨子主张薄葬）。"

柳学洙与杨轶伦是相交数十年的好友。杨轶伦是著名教育家、诗词家，柳学洙则是著名医师张锡纯的得意门生。二人在 20 世纪 40 年代就已相识，因为是老乡，且年龄相差无几，一见如故。杨轶伦曾自撰《自怡悦斋诗稿》，于 1957 年油印，柳学洙应约为之题诗四首以示祝贺。

其一："明月清风供玩奇，池塘春草总吟资。遥瞻岭上白云里，逸士幽人自悦怡。"

其二："平易近人不费思，香山风格放翁辞。陶情何必求来历，妙手为文偶得之。"

其三："夕照余霞古渡头，芦滩近处系渔舟。津桥饶有栖游地，爱写江村景物幽。"

其四："邮假鸿篇获早观，蓬庐天外发芝兰。重洋尽纳潺湲细，万态纷披宇宙宽。"

在上述四首诗中，柳学洙高度评价了杨轶伦其人其诗，认为杨轶伦是"逸士""幽人",他"爱写江村景物幽"的田园诗,诗风紧追白(白居易)、陆(陆游),且其诗多是"妙手为文偶得之"。

《自题〈医林杂咏〉》有诗句云:"虑忧常在病员先,搔首濡毫几度研。调得健康恢复后,自怡悦亦自矜怜。"柳学洙从医疗实践出发,化用杨轶伦斋号"自怡悦",希望每个病人都能够像杨轶伦一样,培养达观的生活态度,并且要自己疼爱自己,只有这样才可能永葆健康活力。

柳学洙与杨轶伦的同胞弟弟杨轶群相识于 1976 年春。这一年的 1 月 9 日,杨轶伦先生刚好去世。二人见面时,柳学洙还向杨轶群提及杨轶伦:"急问轶伦翁,云已隔仙尘。"这之后,柳学洙便把这个小自己十余岁的弟弟引为知己,他们二人,还有同为武清籍的著名学者张轮远、曹洁如等,经常在一起雅集,张伦远将四人以"北叟"(张轮远曾作《北叟吟》,因武清在天津以北得名)相称。柳学洙用"与昔野菊咏,同一声铮铮"的诗句概括了他们在一起以"菊"为题吟诗作赋的情景。1985 年,杨轶群因肺癌去世,柳学洙作《哭轶群》五古一首,以表达对杨轶群的悼念之情。在诗中,柳学洙描绘了第一次见到杨轶群时对他的印象:"与君初相晤,时在七六春。自我介姓字,继道来自津。器宇仰轩昂,仪态何挚真。"柳学洙十分钦佩杨轶群在文史方面的研究,并对他在天津文史馆的工作给予很高评价:"伟哉文史馆,推荐悉耆英。老者得所安,才各尽其能。人文轶事绩,掌故地方名。采撷多翔实,渊博信有征。——运白描,耿耿献赤诚。"只可惜,在"北叟"诸人中,本来有"金刚不坏身"称谓且年龄最小的杨轶群,却被"肺疬"夺去了生命。作为中医师的柳学洙,也因未能够治好杨轶群的肺癌感到自责和难过:"纵有中西医,竟无良方疗。遂使旷代材,遽赴修文召。"

柳学洙作诗道法自然、内容真实、情感丰富、笔随意走、浑然天成，其《医林杂咏》所收录的作品，既可视为柳学洙旧体诗的集大成，亦可作为研究武清民间杏林史以及文人之间交往的珍贵史料。

（原载 2019 年 8 月 27 日《天津日报》"武清资讯"副刊）

诗人刘潜悼妻作诗集

天津著名教育家、诗人刘潜，与妻子陈淑卿感情甚笃。妻子去世不久，他"追怀往时，百感交集。每思一事，辄缀一诗，月余以来，积而成帙"。这便是留存下来的《癸辛疑梦集》。为亡妻作诗集，记述妻子相夫教子的点点滴滴，倡导传统道德伦理，传承美好家风，堪称沽上佳话。

陈淑卿，名缉贤，字淑卿，生于 1875 年，为"砥庵公长女"。1892 年，"恭人年方十七，是秋余倖入泮，次年遂订婚焉"。1897 年五月初八日，二人喜结连理。

淑卿与刘潜是患难夫妻。刘潜 30 岁之前，以教读为生，妻子则奉事慈亲。庚子之役，天津城陷。刘潜与妻子到城西亲戚家避难。是年秋，秩序恢复，复回城里，家里所用之物已"荡然无存"。秋冬之际，淑卿父母相继病殁，葬于城西"四座坟"（为陈氏明代先茔）。经历这次劫难后，淑卿对刘潜道："妾此后为无父母之人，望君常怜之。""余亦泣然，迄今思之，如在目前。"

淑卿鼓励丈夫求学上进。1902 年、1903 年，津邑兴学，刘潜任天津民立第一小学堂监督兼总教习，他与妻子僦居县学前，"春秋佳日，辄同出游"。时值直隶学校司选派各学堂教职员赴日本学习师范，严修"以余名列入，余溺于私意，不欲往，妻子力促成行"。在日留学将近一年，这期间，淑卿对丈夫非常思念，刘潜则在诗中表达了夫妻之间的结发情："花发鸟啼春意动，卿应怜我我怜卿。"

粹庐主人、城南诗社成员刘潜

淑卿曾带头放足。刘潜自日本归国后，旋赴保定"佐严范老（严范孙）幕于直隶学务处"。淑卿居天津。直隶学务处由保定迁津后，"余虽服公职与家居无殊，颇有家室之乐"。严范孙及天津府县提倡放足，"编订《搢绅劝导录》，遍征同志，余持示恭人（指淑卿），遂先签名，吾家妇女不缠足实由恭人倡始"。淑卿本为新时代女性，1904—1905 年间，津郡学校林立，女学大兴，淑卿时与陆阐哉、吕碧城、王淑方、卢云青等津沽名媛为师友，并结为姐妹，"每由校归来，必为余详述之"。

淑卿对丈夫关爱有加。丈夫在保定时，"恒为制衣见寄"。"每值余将远行，喜诵'几回明月夜，飞梦到郎边'之句，今后不能再闻斯语矣。"

淑卿一生耿介。清季学部初设，刘潜奉调入部，淑卿对丈夫"以清俭相励，俸薪而外不收受他物"。其叔母高夫人为某邸女师，屡请淑卿同谒某邸福晋及某格格，淑卿均婉拒。

淑卿自奉甚俭，而待人极周。"偶有不速之客，改为治馔，虽典质不惜居。"在北京时，"亡弟向辰寄居，妻子遇之至厚，向辰之友朋至，亦一律待其肯挚"。

淑卿育有一女二男。长女慧年，生于 1908 年。在沪期间，"适与徐襄平亲家比邻，遂结婚媾，女儿慧年之胥徐伯铭"。慧年生二子一女。长子鹍年，生于 1913 年，"颖悟异常，倍加爱怜，不幸年甫十龄殇于南京"。嗣子鹰年，先是"侬家嫂在津就读未能相随"。后由津来京，转入志成中学。1938 年，经亲家杨子箴介绍，与王子端三女王秀华结婚，次年得子取名"记祥"。

1941 年，淑卿患癌症在北平病逝，终年 66 岁。刘潜曾制一挽联云："四十年谊同宾友常顾相依，看女嫁男婚，辛苦为谁忙，到死犹难归故土；两三年病入膏肓竟成永诀，痛人亡物在，凄凉垂老别，来生可许续良缘。"

关于诗集书名的来历，刘潜在自序中说："忆余与恭人结缘，始于癸巳之夏，终于辛巳之春。四十余年离合悲欢，疑为一梦，因题为《癸辛疑梦集》，非敢言诗，聊以述哀云尔。"

（原载 2019 年 4 月 21 日《今晚报》"记忆天津"公众号）

李琴湘与《重阳诗史》

天津城南诗社成立于 1921 年，是由乡贤严修创办的著名的文化社团。据陈诵洛《今雨谈屑》以及鲁人的《十年来之城南诗社》载，城南诗社初无定址，辛酉年（1921）在河北公园（今中山公园）霞飞楼，壬戌、癸亥年（1922、1923）之际在华安饭店，甲子年（1924）在江南第一楼，乙丑年（1925）改在明湖春。辛未年（1931），即"九一八事变"后，先后改在了九华楼、蜀通饭庄。

上述记载表明，自 1921 年至 1936 年的 15 年里，城南诗社基本上以饭店作为集中活动的场地。

另据史载，除固定社址外，李琴湘的择庐则是另外一处专门举办重阳雅集的场所。据李琴湘《重阳诗史》序言介绍，城南诗社的"重阳例会，自乙丑（1925）至丙子（1936），余继城南诗社后由择庐招集，每年必会，每会必诗"。"地由敝寓择庐（择庐是李琴湘的寓所，也是他别号）而查园故址（指水西庄），会友率预约或不期而至者，由九人以至三十六人……如是连续者十有二年。"其中，1936 年这一次人数最多，有王豹叟、章一山、金息侯、胡季樵、管洛声、程卓沄、陈诵洛、徐震生、方地山、王什公、杨味云、郭蛰云、陈葆生、许琴伯、朱燮辰、任瑾存、刘云孙、张玉裁、杨协赓、张念祖、马诗癯、马仲莹、张一桐、华壁臣、高凌雯、王仁安、赵元礼、陈筱庄、姚品侯、孟定生、郭芸夫、杨子若、徐镜波、俞品三、严仁颖、李琴湘等，为历年之盛。雅集的内容除聚餐外，主要是分韵赋诗。

城南诗社成立之初原由严修主持，按以上文字，李琴湘自 1925 年起便继严修之后主

李琴湘《重阳诗史》序

持社务。以前，学界通常以为严修去世（1929）后，才由李琴湘接任社长职务，而实际上严修早在 1925 年就让贤了，李琴湘主持社务时间长达 12 年。1937 年 7 月，日本侵略者占领天津，李琴湘为避乱远赴河南郾城，城南诗社因失去盟主，一度暂停活动，直到 1938 年春李琴湘返津。但由于战乱，津城已失去太平景象，"敝庐已非我有，故人无几相见"。

重阳雅集形成的诗作，多为即兴之作，而且除甲戌（1934）、乙亥（1935）各全稿已分次印行外，其他年份的诗稿并没有人刻意保存，随着时间的推移，大多数诗篇都散佚了。为了保留这段历史，李琴湘回津后，对自己的一批诗稿即 101 首进行了梳理，再加上"壬戌（1922）做会于城南诗社者十首，丁丑（1937）偶成于郾城旅舍者二首，以此作为起结，共得一百一十三首"。于 1938 年重阳时付印，取名为《重阳诗史》。

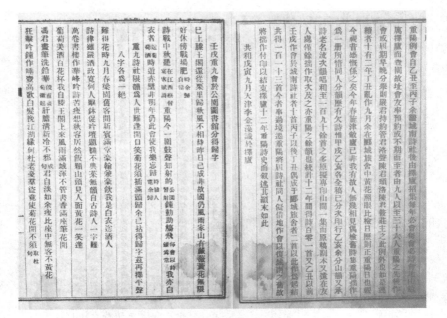

赵元礼《重阳诗史》内页

　　津门耆宿高凌雯在《重阳诗史·序》中，对李琴湘主持重阳雅集及其诗作给予高度评价，认为"择庐之作重九也，岁必有诗，诗必因时自树一义，前后不相袭也。且读书多隶，事有法随，其心之所之俯拾即是。故无不经之语，亦无不达之衷"。

（原载 2018 年 6 月 7 日《中老年时报》）

章一山与《遏云集》

　　《遏云集》是一册有关坤伶章遏云的诗词集，共收录名家诗词120 首，由天津金石书画社于 1938 年夏出版。

　　章遏云，原名凤屏，字珠尘，别署珠尘馆主，是 20 世纪二三十年代著名的京剧坤伶，浙江人，幼年家贫，少年时随母到天津学戏，拜王庚生为师。关于这段史实，张肖伧发表在 1927 年 12 月 24 日《北洋画报》上的文章（署名"天行室主"）记载颇详："时庚生寓于法界集贤里，予公务之余，辄往谈剧，尚记凤屏学戏之第一出为《武家坡》。其次则《玉堂春》。慢板一段，几经更易，始能上口。予有时为操琴和之，凤屏亦执礼甚恭。其后予以事冗，久不至庚生家，过数月再至，则能戏已甚多。且在院中习刀枪之属准备唱《虹霓关》，练习《贵妃醉酒》。凤屏习艺之间，常数度演堂会戏，剧目上多书'凤屏女士'，盖其时尚以票友身份自待也，如是者一年有余。"

　　因为有名家指点，章遏云的技艺进步很快，受到文人雅士的褒奖。小说家刘云若的《恭谈章遏云》（刊于 1929 年 9 月 5 日《北洋画报》）一文认为，"北方之谈剧者，倡为男女八旦之说，男推梅兰芳为魁，女以章遏云冠首。盛誉高名，固为得之有故。然梅久历歌

1940 年 12 月 9 日《新天津画报》载章一山消息

场，势力雄厚，得名匪难。遏云以新进一女郎，一跻而为名旦，信非有奇材绝艺不能也"。他进一步指出，章遏云"面有书卷之气，歌涵山水清音，端庄婉淑，绝不类梨园中人"。1930 年 6 月，《北洋画报》举行"四大坤伶皇后"票选活动，章遏云高票当选，刘云若的评价实非溢美。

时寓津门的浙江籍学者章一山（章梫），深以同宗、同籍章遏云为荣，曾题诗盛赞。据《章遏云自传》载："因为他（指章一山）在乙亥年（1935）秋天送了我两首诗，于是引起了许多文人雅士的唱和，这才产生了这本八时高、四时宽，套红印刷的《遏云集》。"

这两首诗的题目是《赠章遏云宗媛》，诗云：

其一："吾家代有出群才，只少名姝上玉台。色相生成天所独，声香妙合佛如来。故宫鹃泪同悲感,新谱霓裳自剪裁。记取义山歌舞曲,为倾君国下蓬莱。"

其二:"汉苑唐宫说丽人,君王一语未为真。今看举国称天女,不安身才感洛神。吾族得卿张美帜,钱塘于我本乡亲。西湖名胜闻天下,绝世风姿属此身。"

章一山的诗作问世后,"海内唱和者近百人,其中老翰林就有华世奎、郭则沄、邢端、张启后、高毓浵、刘春霖、程宗伊、顾寿人等。名士更有樊樊山、金息侯、王伯龙、萧龙友、步林屋、方地山、袁寒云、张次溪等,堪称洋洋大观"。

早在 1930 年 2 月 6 日,方地山就在《北洋画报》发表了《题遏云挟书造象》一诗,诗云:"挟书方有禁,嗟尔欲何为。甚愿坑儒日,美人能护持。"《遏云集》印行时,收录了这首诗,章一山对此诗赞不绝口。《章遏云自传》曾载,章一山认为"大方先生寄托遥深,不是一首普通的诗,并属我补摄一影,以志纪念……前辈爱护后进,出于至诚,盛意是极可感的"。

(原载 2018 年 4 月 16 日《今晚报》副刊)

周宝善与"春节竹枝词"

据赵娜、高洪钧编著的《天津竹枝词合集》载,周宝善,字楚良,别号木叶。生于清嘉庆二十二年(1817),天津人。周自邰从孙。诸生。克承家学,善为诗。著有《木叶诗稿》六卷。另有《津门竹枝词》三百首存世,被收录在郝福森所辑的《津门闻见录(卷三)》(未刊稿)中。

作为天津人,周宝善对家乡风物风俗非常熟悉,他的《津门竹枝词》涵盖了天津的地理地貌、河流水道、风景名胜、庙会娱乐、风物风俗等内容,是记录清朝晚期旧天津社会风貌的百科全书,可作为研究地方史的重要参考。尤其是他创作的有关春节年俗的竹枝词,善于描摹生活的每一个细节,画面生动,语言风趣,具有很强的知识性和趣味性。

作者按照春节的节令顺序,从腊八开始写起,一直到正月十五,对每个重要节点的民俗活动均作了记述。比如,腊八这天要喝"腊八粥"。同时,在天津的寺院里还有舍粥的善举。周宝善在第四十九首中,记述了大悲院舍粥活动:"结缘拈豆念弥陀,腊八粥香五味和。枣栗杂粮菱角米,大悲醮建集优婆。"初七夜晚,寺院开始大锅熬粥,待腊八这一天早晨,便在门前摆上案桌,由"优婆"(指僧尼)公开舍粥,以赈济贫民。有趣的是,作者还提到了腊八粥的用料,包括红枣、栗子、杂粮、菱角及大米等,即所谓的"五味和",可作为研究腊八饮食的参考。

腊月二十三是"小年"。民间很重视这个节气,不仅要吃黏糕,还要祭灶神。"灶王要见玉皇神,腊月廿三属下旬。垒起糖瓜元宝样,多言好事莫粘唇。"这是第五十首中的诗句。灶王爷要去天上向玉皇大帝"述职"。人们生怕灶王爷说坏话,就想了一个妙招,即用糖瓜堵住他老人家的嘴。"糖瓜祭灶",既体现了老百姓的善良愿望,又表现出劳动人民的幽默气质和想象力。

除夕一天天地临近,迎春祈福活动愈加丰富多彩。突出的活动是剪窗花、贴门神、挂吊钱、写对联、糊窗户、扫房子。这种市井画面在竹枝词中均有生动的记述。

其第五十一首:"剪彩窗花次饭花,佛花金碧踵增华。纸花不若绒花好,世界花花百万家。"其第五十二首:"先贴门神次挂钱,撒金红纸写春联。竹竿紧束攒笤帚,扫舍糊窗算过年。"其五十三首:"代写春联楷字端,读书半世号穷酸。当街挥就吉祥语,要哄村愚叠背看。"

从除夕开始到进入正月,春节活动进入高潮。作者用生动的语句,描绘了过年习俗及盛况。如过年穿新衣,用"新春元旦服鲜华"来形容,反映拜年场景,有"名刺(cì)纷投戚友家"之句。用"朝餐攒馅是三和"描述初一吃合子,意为和和美美。"儿女欢欣眮岁除,娘娘宫里众纷如。"记录人们逛天后宫的场景。平时女儿家,一般是大门不出,二门不迈。唯独此时,可以到天后宫看风景,给天后宫平添了一抹亮色。正月十五,是春节的最后一日,也是春节活动的最后一个高峰:"连天爆竹似惊霆,火树银花走百灵。十字街头春意闹,双龙舞落一天星。"作者通过细腻刻画,再现了正月十五闹元宵的热闹场景,十分生动有趣。

(原载 2019 年 1 月 14 日《中老年时报》"岁月"版)

陈诵洛编次《杨昀谷先生遗诗》

20世纪30年代，陈诵洛一度担任天津县县长。而杨昀谷一度退隐津沽，这期间，两者都是城南诗社成员，还因为王揖唐的介绍，二人之间多有往还。杨昀谷长陈诵洛37岁，二者之间实际上是忘年交，也是亦师亦友的关系。杨昀谷去世后，陈诵洛曾编次《杨昀谷先生遗诗》并付梓，给天津诗坛留下了一段佳话。

陈诵洛《侠龛诗存》书影

陈诵洛与杨昀谷相识非常偶然。陈诵洛在《杨昀谷先生遗诗》序中写道："予初不识昀谷先生，壬申（1932）秋，王揖唐先生相谓宁有诗哲在迩，而君既失交臂者！因亟求为介见，晤言甚欢。比后，予移寓适与隔巷，过从益密，而知先生之身世亦渐详。尤服膺先生之风概，不徒于文字为忘年交也。"

另据樊茜《〈杨昀谷先生遗诗〉研究》转引自杨昀谷之孙杨

圣希《先祖昀谷公事略》一文载："绍兴陈中岳（即陈诵洛）先生在天津任专员时，从先祖学诗，为入室弟子。"陈诵洛师从杨昀谷后受益匪浅，他坦言道："自识杨昀谷先生后，诗境一变。"

王揖唐在《今传是楼诗话》中还记载了陈诵洛向杨昀谷赠诗集一事："绍兴陈诵洛，近以所著《转蓬集》分赠予与昀谷。予两人约各选警句，以观所取之同异。"

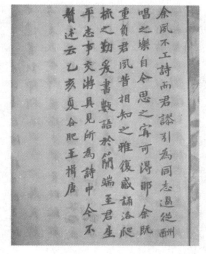

《杨昀谷先生遗诗》序

杨昀谷，名增荦，号滋阳山人，昀谷为其字，晚清和民国时期著名诗人，与陈三立、陈衍、陈宝琛齐名。1860年生于江西省新建县溪霞乡朱砂岗草塘村。光绪二十四年（1898）进士，先后任刑部主事，热河理刑司员，四川候补知府，广东署法院参事等。民国初年，为国史馆协修，司法部秘书，交通部推事。北伐之后退隐津门，1933年10月病逝。有《杨昀谷先生遗诗》8卷存世。

杨昀谷去世后，陈诵洛送挽联曰："永怀寂寞人，有怜其穷与不朽；竟出笔墨外，但使一气转洪钧。"

杨昀谷病故后，城南诗社失去了一位重量级诗人。为使杨昀谷诗作遗产能够传承下来，在王揖唐、杨味云及陈诵洛的支持下，《杨昀谷先生遗诗》得以问世。

关于这件事，王揖唐在《杨昀谷先生遗诗》序言中曾有记述。1933年夏，杨昀谷得重病，在这期间，他拟修书给王揖唐，询问他回津日期，并言："吾今忍死待子矣。"但没等此信发出，杨昀谷便病逝了。王揖唐回津后，与陈诵洛等人"既经纪其丧，复取君遗诗

《杨昀谷先生遗诗》书影

属陈子诵洛编次为八卷"。

另据樊茜《〈杨昀谷先生遗诗〉研究》一文考证，陈诵洛在其杂乱手稿中取较易辨析的古今体诗10余册，编次为8卷，包括古今体诗5卷、读论语古体诗1卷、怀人今体诗1卷、妙峰唱和今体诗1卷，共762首。后经杨昀谷之子杨觉非追忆、寻找，又补录了36首。诗集编定后，由杨味云点校整理，陈三立于1934年题签，王揖唐、杨味云、陈诵洛作序。1935年由王揖唐出资刊刻。

有趣的是，笔者曾幸运地淘到了这套自印本，并在2017年12月天津问津书院召开的"陈诵洛与津沽诗坛学术讨论会"上，向专家学者们披露了笔者的上述研究成果。

（原载2018年2月13日《中老年时报》"岁月"版）

李凤石启发民智书短唱

"粹然儒者蔼然仁，话到常情万事真。窃喜壮年能作宰，更思善政在亲民。山歌水调文从俗，剑胾牛刀旧易新。半种桑麻半桃李，舆歌一曲满城春。"这是天津著名教育家、诗人李琴湘为《农村短唱》所作的题词。

《农村短唱》（线装本）出版于 1935 年 2 月，作者是天津人李凤石（时任满城县县长）。该著作旨在对乡民进行道德伦理和社会常识的普及教育，因读者对象定位为普通乡民，故采取短歌韵文形式，很接地气，读来朗朗上口，满口生香。

全书共计 19 篇，即《弟兄多》《孝爹娘》《庄稼人》《息讼好》《识识字》《种树歌》《快修路》《防匪歌》《办合作》《用国货》《阳光好》《捕苍蝇》《种牛痘》《吸毒害》《赌钱害》《莫缠足》《破迷信》《作好人》《庄稼兵》。每篇之后另附一篇说明文字，对每篇短歌的主旨、内容作了诠释。

除主张孝顺父母、兄弟互爱、劝善戒恶等伦理内容之外，作者更注重的是对乡民的社会教育，比如劝导乡民培养良好的卫生习惯，包括接种牛痘疫苗，晒太阳、捕苍蝇以及不吸毒、不缠足等，尤其是鼓励和倡导乡民开展修路、种树等公益活动。

1940 年 6 月 29 日《新天津画报》载城南诗社聚会盛况

　　如《快修路》篇："大秋过，正农闲，赶快修路莫迟延。锹锄碌碡安排好，老老少少起个早。东邻西舍一齐来，我用锹铲，你把筐抬。坎坷平了，荆棘锄开。大家个个笑开怀。修完一遍碾三遍，为人难得行方便。莫辞打扫路上尘，自己也是行路人。只要修得比人好，这点功德就不小。"作者认为，修路利国利民，"盖道路之利，凡便利行旅，灌输文化，畅运货物，增加地价，以及巩固国防，殆皆悉具无遗"。

　　《农村短唱》充满了爱国主义和同情底层百姓的家国情怀。如作者主张用国货"以救危亡"。如《办合作》一文，主张通过合作制度，抵制资本家的盘剥："资本家，莫压迫。债权人，莫盘剥。我们办了合作社，入社算社员，认股摊出钱。自己买货自己用，自己借债自己还。"作者提出的办合作类似于新中国成立初期的合作社，作为普通父母官，在那个时代能够提出上述变革思想实有开创意义。

　　关于这部书的形成，作者在序文中作了说明："满城僻处山野，质朴寡文。余省耕劝学之便，类皆访风俗，询疾苦，或作讲演，或申文告，乡农识字者少，苦未能一一喻之。今年春节，讼庭稍暇。爰将教养卫诸大端，制短歌念首（《种美棉》有目无文，故实为 19 首）。词求近俚，韵尚通俗，并各附识旨蕴于后。聊期深入民间，潜移默化。"

书成之后，时任河北省教育厅厅长的陈宝泉题写书名。时任河北省政府主任秘书之职的许同莘（无锡人）题诗嘉许：

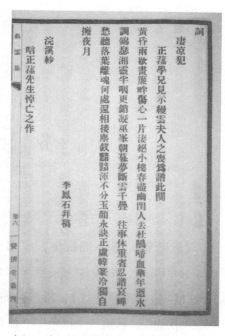

李凤石填词悼念城南诗社社长孙正荪夫人

"县令长官之职在亲民，民所欲者安其身。譬如病夫患诸苦，思得良药舒呻吟……我闻诗歌道政事，香山讽谕语酸辛。至言要在去雕饰，辞艰义晦非诗人。君之斯编若菽粟，坐言可以起而行。愿书万本晓万户，讴歌鼓腹兹先声。"

"官同彭泽令，身是杜陵人。老圃莱芜好，空庭燕雀驯。不妨命村笛，哎哑劝斯民。"李凤石也憧憬着像陶渊明一样过着闲云野鹤的生活，但他更希望通过启发民智，增加乡民福祉，所以他希望"一编聊谕俗，不觉笑颜酡"。

（原载 2017 年 3 月 30 日《中老年时报》"岁月"版）

天津乡邦文献《秋吟集》

　　《秋吟集》是一部诗集，成书于清朝道光壬午年（1822）秋，由李云楣编辑，梅成栋、张世光作序。诗集包括诗作 123 首（其中正文 114 首，附录 9 首），每首诗均以"秋"为题，如"秋士""秋怀""秋思""秋眺""秋色""秋声""秋风""秋雨"等。《秋吟集》"为吾乡及寓公之作"，包括 18 位作者。

1943 年 12 月 25 日《新天津画报》刊载《秋吟集》出版消息

就内容和主题来看，《秋吟集》所录诗作，"或愤激而不平，或幽怨而如诉，或假物而寄意，或对景而观性"。就艺术手法而言，或写景，或状物，或描摹，或抒情，"云垂海立之状，山鸣谷应之响；长枪大戟之雄，惊鸿游龙之致；苔华翡翠之色，棘刺猕猴之巧；镜花水月之奇，竹雨松风之韵"。正如张世光在序中所言，《秋吟集》是"欧阳子（即欧阳修）秋声之赋，今再见焉"。

关于《秋吟集》成书过程，梅成栋在序中作了详细介绍。嘉庆庚午（1810）秋，李香雨因科考落第，整日里郁郁寡欢，于是"思辑《秋吟集》以写其意"，"拈题百余，冠之以秋，感寥落也"，"得诗数十首，以事中止"。三年后，即癸酉（1813）秋，李采仙与金陵的赵二川、武林的钱冬士、兰溪的陈两桥、金华的傅在东、宛平的张亦痴、宝坻的高寄泉，"思续前盟"，恢复成立了诗社，"一时沽上名流，如吴锦州、王蔼人、张冶堂、康掌卿、焦琴溪、杨楚帆、黄子襄，及采仙之弟瘦山、汉秋，抱秋怀者，争入社焉，又得诗八十余首"。李采仙商诸梅成栋，拟出一部诗集。但这一年，梅成栋因为妻子病重，"未及检阅"。甲戌年（1814）春，梅妻病殁，处理完后事，梅成栋"虚窗冷砚，萧寂自伤。时检斯篇，稍加勘定，并续成诗十余首，补题所无，付诸采仙，谓可告成功矣"。岂料，李采仙因困顿，迫不得已奔走四

《秋吟集》书影

梅成栋另一本著作《吟斋笔存》序

方，一直到了道光辛巳年（1821），才从贵州返津。自庚午迄壬午，13年来，张冶堂、康掌卿、傅在东已相继作古，"余或散走四方，漂萍泛梗，其羁守津沽者，予与锦州才四五人耳"。旧雨飘零，故交如梦，在李采仙看来，"是编不可再散置矣"，否则会"有负卷中人心血"，于是，"爰为哀集成篇，装池付梓"，《秋吟集》就这样诞生了。

笔者收藏的《秋吟集》是1935年由广智馆重新刊印的，王仁安为再版作序，陆辛农、杨淞分别题签。

《秋吟集》作为天津乡邦文献，流传了将近200年，其文献价值和艺术价值都是不可估量的。

（原载2015年7月15日《天津日报》"藏友"专版）

王仁安与《仁安续笔记》

《仁安续笔记》是王仁安的笔记体著作，由津门著名学者、刻书家金钺于 1926 年出资刻印。该书记录了作者自庚申年（1920）至丙寅年（1926）的读书、写作和交游情况，其中记载了津沽学界的逸闻趣事，是不可多得的文献史料。

关于交游。这是这部书的重点内容，也是最有价值的部分，所涉及的学界名流，除前已提到者外，尚有严修、赵元礼、李琴湘、林墨青、郑献廷、郑松樵、范肯堂、李嗣香、蒋香农、康侯、顾寿人、张寿、陈哲甫等。如在《乙丑避暑小记》一文中，就记载了作者年轻时师从梅小树、杨香吟等名家学诗的逸事。梅小树自称"罗浮梦隐"，王仁安跟随梅小树学诗时，私称其为"罗浮山下人"。杨香吟是晚清同光时期津门著名教育家、诗人，梅小树逝世后，王仁安主要师从杨香吟。杨香吟曾赠诗云："曾将雪里寻梅意，又矢风前拜竹心。"

有趣的是，该书记述了王仁安与严修相识的一段掌故。赵献廷曾在严修家馆教书。有一次，赵献廷在京师拜访王仁安，当时严修随其一同前往，这是王仁安与严修相识之始。庚子事变后，王仁安在京城一度陷入困境，而"救我急难、拯我狂惑。我抱愧于范孙者良多"。后来，严修又介绍王仁安认识了赵元礼，王、赵二人私交甚厚，"有逾骨肉"。有一次，王仁安家中被盗，"度岁食粮被窃"，赵元礼本亦寒士，但得知此消息后，"赶即送米"。

（原载 2014 年 10 月 8 日《中老年时报》"岁月"版）

赵元礼与《藏斋诗话》

笔者藏有一册赵元礼撰写的《藏斋诗话》（卷上）。该书成书于丁丑年（1937），为线装本，共 30 页，两万多字。民国时期津门四大书法家之一的孟广慧题签，著名诗人、书画家郭则沄为之作序。赵元礼（1868—1939），字幼梅，号藏斋，天津著名诗人、书法家、学者，曾任直隶河北高等工业学堂（今河北工业大学前身）监督，著有《藏斋集》《藏斋诗话》等。

据笔者了解，1936 年 9 月 9 日，天津出版了一种美术刊物，名为《语美画刊》。赵元礼曾应编者要求，在该刊上开设"藏斋诗话"专栏，内容多为津门诗坛掌故，从《藏斋诗话》成书年代推断，该书应当是该专栏文章的结集。

"赵元礼好为诗，以余力为随笔。近复摘随笔中之谈诗者以为诗话。"《藏斋诗话》主要内容是谈诗论诗。

一是结合具体诗作，对李白、杜甫、韩愈、苏东坡等唐宋诗词大家的艺术风格和特点进行点评，具有一定的理论指导意义。如他认为，李白的"长风破浪会有时，直挂云帆济沧海"一诗具有"磊落刚健"的特点；杜甫的"安得壮士挽天河，净洗甲兵常不用"一诗体现了诗人的"抱负"；韩愈"我能屈曲自世间，安能从汝巢神

《藏斋诗话》（卷上）书影

山"一诗表达了作者的"倔强"气；苏东坡"相逢握手一大笑，白发苍颜略相似"一诗"坦白阔大"。正因为这些大家具有不同风格，并且这些诗作均记录了一定的社会内容，故赵元礼认为，"熟读此等诗可以变化气质"。

二是记录了城南诗社的一些情况，具有重要的史料价值。由于赵元礼晚年大部分时间生活在天津，且在1921年与严修、金息侯、王仁安等人共同发起成立了城南诗社，因此，《藏斋诗话》记载了很多这方面的情况，这也是该书最大的价值所在。如赵元礼曾在诗话中，对城南诗社诸社友的艺术风格逐一给予评价，其中，严修为"志和音雅"，冯问田为"笃实辉光"，李琴湘为"遒劲"，高凌雯为"沈炼"，王仁安为"闲适"，陈诵洛为"警拔"，刘云孙为"浓郁"。上述评价，对于深入了解这些诗人的艺术成就无疑具有重要作用。该书还曾记载天津广智馆征诗的情况。"广智馆附设之存社，每月征诗。上月章式之先生主课，以谒李文忠祠命题，约收四十余卷，城南诗社友应课者甚多。"

三是透露了作者自己的著述和交游情况，对于研究作者本人的生平和诗作艺术成就具有借鉴意义。如作者披露，到1937年，"半生作诗不下千首"，累计出版的诗集多达11册。按照郭则沄先生的说法，作诗如同"鸟鸣于春，虫鸣于秋"。"感秋气者多忧，感春气者多乐。"因为赵元礼的情绪属于"多乐"，所以"其发于文字者亦然"。也就是说，在郭则沄看来，赵元礼的诗作充满了乐观向上的积极态度，与郭则沄"多忧"的特点迥异。城南诗社之外，民国时期天津还有星二社、俦社两个诗社,作者均参与其中,并常与方地山、袁豹岑、曾次公、许溯伊等"尊酒论文"。有意思的是,该书还记载了赵元礼的一则趣闻:有一年的九月下旬,一伙强盗入室抢劫,其中有一小盗"貌不甚凶",赵元礼遂产生恻隐之心,"欲稍戒之",但此时该小盗却以手枪相向,"仓猝中得一律,内有'未能理遣真滋愧,等是饥驱更可怜'"。在赵元礼看来,作诗是一种癖好,"经盗劫犹复作诗,是即癖好之象征"。

作为一部乡邦文献,《藏斋诗话》存世时间虽久远,但在秋高气爽的夜晚,翻开一页页泛黄的旧纸片,仍能闻到一种迷人的芳香。

(原载 2011 年 9 月 14 日《中老年时报》"岁月"版)

诗坛逸事

王仁安的名号与斋号

王仁安,名守恂,以字行,出生于清同治(1864)甲子年,是津沽著名学者、诗人和方志学家,关于他名号、斋号的由来,很少有人涉及,而了解他名号、斋号的演变,无论是对于他的著述研究,还是对于他的生平研究,都是非常重要的。

王仁安本名守恬,因与光绪皇帝同音,故更名为守恂。关于这一点,由刘幼珉整理的《仁安先生随笔》(刊于1937年2月24日《语美画刊》)载:"余名、字,均父命也。名与德宗讳同,只少'水'旁,今名'恂',因避而改此,不得复论也。"也就是说,他的名、字,都是他的父亲给起的,但因为"守恬"这个名中的"恬",与德宗名"爱新觉罗·载湉"中的"湉"同音,所以改为守恂。

"阮南"是王守恂的别号,关于这个说法,《仁安先生随笔》同样作了说明:"字曰仁安,嗣后仍应正写,不复以音相近者易之。至于阮南别号,是余少年无识,取'南阮'(指阮籍)之义,褊浅无味,此后决计弃之。凡书籍自署,及所用图章,皆在发此言前耳。"按照文末"丁巳旧十二月初六记"得知,该则随笔写于1917年,也就是说,1917年以前,他出版的一些著述或所作的文章,尚有用

王仁安撰写的《徐石雪妻沈宜人墓铭》书影

"阮南"署名者，如《阮南自述》等，而自该年后，就不再用"阮南"这个别号了。

王仁安还有个"阮叟"的别号，一直到1936年发表作品时仍署此名，但他认为这个"叟"字使用不当，故"日后改之"："时近人晚年多自署曰'叟'，读《孟子》首篇始觉未当。余向来亦自署曰'阮叟'，矢自此日后改之。"《孟子》首篇里有："孟子见梁惠王。王曰：叟！不远千里而来，亦将有以利吾国乎？"笔者分析，在王仁安看来，这个"叟"，是专指孟子而言的，常人是不可以用圣人名号的，所以他认为今人自号曰"叟"显然不合适。

除别号阮南外，王仁安在杭州就职时，还曾有"补读书斋""远读我书室"等斋号，这在他1918年撰写的一则笔记中有记载："自到杭后，日事游宴，心无归宿，端阳后改弦易辙，专以书自娱，因颜所居曰'补读书斋'。今将去官，此后随所居地，一椽半榻，即可命之曰'远读我书室'。"按照刘佑民的解释，"'远读我书室'，取陶诗'时远读我书'之意"。由此可见，王仁安作为有良知的知识分子，其从政时，内心仍坚守读书人的道德底线，并不为世俗所累，这一点在当时是很难得的。

另据《王仁安先生事略》一文载，王仁安"晚年家居，一志诗文，更及书法，自号拙老人，每为人作书，辄录己作，语挚情真"。按照这个记载，"拙老人"应当是王仁安另外一个号。1936年9月9日《语美画刊》创刊时，总编辑刘幼珉曾给王仁安开设个人专栏，名曰"拙老人笔记"，王仁安利用这个专栏撰写了不少津门掌故，其中谈到了对李叔同的看法："晤天津李叔同，清癯绝俗，饱尝世味，已在剥肤存液之时，自愧不如，吾乡静士刘竺生（即刘宝慈）之外，又得叔同，喜慰万状。"由此可见，在天津知识界，李叔同的地位是非常高的。

（2018年10月8日刊于《今晚报》副刊"津沽"版）

王仁安丧子之痛

老年丧子，被喻为人生"四大悲"之一，王仁安虚岁 55 岁时失去了 13 岁的独子，这无疑给他的生活造成了很大影响，每每提及此事，王仁安就隐隐作痛。

据刘幼珉《集录王守恂先生随笔序》（刊于 1937 年 2 月 14 日天津《语美画刊》）一文载，王仁安"顾有伯道之戚，其记'吾儿'死状极凄切，而出以超脱之语，怃念亡儿，显然笔下。每为戚友寿文，语多艳羡，盖触景伤情，不得不尔也。今秋以肠胃病卧床数月，竟至不起，闻者痛之"。

王仁安 19 岁入邑庠，岁试第一，26 岁举孝廉，35 岁为进士。历官刑、法和民政各部，曾出任河南巡警道，"著有政声"。入民国后，复服官于内政部，一度任浙江会稽道尹。1923 年返津定居，与高凌雯一起纂修县志。著有《王守恂集》《天津政俗沿革记》等著述，1937 年 1 月 20 日，因肠胃病在津去世。

王仁安事业有成，又有文名，而且夫妻和睦，唯一的缺憾是 1918 年失去了可爱的独子。《王守恂随笔》曾载："余有一最痛心之事，即是吾儿之死。其初病时，伊自知其不起，及弥留之际，痰壅上来，谓余曰：'是不要闷死耶？'随即面现笑容，命人取留音机器听之，声未歇而气已绝。揣其意，病知必死，是已知其所止，及气闷时，方似犹疑，继而悟此即死至矣，怡然受之，得其所止也。吾儿年十三，能如此解脱，余五十又五矣，不如十三之儿，能无愧耶。"

虽然老年丧子，但王仁安还是能够坦然面对现实。曾有一位梁先生，是王仁安刚刚认识的朋友，闲谈中，梁问王"有公子几人"，王答曰："无。"梁又问："有女公子几人？"王复答曰："无。"梁默然，他虽善应酬，但也一时语塞。王仁安赶紧告诉其实情，以打破尴尬局面。其实，对于王仁安来说，老年丧子尽管是悲剧，但事情过去了，也只能正视现实。

俗话说，养儿防老。但在王仁安身上，显然是一件奢侈的事。他在写给张让三先生的信中，曾流露过他的心迹："志事不遂，归无所养，年事就暮，继嗣乏人，为同志者所代悒悒也。"亲朋故旧的担心不无道理。因无子嗣，王仁安在重病中只得独对孤榻，以至于逝世后，葬礼亦只得由好友代劳。赵元礼在《哭王守恂兄》一诗中曾感慨道："少年每作唐衢哭（唐衢善哭，为伤时失意之典），晚境徒深伯道悲。最是令人凄断处，寒灯孤榻病危时。"马仲莹在《挽王守恂曹长》一诗中，亦同样感叹："郎署高吟侣，相看几白头。前年哭杨炯（杨昀谷去世），残腊悼王猷。有集镌梨枣，伊谁护槚（jiǎ）楸（君无子）。山阳思旧泪（入冬以来，老友大方、直绳诸公相继殂谢），今更为君流。"

王仁安学问、人品，向为津沽学界楷模，这在采文的《王守恂事略》（刊于《语美画刊》）一文中可以得到佐证："顾以伯道无儿（成语，同情、惋惜他人无子），未免抑抑，去年偶膺肠胃病，遂致一病不起。顿使后生小子，失所矜式（示范之意）。呜呼，痛哉！"

（原载 2018 年 12 月 10 日《今晚报》副刊）

李琴湘作文颂乡贤

1936 年 4 月 20 日出版的《天津市市立通俗图书馆月刊》（第二卷第三四期合刊）上，发表了李琴湘的一篇韵文《天津乡贤赞》，现在读来仍有启发意义。

李琴湘是著名教育家、书法家，曾任天津市教育局局长，1936 年 1 月，天津市教育局裁并至社会局，李琴湘则奉令代理河北省教育厅厅长一职。同年 4 月，李琴湘应林墨青之请作了这篇韵文。

关于这篇韵文的由来，李琴湘在文章前面部分作了诠释。浙江省道员王仁安，有一天在衙门里闲暇无事，随便浏览了《天津县志》，发现里面记述了 11 位乡贤。这些乡贤一直被供奉在天津文庙乡贤祠内，从明朝至民国已历三四百年，而这些人的姓名和事迹在社会上几乎湮没不传。王仁安十分痛心和不安，他根据《天津县志》，结合了解掌握的情况，作了一篇《乡贤事略》白话文，详细考证了上述乡贤的事迹，天津社会教育办事处总董林墨青看到后很感动，他有感于"现在人心大不如前"，决定向全社会宣讲。考虑到韵文易流传的特点，他便找到李琴湘请他撰写了这篇韵文。

"先说明朝第一位叫郑海，是天津左卫的小旗并不是官。他侍奉父母尽孝道，父母死后他要想如同生前，因此盖了一间房子在坟旁

1940 年 11 月 14 日《警察三日刊》刊载的诗人唱和诗

住，一住住了整三年。有人说这并不是稀奇事，谁知道看得容易做
得难。您请看如今的人发丧父母讲究作阔，殡出完了就云散一天。
酒楼赌场常见他的面，他却忘了素衣服还在身上穿。你拿郑先生来
比一比，这岂不是差了天渊？"在作者看来，郑海堪称道德模范。

"再说一位进士知县，姓蒋名仪生在弘治年间。做官的时候声名
好，退归林下亦有人缘。出门时不用车马，寻常亦不讲究吃穿。遇
见了乡人恭而且敬，叙家长如同寒士一般。如今的人器量太小，那
禁得在外边作了几年官，车马衣服不必讲，见了老亲老友亦不肯寒
暄。这种气派真讨人厌，吾断他作官亦未必是好官。绅士居乡本有
道，学一学蒋先生这又何难？"这一段中的蒋公是个实实在在的好
官，于今仍有现实意义。在作者笔下，类似的好官还有明朝时的延
绥巡按张愚、山西按察司副使汪来、乐陵知县倪尚志等。

除孝子、"好官"外，积德行善的所谓"善士"也是作者所推

崇的。"再说到清朝第一位，姓刘名得宁在顺治初年。一生专好作善举，正赶上国乱又是荒年。救活了灾民不知多少，掩埋尸骨自己花钱。他本是天津平民一个，朝廷赐给他品服嘉奖一番。"另一位善士则是大家比较熟悉的乡贤侯肇安。作者是这样描述的："道光年有一位武举作守备，他的姓名是侯肇安。退老在家即住在北门内，切修石头道自己捐廉。同治年间发大水，他设粥厂在四城里边。又在文昌宫立辅仁书院，现在的师范小学即在其间。人民的大事在教养，侯先生筹划实是万全。但盼家乡有钱的人多作好事，能作好事才不愧有钱。论现在立工厂胜于粥厂，立学堂胜于书院，不可让侯先生专美于前。"

韵文中涉及的乡贤中，既有平民，又有廉吏、乡绅，在李琴湘看来，他们都是人们学习的榜样，很有教化意义，而且"后人效法并不难"。

（原载 2017 年 8 月 23 日《今晚报》副刊"津沽"版）

方地山临终诵念《示儿》诗

"联堪称圣，书自成家，沽上早知名，遗墨顿成和氏璧；病已濒危，心犹念国，中原何日定，思君怕诵放翁诗。"这是《北洋画报》送给方地山的挽联，肯定了方地山祈盼国家统一的爱国主义情怀。

关于方地山的生平，方地山生前好友、报人刘幼珉在《悼方地山先生》（刊于1936年12月23日第16期《语美画刊》）一文记载颇详。据该文介绍，方地山名尔谦，江苏扬州人，清末充任袁世凯幕宾，甚得倚重。袁家两位公子克定、克文均出其门下。民国初年，一度扬州任职，"颇著政声"。1916年退职后，一直寓居津门，"日以诗酒自娱，暇则徜徉于劝业、天祥故书肆中，故其所藏古泉、书帖非常多"。方地山尤喜书联，联语大都即席自撰，援笔立就，妙造自然，故有"联圣"之称。其书法包罗万象，别具风格，落款只书"大方"，而不署本名，"放荡风流，于兹可见"。"近以爱姬病逝，忧郁寡欢，偶有宴集，辄怅触生感，由是胃病渐发，卒至不起，以十二月十四日上午十时逝于津寓，享年六十有五。"

众所周知，方地山是风流才子，退隐津门20年间，除诗酒唱和外，"时亦作章台游，一经品题，声价十倍"。但方地山并非全都是时人所想象的那样，整日沉浸在醉生梦死中，作为一介文人，他与

1936年出版的《采风录》刊载京津两地诗人的诗词作品

其他普通知识分子一样，"位卑未敢忘忧国"，仍时时关注着局势，尤其是希望有一天能够收复东北失地，还日本侵略者以颜色，实现国家的统一。据周利成《方地山在天津的日子》一文载，方地山"在生命的最后时刻仍对家人及弟子诵读陆游的《示儿》诗：王师北定中原日，家祭无忘告乃翁!"关于这段掌故，方地山友人马诗癯在其《挽方地山社长》一诗中作了记述，原诗如下："金钱挥去似泥沙，被酒看花眼不花。潦倒生涯皆慧业，欹斜书法自名家。嘲狂诮狷（juàn）尊联圣，惜玉埋香悼凤娃。病革还吟渭南句（易箦之前，时时诵放翁临终《示儿》诗，呜呼，先生岂忘情家国者乎），固知此老思无邪。"挽诗一方面对方地山生平事迹作了评价，另一方面，也肯定了他的爱国情怀，"时时诵放翁临终《示儿》诗"，期盼我大中华像宋朝收复中原失地一样。知识分子的执着、热烈、真挚之爱国情怀跃然纸上。在同一期《语美画刊》上，马诗癯之弟、著名诗人马仲莹的另一首挽诗，同样诠释了方地山的爱国主义思想："举国忧危震撼中，痛心又失大方翁。联珠绮语探喉出，鬻字黄金到手空。遗有涯生太诙诡，勖忘年友小玲珑（先生每以'小玲珑馆'贶余兄弟）。是真血性奇男子，情种焉能概括公。"在华北乃至全国面临日本侵略者觊觎的危急时刻，我们失去了一位有着强烈爱国主义思想的知识分子，"是真血性奇男子，情种焉能概括公"这两句话，是时人对方地山最客观公允的一种评价。

马氏二兄弟是安次县得胜口村人，均为 20 世纪二三十年代著名学者、诗人，天津城南诗社社员，与方地山时有诗酒往还。方地山病逝之前的两个月，还与马氏兄弟一起参加了重阳雅集活动，并分韵得"惜"字，其即席所赋诗云："一年三百六，春秋有佳日。清明并重九，放过真可惜。"作为一个老年人，他可能预感到自己时日无多，希望在有生之年过好每一天，每一个春秋

《采风录》封内题耑

佳日。但上苍并没有眷顾他，就在这首诗面世不久，他就病逝了，"惜"字诗，俨然一语成谶。

（原载 2018 年 6 月 14 日《中老年时报》"岁月"版）

赵元礼笔下的河西务

1937年4月28日，天津出版的《语美画刊》（第2卷第8期），在"藏斋随笔"专栏，载有赵元礼在河西务的一则见闻，读来颇感亲切。

赵元礼（1868—1939），字幼梅，号藏斋，天津人，是民国时期著名的实业家、书法家、诗人。幼年时随长辈定居三河。清光绪年间，曾屡试不第。1888年，应邀主持严修家馆。义和团运动后，一度协助实业家周学熙开办工艺学堂（今河北工业大学前身）事务，并被委派赴日本考察实业。归来之后，曾主持直隶棉产区调查，并筹建纱厂。1909年，担任滦州矿地公司经理、开滦矿务局秘书。后又协助周学熙创办了北京市自来水公司和唐山华新纱厂。民国后，曾任直隶省银行监理官、中国红十字会天津会长等职，并被选为直隶省国会参议员。1921年，赵元礼与严修等共同创办了著名的城

《赵幼梅先生七秩寿言》书影

南诗社。一直到 20 世纪 30 年代，已步入古稀之年的赵元礼仍笔耕不辍，经常在《北洋画报》《天风报》以及《语美画刊》上发表随笔和书法作品，并有《藏斋诗话》《藏斋随笔》等专著问世，一时享誉津沽。

《藏斋随笔》是一部津门掌故集，一共有 13 笔（册），或论诗，或谈风俗，或记载作者与众师友之间的交游，出版后受到学者热捧，一时洛阳纸贵。著名学者、书法家、中国最后一位状元刘春霖曾为之作序，高度评价了赵元礼对天津文化的重要贡献："百余年来，河北文风之盛，以天津为之冠；天津名士，以藏斋为之魁。藏斋性伉爽，精书法，自幼喜为诗，名章隽句，常在人口。一时名流，咸与游处。故其所记述，无穷出清新，盖此邦文献尽在于是。"

赵元礼《戊寅重九分韵诗存》书影

赵元礼 19 岁那年（1887）离开三河县，准备返回到天津。他乘车沿着京津大路前行，一路上风尘仆仆，马不停蹄。那时火车尚未开通，"京津大路，车马不绝"，但因为是土路，所以车辆行驶十分缓慢。路过河西务的时候，天色已晚，只得停下来住宿。有意思的是，客店"虽甚简陋，而题壁诗颇有佳者"，其中有两首给赵元礼留下深刻印象。

其一："始识客中味，奇寒侵口肤。远村炊火直，大野夕阳孤。"这显然是无名作者路过河西务时的所见所闻。因为是冬天，所以

序

上年重九管君洛聲提倡登高爲詩酒之會天高日晶人皆欣然有喜色分韻賦詩次第集成方擬刊印洛聲乃於歲杪無疾而歿咸爲傷悼眞所謂死喪無日無幾相見人世悲歡離合之故不可思議有如此者今詩集印成而洛學物化黃泉碧落相見無期不亦大可悲哉十年前城南社梅盛時重陽讌集爲詩鐘之戲拈人淡兩字謝君履壯得句云明年此會人都健君子之交淡最宜許卷次年而謝君病死人謂爲詩讖以人都健而已獨否也今管君歟兆毫無疢沕汣以歿讀其遺詩憶其逸興益令人增無窮之感矣歷年重九李君琴湘另組一局高

赵元礼《戊寅重九分韵诗存·序》

"奇寒侵口肤"。推窗远望，只见远处的村庄，有一缕炊烟扶摇直上，硕大的太阳，高挂在茫茫的原野上。诗的意境阔大高远，在赵元礼看来，"字甚苍老"。遗憾的是，赵元礼忘记了后面的四句诗，但也由此给读者留下了无限的想象空间。

其二："梅花飞雪忆吾乡，柳絮飞时别洛阳。凤翼昔年携弄玉，牛衣今日泣王章。"这是另一位无名作者路过河西务时所吟诵的诗句。羁旅他乡，本就思乡心切，加之当时下起了茫茫飞雪，"牛衣今日泣王章"，在家千日好，离家一时难，作者不由得想起了往昔离别家乡的场景。唐朝诗人贾至曾有《巴陵夜别》一诗，诗云："柳絮飞时别洛阳，梅花发后到三湘。世情已随浮云散，离恨空随江水长。"无名作者显然受到这首诗的影响，但似乎更胜一筹，在赵元礼看来，其诗句"字甚娟媚"。

有关河西务的这则掌故，不仅印证了赵元礼曾经到访过武清的历史事实，而且保留了前人笔下河西务的美丽风景，堪称武清文化史上的佳话。

（原载2018年8月21日《天津日报》"武清资讯"副刊）

冯武越自号"笔公"的由来

《北洋画报》创办人冯武越自号"笔公",而关于"笔公"的来历,迄今无人论及。笔者在翻阅《北洋画报》时,找到了两则相关史料,从而揭开了这个谜底。

"笔公"原是历史上一位名人古弼的号。南北朝时期,古弼是北魏一位掌管文书、奏章等事务的尚书令,此人"少忠谨,好读书,又善骑射",在朝中以犯颜敢谏著称,但因其长相奇特,脑袋长得比常人尖,像个毛笔头,所以时人称其为"笔公",又有"笔头""尖头奴"等称谓,连魏世祖拓跋焘也常这样称呼他。

因冯武越头尖如笔,有点像北魏时期的那位古弼,故得名"笔公"。关于这段逸事,笔者查到了相关史料予以佐证。

1927年7月6日,是《北洋画报》创办一周年纪念日。为此,《北洋画报》出版了一期纪念专号,请每一位编辑撰写一文,并各配以儿时照片一帧,以这种特殊方式向读者介绍各位编辑的基本情况。冯武越作为常务编辑之一,发表了一篇名为《笔公自记》的小文,其中提到了"笔公"自号的由来。据该文载,冯武越小的时候扎小辫、剃光头,"但头尖似笔,故令兄(堂兄)称他曰笔公"。也就是说,早在儿时,冯武越即有"笔公"之名了,这似乎预示着他的命

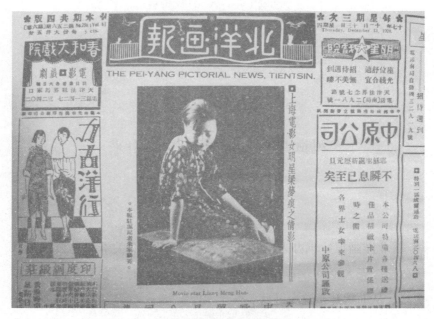

冯武越创办的《北洋画报》

运，将一辈子与笔打交道。另据袁克文发表在 1930 年 2 月 15 日
《北洋画报》的《笔公与尖头奴》一文载："吾友冯子武越，自以头
尖，号曰笔公。盖以元魏太武帝以古弼头尖，呼之曰笔头，又曰尖
头奴，时人遂号曰笔公，故取以自号。"

有意思的是，袁克文曾得到友人朱子伯馈赠的一支"荆毫大
笔"，其"笔高与人齐，毫长尺余，竹管，经藤丝铁网络之"。其笔
管之上刻有"尖头奴"三字，袁克文"自愧腕弱，犹未敢一试"。
于是将其转赠给了冯武越，"乃要武越扫尽天下魑魅魍魉。公之头，
钻故纸而弥坚；公之背，仰大笔而弥高矣"。

早在宣统登基的那年（1909），13 岁的冯武越就同他的邻居小
孩吕葛侯（北洋时期曾充任青岛戒严司令），在北京合办了一个誊写
版的《儿童杂志》。"放着书不去念，干这无谓的玩艺儿，给家长大
大的申饬一番儿。"后来冯武越到法国、比利时、瑞士等国家留学，

学到了一些西方先进的科技知识，诸如"有关气球的把戏"，但这些东西在国内并未派上用场。于是，冯武越复耍起了笔杆子，继续办起了画报。先是于 1920 年前后，在北京创办了《电影周刊》。紧接着于 1924 年独资创办了《图画世界》，再后来，又在《京报》主办其副刊之一的《图画周刊》。这两种画报，是北方铜锌版画报的鼻祖，可谓开画报界之先河。

可见，无论是冯武越的堂兄，还是学者袁克文，"笔公"之名无不寄托着他们对冯武越的厚望。而这种厚望一定程度上早已实现了，这从开办长达 12 年的《北洋画报》在全国的影响力即可窥见一斑。但冯武越谦虚地认为，自己虽"有笔公之名，而无笔直之实"。

（原载 2018 年 1 月 30 日《中老年时报》"岁月"版）

杨轶伦吟咏春节年俗

"窗花剪纸忒精工，贴向玻璃日影红。点缀春光辉映处，吊钱飘动舞东风。"这是武清籍诗人杨轶伦所作的《春节竹枝词》组诗中的一首，反映了民间过年剪窗花、贴吊钱的民俗活动，读来颇为亲切。

杨轶伦，又名杨鸿飞，1904 年出生于今武清区石各庄镇敖嘴村，是天津著名教育家、诗人。其父杨开智，字睿芝，邑庠生，毕业于北洋大学，是一位集新学、旧学于一身的学者，曾担任过武清县人大代表、河北省文史馆馆员。其母曹氏，王庆坨镇曹树芬先生之女。杨轶伦的弟弟杨轶群，又名鸿翔。兄弟二人的名字合起来可以解释为"像鸿鹄一样地飞翔"，寄托了父母对他二人成人成才的愿望。

杨轶伦写过很多关于春节民俗的诗作。《自怡悦斋诗稿》是杨轶伦的自印本诗集，收录了作者自 1926 年至 1956 年间所创作的 88 题 142 首旧体诗作。在这些作品中，笔者非常喜欢其中反映年俗的作品。如 1951 年春节，作者曾作了一首《农历庚寅除夕守岁》的诗作："眼前喜有酒盈卮，况是良朋快聚时。人过中年偏好静，序逢佳节总堪怡。寒梅怒放春将届，爆竹频闻岁已移。更好夜阑微醉后，尚饶余兴写新诗。"

这首诗的内涵非常丰富，在除夕夜里，作者与好友畅饮。本来人过了中年后都喜欢安静，但每逢佳节，仍挡不住杨轶伦内心的喜悦。何况寒梅怒放，爆竹声声，已经预示着春天的到来。于是，作者在除夕之夜，夜色阑珊的时候，借着酒劲，作了这首小诗。读来朴实无华，亲切生动。

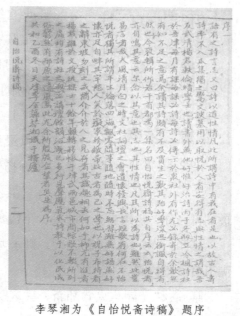

李琴湘为《自怡悦斋诗稿》题序

1955 年春节，杨轶伦又作了一首题为《甲午除夕守岁即事》的旧体诗，记述了作者除夕守岁的快乐心境："今夕岁云暮，寻常夜不同。新装欢幼女，小集有诗翁。节序饶佳兴，樽罍惬素衷。案头花待放，明日便春风。"

除夕之夜，大街小巷，灯火通明，璀璨的夜空，犹如白昼。小女儿穿上了新衣，自己这个"诗翁"则作起了小诗。每逢佳节，一家人都是这样高兴，酒过三巡，心花怒放。"案头花待放，明日便春风"反映了冬去春来带给人的好心情，寄托了作者及全家人对新一年的美好憧憬。

在杨轶伦众多反映春节年俗的诗作中，《天津春节竹枝词》组诗是分量最重的，也是最为精彩的诗作。这组诗同题 6 首，均

1942 年 1 月 1 日《新天津画报》刊载杨轶伦诗《新年》

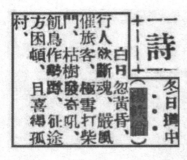

1942年1月14日《新天津画报》刊载《冬日道中》一诗

为四言绝句：

其一："宜春帖子写红笺，泛语全将旧句捐。灯缀繁星绸结彩，焕然春色满门前。"

其二："故事连环入扇屏，时装仕女最娉婷。民间艺术尤珍贵，年画争夺杨柳青。"

其三："窗花剪纸忒精工，贴向玻璃日影红。点缀春光辉映处，吊钱飘动舞东风。"

其四："秧歌竹板霸王鞭，狮子龙灯样样全。天气清明人意好，满街箫鼓闹喧阗。"

其五："宁园焰火式翻新，鸟市联欢百戏陈。通夜一宫开舞会，万千容易引游人。"

其六："屠苏酒暖透春风，佳节联欢到处同。宴会最宜休假日，相逢谁不醉颜红。"

第一首，描写春节贴对联、挂灯笼的场景。"泛语全将旧句捐"，意思是所写的对联全都是民间吉语，大家耳熟能详。虽然是"泛泛之语"，但仍能体现人们传统的伦理观和价值观，并被人们普遍接受。在民间，家家户户都喜欢在春节时挂灯笼，就像天上的繁星，使门前院后风光无限。

第二首，描写民间贴年画的习俗。年画是很具有文化内涵的年俗用品，在北方流行年画至少已有300年的历史。在北方民间，最著名的年画当数杨柳青年画。起初，年画是人工刻印加以人工敷粉。20世纪30年代，开始出现石印年画，之后又出现了铅印年画。这样，年画价格就大幅度下降，在民间的普及程度由此也达到了高峰。从题材上划分，杨柳青年画既有传统的单幅"吉庆有鱼"及"传统仕女"形象，又有《西游记》《西厢记》《红楼梦》等表现传统文学故事的连环画作。新中国成立后，年画在题材上更加贴近现实，涌现了大量以"工农兵"形象为题材的年画，为年画带来新的气息。杨轶伦有关年画的描绘，系统反映了年画发展的这一历史进程。

第三首，反映春节剪窗花和贴吊钱的民俗活动。窗花、吊钱上的图案多是体现喜庆色彩和反映富足生活的猪、牛、羊、蝙蝠、花草等动植物形象及"福""寿""禄"等吉祥文字。在我的老家，从我的奶奶到我的母亲，再到姐姐、妹妹，几乎都有过剪纸的经历。记得小时候，我们把剪纸所模仿的图案，叫作"花样子"，需要用油灯熏出样子，然后再剪。人们的巧手，把这种民间技艺发扬光大，并一代接一代传扬下去，形成了独特的剪纸艺术。剪纸和吊钱，以其特有的魅力和内涵，传递着华夏大地的喜庆气氛，点缀了春光。

第四首，反映民间花会的喜庆场景。花会是传统民俗文化现象，也是一种传统舞蹈技艺，它以活态传承的形式，展现了人类对热闹、繁华和富足社会生活的美好追求和渴望。花会有很多类型，如秧歌、狮子、龙灯等，过去一般是在传统庙会和春节期间才进行集中展示，"天气清明人意好，满街箫鼓闹喧阗"生动地刻画了花会演出时的盛况。

第五首，反映的是正月十五庆典活动的画面。新中国成立后，在每年的元宵佳节，天津市都要举办各种迎春焰火及联欢活动。作者举了几个具有代表性的地点及活动形式，如北宁公园放焰火，河北鸟市举办联欢会，第一工人文化宫开办舞会等，概括了全市人民喜迎新年的宏大场面。

第六首，反映民间过春节亲朋好友聚会的场景。在家庭宴会上，人们酒暖春风，推杯换盏，不醉不休。作者只用了寥寥数笔，便勾勒出一幅生动的生活画卷，充分展现了新中国成立后，人民安居乐业、幸福美满的生活状态。

杨轶伦出生在农村，同时具有农村和城市生活的丰富经历，骨子里自然流淌着农耕文明和现代文明的血液，作为诗人，他的笔墨既生动又有趣，他用神来之笔，把春节的民俗活动场面再现了出来，很接地气。这组《春节竹枝词》体现了他对美好生活的深刻理解，代表了他旧体诗作的最高成就，值得后人永远学习。

（原载 2020 年 2 月 7 日《天津日报》"武清资讯"副刊）

杨轶伦诗话王庆坨

承蒙杨轶群女弟子沈静宇老师赐赠，得观杨轶伦先生之《自怡悦斋诗稿》，心甚欢喜。

杨轶伦是武清籍著名诗人、教育家。他于 1904 年出生于今武清石各庄镇敖嘴村，自 23 岁时起，在教学之余开始创作诗词，有《自怡悦斋诗稿》存世（1957 年 7 月油印本），收录作者自 1926 年至 1956 年间所创作的旧体诗 88 题 142 首。该诗集是一部编年体诗集，记录了作者 30 年间的生活、交游、创作以及教学情况。在众多诗作中，有不少记录武清王庆坨的人和事，可作为研究王庆坨的重要史料。

张季珣是武清的一位诗人，20 世纪 20 年代曾在大范瓮口村（今王庆坨镇大范口村）毓英学校任教，与杨轶伦为君子交。1928 年，25 岁的杨轶伦曾作《赠张季珣》一诗，高度评价了张季珣的才情和诗情，认为他的才情可与王维比肩，他的豪放与贺知章等同："一见即如故，神交信凤因。天涯得知己，吾邑有诗人。才调王摩诘，疏狂贺季真。苔岑欣契合，过往莫辞频。" 1931 年岁暮，杨轶伦专程到大范瓮口造访神交已久的张季珣，"蒙殷招待，作竟夜长谈"。快慰之余，赋诗两首以志纪念。其一："小隐幽村不碍狂，书城坐拥胜侯王。人情淳朴风光好，无怪君思老是乡。"其二："满面风尘瘦不支，近来心力更全疲。怪君乍见多惊喜，道我容颜胜昔时。"乡间幽静的环境，淳朴的民风，以及诗人张季珣"坐拥书城"的生活状态，令久住都市的杨轶伦羡慕不已。1932年秋天，杨轶伦又作了一首题为《问张季珣》的绝句，表达对张季珣的问候："唧唧寒蛩叫不休，风风雨雨十分秋。吟诗为问张平子，可有闲情赋四愁。"

杨轶伦与王猩酋（王庆坨人）同样是君子之交。1944 年清明节前一日，杨轶伦专程到王庆坨看望王猩酋，其间还参观他所收藏的雨花石，由于当日赶上大雨，杨轶伦留宿在王猩酋家中，《阻雨留宿猩酋丈书斋，用高达夫〈寄杜二拾遗〉原韵》这首七言古体诗描述了二人雨夜晤谈的情景，并表达了作者对二人之间友谊的珍重，以及转瞬离别的伤感之情："联床听雨在草堂，何幸故人遇故乡。今朝把手恣欢笑，明日相思空断肠。世事茫茫那能预，何必攒眉多所虑。雪泥鸿爪虽留忆，转瞬天涯各一处。飘零人海几经春，终日劳劳走俗尘。谁道驻颜能有术，揽镜应愁华发人。"

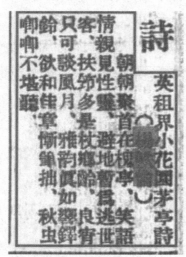

王猩酋不仅是一位学者、教育家，还是一位雨花石收藏家，他曾把自己收藏的每一枚石子都编上号码，

并分别题诗一首，以想象、夸张等手法描述石子的特点。杨轶伦对"石老人"这枚石子非常感兴趣，并和诗同题二首，题目是《和猩酋丈〈石老人〉》，其一："远在洪荒时代前，不知几亿万千年。而今老去顽愚甚，一任旁人唤老拳。"其二："时代何须问后前，山中无历不知年。只因历尽沧桑劫，雨蚀风消剩一拳。"读其文字，一位饱经沧桑、挥着老拳的"石老人"形象跃然纸上。

1943 年 11 月 27 日《新天津画报》刊载的杨轶伦的随笔

有趣的是，在留宿王猩酋的那一天夜里，杨轶伦非常思念远在天津的幼女凌风，并赋诗一首表达思念："自我离津后，冰弦已二更。客中还做客，明日是清明。颇忆娇痴态，时萦笑语声。夜阑人静候，惟汝最关情。"思念之情，溢于言表。

1941 年，王猩酋曾为杨轶伦的诗集题序，他认为"吟咏性情露处，决不出其人之平素涵养"。而杨轶伦诗心旷远，且"以寒素历乱世，与余相见必以文艺为语，无琐琐卑鄙气"。他评价道："自怡悦斋之诗、之题、之篇章，与其体裁多寡、性情滋味，不必尽见，而知其必有迥异乎寻常流俗之作者，以其有'自怡悦'三字为之宗旨也。"

张轮远是王庆坨望族，堂号为"存善堂"。杨轶伦虽较张轮远年轻三四岁，但一直视张轮远为师长。20世纪40年代，杨轶伦、张轮远二人均住在英租界，所以彼此之间的来往十分密切。1947年，张轮远所著藏石巨著——《万石斋灵岩大理石谱》即将出版，杨轶伦为此题诗二首，题目是《题张轮远夫子著万石斋石谱》。其一："说法高僧静不哗，缤纷天上雨芳华。至今山畔灵岩石，犹作斓斑五色花。"其二："万石斋中奇石多，主人雅兴日摩挲。新书谱出惊风雨，应有蛟龙为护呵。"

（原载 2019 年 7 月 19 日《天津日报》"武清资讯"副刊）

张轮远与王猩酋的"金石交"

张轮远与王猩酋均为武清王庆坨人，他们二人不仅在津沽学界同享盛名，而且都有收藏雨花石的雅好，并因之结为"金石交"。

据李一庵《万石斋灵岩大理石谱序》一文载，张轮远"读书读律之余，搜求奇石，数十年于兹，酷嗜灵岩、大理，所得者以万计，终日摩挲不知他事"。张轮远在《万石斋藏石琐记》中，解释了他喜欢藏石的缘由。还在他上中学时，教地理的郑子周老师，便经常向同学们"盛称金陵雨花台胜迹"。张轮远"闻而羡之"。南京籍同窗好友薛卓东曾"出石子数十枚相示，曰：'此雨花石也'"。从此，美丽的雨花石在张轮远心中刻下烙印。1916年，在南京就学的张轮远之兄张信天回乡，送给张轮远数十枚雨花石，"并谓此皆平常者，佳者价昂且美也"。张轮远"恒以供诸案头，有暇即把玩之，惟见其色艳而纹奇，但终恨不知佳者为何如耳。万石斋（张氏书房）之有雨花石，当以此为滥觞"。

对奇石的雅好，促使他形成了赴南京实地考察的想法。1918年秋，张轮远终于踏上了南京之旅，当他第一次登上雨花台时，只见"遍山皆彩石，雨后尤鲜明。乃搜剔于涂泥之中，并就山旁市石之肆选择，饱载而归"。经过几年的努力，张轮远的奇石收藏达到相当规模，他"自以为斋中石子，富莫等伦，足可以睥睨一世矣"。但李新吾的一席话，推翻了他原来的认知，始信山外有山，人外有人。而这山、这人，就在他的家乡。原来，同学李新吾到张轮远家去串门，见他正摩挲诸石，便告诉他说："君石虽多，但尚非石之精英，何不就正于邑中王猩酋先生乎？"当时，张轮远对李新吾的话并不介意，他主观地认为，在王庆坨绝对不会有此雅人，更不会有人在奇石收藏上超过他。后来，在李新吾的再三催促下，他最终还是亲往王猩酋家里拜谒。

王猩酋是王庆坨乡贤，生于 1876 年，在家设立私塾 40 余年，终生以教育为业，与津门林墨青、李琴湘、赵元礼等宿儒多有往还，是远近闻名的学者、教育家。他有个爱好，即在业余时间收藏雨花石，"盖先生隐于乡，癖石多年，研究只眼，异乎恒流，所藏佳品颇多"。张轮远到访后，受到了王猩酋的热情招待。王猩酋将雨花石藏品悉数展出，"五光十色，满案琳琅"，令张轮远"目眩心迷""自愧寡陋"，遂向王猩酋求教。王猩酋当即将数十枚石子赠予张轮远，并将自己的石友介绍给他。从此，二人经常交流、晤谈，"夜以继日，至忘饥渴"。

1920 年冬，赵鹤一受张轮远委托，从南京代购石子百余枚，除夕日北上，与众石友雅集于王猩酋寓，大家品色论纹，极一时之乐。其间，有一枚取名为"菱塘蘋藻"的奇石，令王猩酋"爱不忍释"，张轮远当即将这

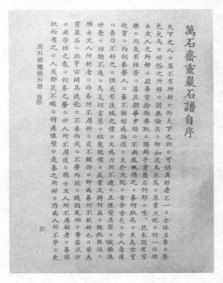

《万石斋灵岩石谱自序》

枚石子赠予王猩酋。1940 年秋，王猩酋病重，他在遗嘱中指定该石"仍归原主"。张轮远叹道："吾两人交同金石，生死不渝。"并当即赋诗一首缅怀王猩酋："病中怀旧雨，死尚念他山。不是仇池借，奚求合浦还。喜君天默佑，笑我性仍顽。欲往从之子，关河道路艰。"

张轮远与王猩酋结为金石交，当为津沽学界之佳话也。

（原载 2019 年 4 月 8 日《今晚报》"津沽"版）

"忆婉庐" 斋号的由来

　　"忆婉庐"是民国时期著名报人王小隐的斋号，关于它的由来，里面还有着一段凄美的故事呢。

　　王小隐的发妻是高婉闺女士，他们二人于1912年喜结连理，夫妻二人感情甚笃，但高不为婆婆所容。1946年8月27日由北平出版的《一四七画报》（第5卷第12期）曾载有王小鱼（王小隐族弟）撰写的《王小隐惨逝记》一文，据该文介绍，"三婶（王小隐母亲）的脾气很大，把这位嫂子夫人（指高婉闺）给折磨死了，他（指王小隐）不敢在明处悲哀，文字上流露不少，他受过旧礼教的洗礼，对父母不敢有一点儿怨怼，只是忆婉，在忆婉中，寄托他的沉痛"。另据1927年1月26日天津出版的《北洋画报》载："本报王小隐先生之夫人高婉闺女士，于本月十七日逝世，小隐伉俪情深，痛悼异常，王夫人灵枢，已于廿日移厝浙江义园云。"

　　高婉闺去世后，王小隐非常伤感，他曾撰《挽内子高婉闺联》（刊于1927年2月23日的《北洋画报》）以示悼念，其内容是：

　　一息微存，犹以我饥寒为念；千秋永诀，愿与君魂梦相依。
　　作如日观，佳偶岂非怨偶；问何以故，今生且待来生。

情何以堪，况悲动白发，哀衔黄田；思胡能已，早心随碧落，泪洒苍波。

三千里骨肉萦怀，凤昔梦远魂遥，即今能无一晤；十五年爱勤助我，纵教眼杜肠断，终觉愧不及情。

同期的《北洋画报》另载王小隐旧体诗一首，题目是《一哭一哀内子高婉闻》，亦表达了对妻子的追思之情："半生此一哭，千古共酸辛。并世亡知己，苍天厄是人。柔魂随梦远，冷月对愁新。绕膝余儿女，哀声拒忍闻。"王小隐在附注中就创作背景作了诠释："内子婉闻以一月十七日晨病陨客次，十五年艰苦相依，哀莫能伸，漫书一诗，用冀冥鉴。"

王小隐1926年由北平迁津，其住址最早在何处无从查考，1928年10月左右则迁往黄家花园的福顺里（今诚基中心旧址）。关于这一点，史料上是有记载的。据刊于1928年10月17日《北洋画报》的《搬家热》一文载："天气渐寒，乃有搬家之热，小焉者，有恒和里之养拙轩主（即张聊公），迁其居于其后门之对门，移迁费用几等于零。其次则忆婉庐主，迁其居于墙子河沿之福顺里三十五号（后作者复更正为三十三号），楼凡三层，主人居高临河，为文当更波澜老成。"

文中提到的"忆婉庐主"即是指王小隐。据王小隐撰写的《"漆雕开"复活》一文（刊于1929年2月28日《北洋画报》）载："予所居曰'忆婉庐'，所以纪念亡室也。顾久无斋匾，时吴秋尘弟介绍左次修君以此额赠焉，古色幽香，淡雅绝伦……左君为'不患得失斋'、大华饭店、'益友聚'曾各制一额，当陆续发表于本报，其制造场曰'漆雕开'，允足以名贤相表彰焉。"

王小隐为追念亡妻，把自己的斋号命名为"忆婉庐"，自称

"忆婉庐主"，并请著名金石家左次修刻匾额一方，足见其对爱妻高婉闺的脉脉深情。

（原载 2015 年 12 月 28 日《中老年时报》"岁月"版）

高凌雯诗赞华世奎

晚清时，高凌雯与华世奎同在京城为官，二人之间便有来往。辛亥革命后，二人均退居乡里，其间一同在津负责修志工作，因此二人之间交谊愈加深厚。高凌雯非常钦佩华世奎的为人，并对他爱乡爱土的桑梓情怀给予高度评价，这在高凌雯的《刚训斋诗集》中可以得到佐证。

据笔者检索，《刚训斋诗集》中共录有 10 题 24 首涉及华世奎的诗作，从多个侧面记述了华世奎的生平和事迹。

一是褒扬华世奎（华壁臣）的人品才干。华世奎 4 岁练习书法，少年时即闻名乡里，不到 20 岁参加科举便一举得中。对此，《和仲佳赠壁臣韵》有描述："生同里闬（读 hàn，指里巷的门）齐年齿，童岁才名耳熟悉。联翩辛癸鸣惊人，太息春风不中律。平原书法风骨高，昌黎文字有论

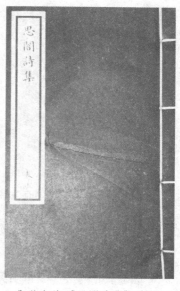

华世奎的《思闇诗集》书影

述。"《寿壁臣》有诗句:"橐笔我曾江左游,羡君洗耳在清流。生平未肯居人下,此事输君岂一筹。"则对华世奎在京城为官心存赞美羡慕。"同辈惟髯足风趣,滑稽爱尔口悬河。"这是《岁暮感怀简壁臣并示诸友》中的两句诗,则刻画了进入老年之后的华世奎美髯长须的外貌特征及风趣幽默的个性。在 1933 年所作的《寿壁臣》中同样对华世奎的谑虐风趣作了描绘:"卜宅东南亦得朋,履綦到处喜趋承。高谈破寂奇闻出,一语警人众笑腾。玩世岂真心旷达,戏言常见气峻嶒。兴来善虐少年事,属在高年是寿征。"

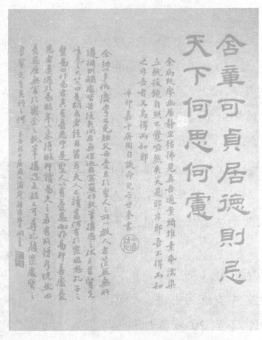

华世奎书华承彦自绘小像自识

二是盛赞华世奎的交友之道。在《和仲佳赠壁臣韵》里,有"诸君倡和无虚时,就中华子(壁臣)独亲昵"诗句,概括了二人之间非同一般的友谊。在 1933 年题为《寿壁臣》的组诗中,其三云:"野鹤闲鸥任所之,青帘动处晚风敧(qī,倾斜)。入门大笑呼尊樏（kē，古代盛酒的器具），隔座相当建鼓旗。有约惟应六逸共，此情难语二豪知。春宵过半人扶醉，偪强犹思进百卮。"其四云："十八良俦（chóu，同辈，伴侣）共举乡，交亲于我独非常。庸书有意怜班固，裹饭随时到子桑。忝长三年同老大，相期百岁各馨香。平生不肯轻低首，风义于君未敢忘。"表达了高凌雯对与华世奎数十年亲如骨肉的友谊的珍重和欣慰。《哭壁臣》组诗其一云："独尘滚滚浣朝衣，变态风云怅落晖。未筑新巢方毁室，冲天一鹤已南飞。"对华世奎驾鹤西归表达了哀婉之情。

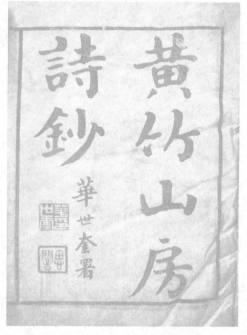

华世奎为天津诗人金玉冈《黄竹山房诗钞》题签

三是肯定华世奎的桑梓情怀。《哭壁臣》其二云："甲子纪年秋复春，厌闻汉腊已更新。鬻书聊当桥亭卜，遗观知为后世珍。"概括了华世奎退隐后以鬻书为生的生活状态。其三云："君父由来称并尊，两鬂不去记亲恩。王纲坠后无人问，独有千钧一发存。"记述了华世奎不剪辫子的真正原因，即为表达对父亲恩情的纪念。而民间有传闻说，华世奎留辫子是因为忠于大清国。两种说法显然存在区别。其四云："黄巾犹不犯贤乡，时辈遍思毁庙堂。费尽生前回陈力，不教鲁殿失灵光。"记述了华世奎保护文庙的义举。其五云："北方学者久凋零，劫后重修问字亭。羞幸伏生犹未老，日携多士听谈经。"概括了华世奎与众耆老创办崇化学会重振国学的努力。

（原载 2019 年 12 月 23 日《中老年时报》"岁月"版）

杨轶群与张轮远亦师亦友

"风雨谈诗对一檠,慈容笑语尚分明。空余梦里春光好,携我杨村故里行。"这是女诗人沈静宇在《挽轶群师》一诗中悼念其恩师、著名学者兼诗人杨轶群先生的诗句。据作者自注:"师曾自杨村故里归来,语我曰:'吾行市郊春光明媚,颇悔未携尔同行也。'"

据知名学者、王庆坨人曹洁如(秉璋)先生在《杨公轶群哀挽诗存·序》一文中介绍:"同乡杨轶群名平,天津市郊县武清敖家嘴(今石各庄镇敖嘴村)人。今岁(指1985年)一月十日(农历乙丑年十二月二十日)以肺癌不治卒,年仅六十有九。"另据笔者查阅资料得知,杨轶群生于1917年,青年时期正值日寇侵华,曾投身革命事业。新中国成立后,任职于天津光明影院,"勤劳负责,莫之能及"。1977年从文化系统退休。其后,受天津市政协文史委及天津市文史研究馆之聘,主编《天津文史丛刊》。在这期间,他选辑

杨公轶群哀挽诗存

203

资料，招揽人才，力疾从公，不辞劳瘁，并协助天津民间文艺家协会主办的《民风》杂志及《天津日报》副刊"星期专页"审文撰稿。与津沽学界名流张轮远、哈墨农、寇梦碧、王翁如、李世瑜、刘书申、李邦佐等为文字交。杨轶群是一位诗人，与其兄杨轶伦在诗界有"津门二杨"之誉。其诗"自道其性情，不事雕琢，间为倚声，津门词人寇公梦碧谓为'通俗晓畅，不于声律间求工'"。另撰有小说多部。他还曾创作改编连环画脚本多部，如《经典连环画库：古代传奇精选》、聊斋故事之一的《马介甫》等，大多数被绘图刊行。杨轶群先生精于舆地之学，精于津沽地方掌故，他在田野调查的基础上，作《七十二沽考》一文，刊发后为时所重。他还经常借回乡祭祖的机会到武清乡间考察，其有关武清泉州故城遗址的考证研究，受到津门学者的高度重视。沈静宇是杨轶群的得意门生，其《挽轶群师》从一个侧面道出了杨轶群先生爱乡爱土的情怀。

杨轶群遗像

提到杨轶群的性情、人品时，曹洁如曾用"侠肝义胆、古道热肠"为之概括。其与张轮远之间的一段掌故恰恰印证了这个评价。据著名书法家哈墨农《杨公轶群哀挽诗存·跋》一文载："轶群与余同庚，与之相识也，盖由其伯氏（兄长）轶伦先生之介。君昆仲喜为诗自遣，轶伦曾榜其所居曰'诗巢'，室小而深，友好唱酬之作，咸张之四壁，真雅人也。君尚义多情，助人为乐。悯其兄之师、同邑张翁轮远年过清贫，即为之推荐于天津文史馆为馆员，月获馆金，得以存活。及其殁也，远翁哀痛几绝，愿出资为之刊行'哀挽诗存'，以答知遇之戚。"

曹洁如、张轮远均出身于王庆坨书香门第，二人又有亲戚关系。故曹洁如有关杨轶群帮助张轮远介绍工作的事情自非虚言。另据沈静宇介绍，张轮远较曹洁如年长，晚年腿脚不便，同为老人的曹洁如不顾年老体弱，经常去张轮远家里帮他做饭。曹洁如所做的煎鸡蛋又嫩又香，张轮远逢人便予推介，留下一段佳话。

笔者在《杨公轶群哀挽诗存》中查到了曹洁如所提到的张轮远的哀挽诗，题目是《哭挽轶群老弟》，总共一题 18 首。其中在第一首中，便提到了介绍工作这件事，认为这是雪中送炭的义举："救我危亡疗我贫，平生知己感恩人。年方中寿飘然去，噩耗传来泪湿巾。"据作者张轮远自注，他与杨轶群初次见面是在 1963 年，在这之前，张轮远与杨轶群之兄杨轶伦是师友关系，早在 20 世纪 30 年代即已相识。杨轶群与杨轶伦虽为同胞兄弟，但二人年龄相差 13 岁，因此杨轶群与张轮远结识的时间相对比较晚。张轮远非常喜欢这位比自已小 18 岁的小老弟，因为二人曾经有过类似的困苦经历，所以张轮远一直非常看重二人之间的忘年交。在他们初相识时，张轮远即有诗句云："缘何一面悭如许，迟至今朝始识君。"另有诗句云："风雨曾经患难深，人生难得几知音。"反映了张轮远与杨轶群相见恨晚、一见如故的感受。杨轶群同样珍重张轮远，张轮远有诗云："愿在君前作少年，尊贤敬老意悠然。无情风雨花先谢，意为驱狐到九泉。"据张轮远自注云："愿在君前作少年"是杨轶群的诗句，"轶群时对我吟之"。可见，杨轶群非常敬重张轮远，视其为长兄。在相识之后的 20 多年时间里，二人经常诗酒唱和，友谊一直延续。杨轶群的过早离世，让张轮远十分悲痛，在他看来，这是白发人送黑发人。为此写下诗句："当年曾恨识君迟，廿载仓皇竟过之。方庆白头逢盛世，何期一别见无期。"

杨轶群与张轮远之间的忘年交堪称文坛佳话。

（原载 2019 年 8 月 13 日《天津日报》"武清资讯"副刊）

华世奎逸事

　　1927 年 1 月出版的马鸿翔《桑梓纪闻》卷一载有《华公醉书》一文，为研究华世奎生平提供了难得史料。原文是这样记述的："天津华弼（壁）臣先生，家师虞孝廉癸巳同年友也。本津郡世家，性和而严，尚风节，博学工书。深得鲁公神髓。民国成立，伤心时事，恒在醉乡，有时乘醉挥毫，力透纸背，堪与何道州相伯仲。尝书《南皮张氏二烈女碑》，人争拓之，一时洛阳纸贵。甥宁河王酌笙大令，因索书赠以一律，诗云：'独愧离群久索居，文人结习未应除。回思紫陌趋朝日，正是黄庭落纸初。秃笔已成苏武节，端人犹见鲁公书。划如太华巍峩至，宝气英光满敝炉。'"

　　笔者还发现一则有关华世奎留辫念亲的逸事。以前，坊间有一种说法，认为华世奎为体现自己忠于大清朝的决心，所以一辈子不剪自己的发辫。最近笔者读闲书，又看到了另外一种说法。

　　《刚训斋文集》中有一则逸闻，说杨再田十分喜爱书法大家乔亦香的作品，曾当面向其求书，但乔氏未允，华世奎于是打抱不平。有一天，华世奎路过亦香处，正值乔氏外出办事。华世奎在其木箱里找到一纸，"灿然作三色书"，他悄悄地藏在自己的衣袖中，出门后便送给杨再田。杨再田如获至宝，于是择吉日"设宴沽酒，以醵

1935 年 3 月 1 日《大中时报》刊载华世奎逸事

1937 年 3 月 22 日《大中时报》刊载华世奎参加祭孔的消息

觞诸友"。宴会席上，众人把乔亦香举为上座，由华世奎向其道出事情原委，众人为之欢笑不已。

《刚训斋文集》载有高凌雯《哭壁臣》组诗，概括了华世奎一生的主要事迹，其三云："君父由来称并尊，两鬓不去记亲恩。王纲坠后无人问，独有千钧一发存。"这四句诗说明了华世奎不剪发辫的真正原因：为表达对父母双亲感恩之情。因为在华世奎看来，头发是双亲给的，做儿女的应当尽孝道，在伦理纲常日渐倾颓的情况下，留下头发本身是对父母的最好纪念。

很显然，这个说法与坊间传言有天壤之别。

（原载 2017 年 3 月 20 日《今晚报》副刊"津沽"版）

刘云若喜诗钟之戏

在《小扬州志》这部小说里，刘云若称自己为"地道的天津人"。由于受到市民文化的长期熏陶，天津人的许多性格、习性在刘云若身上都有体现。比如他很好交游，和他结交的朋友不计其数，既有官员、名士，也有妓女、车夫，真可谓三教九流。这些人物的事迹又都成为他笔下的素材。再比如，他很健谈。他27岁时就与著名作家戴愚庵一起，赢得了"卫嘴子"的美誉（《东方时报》副刊"东方朔"主编吴秋尘语）。

作为一介文人，刘云若嗜烟，也常作"北里之游"。但刘云若最大的嗜好则是酒。他经常会和朋友小聚，每次差不多都会酩酊大醉。笔者就曾读到这样一段趣闻。1928年12月的一天晚上，当时作为《北洋画报》编辑的刘云若，与该报老板冯武越，报人王小隐、作家唐立厂（即唐兰）以及赵四小姐之兄赵道生等几位朋友在报社聚餐相叙。他们"或立或坐，或短衣箕踞，吃个不亦乐乎"。其间，几位文人雅士还玩起了诗钟之戏。由于酒过三巡，所以，"诡诞百出，不可究诘"。尤其是还出现了所谓的"神仙对"。如王小隐有"万马无声听号令"上联，唐立厂则有"三猪倒胃出闲游"的下联应对，一时令大家喷饭不已。刘云若兴致极高，一边玩着游戏，一边不断地

刘云若小说《粉墨筝琶》书影

给众人敬酒，但他却实在不胜酒力，不久便躺在床榻之上一卧不起，而就在此前的一天晚上，王小隐亦曾醉后在同一张床上颓然一卧。

王小隐原本是北京平民大学的教授，为中国近现代新闻史上第一代著名报人，与邵飘萍、徐凌霄等人齐名。1926 年他来津接办《东方时报》。其后，又先后在《益世报》《天津商报》担任副刊编辑。由于刘云若经常在"东方朔"发表短篇小说和随笔，所以，受到王小隐的赏识和器重。1928 年 6 月，《东方时报》停刊后，王小隐到《益世报》担任副刊主编，同时担任《北洋画报》特约撰述。在王小隐的举荐下，刘云若担任了《北洋画报》的编辑。刘云若虽不是科班出身，但他办报自有独到之处，在继承原来该报优点的基础上，特别注意在可读性方面狠下功夫，使《北洋画报》成为雅俗共赏的一份画报。王小隐因有伯乐之功，故刘云若一直把王小隐尊

刘云若小说《秋风落叶》书影

称为"隐师"。王小隐看着自己学生醉卧床榻憨态可掬的样子,禁不住对众人脱口说道:"孔(子)趋颜(回)步刘云若,应有文章异此才。"由此可见,王小隐对刘云若这位文章大家的喜爱。

由于刘云若嗜酒如命,客观上为其积累了许多小说素材,故其小说经常有酒场的描写,如在《小扬州志》开篇,便是落魄子弟秦虎士醉酒的场面,为揭示主人公的命运和展开曲折的故事情节做了很好的铺垫。

(原载 2014 年 7 月 21 日《中老年时报》"岁月"版)

管洛声与新农园

管园，又称新农园、观稼园，位于今八里台与吴家窑之间的津河南岸。它的主人是民国时期著名学者、诗人管洛声。有意思的是，他在天津隐居期间，曾引进了一种名为"安国乐兔"的家畜，并通过合作社形式在家庭中推广，成为解决市民就业问题的一个路径。

管洛声（1867—1938），名凤和，一名幼安，字洛声，原籍江苏武进。晚清曾在北洋新军任职，并于 1904 年在天津普通中学堂（今天津三中）代理监督（校长）一职。1905 年，奉调担任海城知县，数年之后升任奉天知府。在东北任职期间，曾创办《东三省公报》《海城白话演说报》，主编《海城县志》《新民府志》等地方志书。1919 年 8 月，被推举为北戴河公益会干事，在此期间编著了《北戴河海滨志略》，为后人留下了珍贵史料。20 世纪 20 年代管洛声退隐并定居天津，在城南八里台建筑花园，"自客津桥旁，酷肖陶彭泽。门垂柳五株，田有禾三百"。他的这几句诗，是他在天津退隐生活的写照。"结庐南郭南，只有书堪读"，颇似"心远地自偏"的陶渊明。据说，管洛声在奉天从政时，就以清廉著称，故诗人张玉裁在其 1929 年撰写的《九月二十五日新农园赏菊得读字》中有"当其居辽时，坚贞若松柏"诗句。

除读书外，管洛声每天有两件事，一件是艺菊。也许是受到了与之毗邻的罗园主人罗开榜的影响，管洛声同样喜欢艺菊，他从日本引进了籽粒种植法和人工授粉技术，从而使菊的品种越来越多。他还经常与罗开榜一起研讨艺菊之事，并与城南诗社诗友一起观菊、赏菊、吟菊。

另一件是饲养安国乐兔。笔者曾在 1936 年 9 月 30 日出版的《语美画刊》上，看到了一篇由雪庐撰写的《安国乐兔》，详细记载了管园主人饲养家畜的情况。据介绍，安国乐兔原产于小亚细亚一个名为"安国乐"的地方，故名。安国乐兔外形甚为美观，耳朵尖，并有一丛软毛，这个特点是区别于其他品种的"特异之标识"。安国乐兔"毛蓬松细软，欧美人用以织贴身之汗衫，医家谓易感伤风者服之最宜，妇人所用手套，幼孩所用衣帽，多喜用兔毛织者，以其纤薄而能保温也。近来航空家亦视为制航空衣之必须毛织品"。因为兔毛可以应用于纺织工业，欧美等地饲育者非常多，并直呼其为"工业兔"。

安国乐兔性情温顺，同群绝少争斗，且对食料要求不高，举凡青菜、萝卜、野草、豆饼、豆腐渣之类，均能适应。成年兔子每年可分娩 4 次，平均可产崽 24 只。每年要剪兔毛 4 次。每星期梳毛 2 次，所收兔毛约 10 两。由于我国当时的毛织厂很少采用兔毛原料，所以国内养兔者所产之兔毛只能出口至欧美。其价格不一，最好的兔毛每磅可售 10 元以上。管洛声"联合有志家庭职业者，组织生产合作社，并规定凡购置此种兔者，所产之毛，一律收买代售，实为家庭职业上一绝好工业"。

（原载 2018 年 7 月 30 日《今晚报》"津沽"版）

高凌雯诗话海光寺

偶翻闲书，在高凌雯先生的《刚训斋集》（卷六）里，笔者发现了一首名为《海光寺》的诗作，其诗文如下：

结寺高原上，四面水田碧。睿藻题海光，旧牓普陀易。湘南称大师，书画亦巨擘。帐殿赐衣紫，高座此桌锡。缁庐款名流，造膝无虚夕。衣钵远传留，诗僧不绝迹。雪笠与谨庵，犹能占一席。城居尘事嚣，无缘学面壁。出郭觅清旷，此最宜蹑屐。……庚子战火殷，梵宇当霹雳。名蓝已荡平，遗址怃瓴甓。净土难再得，髦弃良可惜。

该诗以形象化语言，记述了海光寺的历史，包括的信息量很大。一是指出了海光寺前身为普陀寺，当时"四面水田碧"。这从《天津游览志》记载中可以得到佐证："海光寺，在天津县南五里。

《城南诗社齿录》记载的高凌雯

215

1941 年 8 月 21 日《新天津画报》载南城诗社消息

即今法租界老西开。清康熙四十四年建。初名普陀寺，四围植杨柳万余株。"二是指出了寺庙住持为湘南大师，即成衡（湘南为其字）。湘南大师不仅精通书画，而且尤擅诗词，与名流、诗僧多有往还。三是指出蓝理曾经负责督造海光寺，并开河引水灌田，从此海光寺一带有"蓝田"之誉。史载，康熙二十二年（1683），施琅任福建水师提督征伐台湾时，蓝理当时是前锋。谁能想到，这位曾久经沙场的将士，后来竟然镇守天津，并在海光寺一带开辟了这样一片水田。只可惜，庚子之役后，海光寺被毁损，日本人在要道处设立了兵营（今二七二医院旧址），从此蓝田毁弃荒芜，海光寺的水榭风光亦渐行渐远。

　　高凌雯是民国时期天津著名的教育家、地方史学者，曾参与创办官立中学堂、天津城南诗社和崇化学会，并著有《天津县新志》《志余随笔》《毡推记》《天津士族科名谱》《天津诗人小集》《刚训斋集》等著作。在清代，海光寺一带是津沽著名的风景区，因此文人骚客吟诵海光寺的作品并不稀奇。但进入民国后，由于海光寺毁损多年，有关海光寺的诗作也就很少了，所以，高凌雯先生的这首《海光寺》更显得弥足珍贵。

（原载 2013 年 10 月 16 日《中老年时报》"岁月"版)

雍阳张轮远夫妇唱和诗

张轮远（1899—1987），名曰辂，以字行，武清王庆坨人，著名学者、藏石家。早年，曾在南开学校读书，与周恩来同为国文教师张皞如的得意门生。在校期间，经常为周恩来主编的《敬业》杂志撰稿，一度担任《南开思潮》总编。毕业后，被保送金陵大学，因不合愿望，转而入北京大学法律系，毕业后任天津高级法院推事，成为天津司法界名人。晚年被聘为天津文史馆馆员，有《余霞集》一书行世。

张轮远最突出的成就是有关雨花石和大理石的收藏与研究。1948 年冬，张轮远编著的《万石斋灵岩大理石谱》出版。这是一部有关雨花石和大理石收藏与鉴赏方面的著述，也是继王猩酋 1943 年出版《雨花石子记》之后，国内第二部有关雨花石研究的著作。作者"立论尽依科学方法，并参考哲学、审美、心理、物理、矿物及考古诸家折中之说"，不仅对两种观赏石的产地、矿物成分及成因进行了深入研究，而且提出了依据质（地）、形（状）、色（彩）、纹（理）及象形等要素判别观赏石优劣的一套专业方法。有趣的是，在书的封面上，作者刻意将署名写成"雍阳张曰辂轮远"，足见其对家乡武清之深厚情感。

　　进入民国后，张轮远入南开学校读书。当时舆地学（即地理学）老师郑子周"盛称（南京）雨花台胜迹，闻而美之"，这是他第一次听到有关雨花石及产地的信息。同窗好友薛卓东曾向其出示数枚雨花石子，"红绿相间，螺彩互旋，颇有可观"，这是他第一次见到雨花石实物。1916 年，在金陵大学读书的兄长张信天回乡，带回来数十枚雨花石送给张轮远，并告诉他说："此皆平常者，佳者价昂且美也。"张轮远对这些五颜六色的石子爱不释手，"恒以供诸案头，有暇即把玩之"。1918 年，张轮远赴南京旅行，"始得亲陟雨花台，遍山皆彩石，雨后尤鲜朗。乃搜剔于涂泥之中，并就山旁市石之肆选择，饱载回归"。这次南京之行收获非常大，张轮远"自以为斋中石子，富莫等伦，足可以睥睨一世矣"。有一天，好友李新吾前来拜访，他见张轮远摩挲诸石，便直言不讳地说："君石虽多，但尚非石之精英。"他建议张轮远向雨花石鉴赏家王猩酋求教。张轮远只知道王猩酋是本乡的著名教育家，但并不相信他也是雨花石收藏家，在李新吾的再三建议下，才硬着头皮一同前往拜访。张轮远来到王猩酋家里后，只见"王君所存石子，尽为陈列，五光十色，满案琳琅，不禁目眩神迷，自愧寡陋"，他怎么也想不到在自己的家乡竟然还有如此深藏不露的赏石大家。王猩酋对张轮远同样很器重，送给张轮远石子数十枚，"并为其介绍石界同志数人，常与畅谈，夜以继日"。从此，张轮远与王猩酋结为知交，在王的鼓励下，他对雨花石兴趣日浓，以至于到了"入魔境亦入悟境矣"。

　　张轮远好友孙信三是金陵大学的学生，古道热肠，经常受张轮远之托代购雨花石。自 1919 年以来，连续三次为其邮寄雨花石。1920 年，张轮远请好友赵鹤一代购雨花石上百枚。1922 年，张轮远的长兄志瞻"馆于宁（指南京）垣"，这为张轮远采购雨花石提供了便利条件。志瞻连续两年为其采购奇石，"寄来石子颇多"。1923年，时隔5年之后，张轮远在好友周仲迁的帮助下，第二次造访金陵。这期间，他与志瞻在南京雨花台盘桓数日，又到六合县灵岩山亲购雨花石。以前张轮远购石，只重数量，不重质量，待这次南京之行后，开始向注重质量方向转变，"所选择者，自较前此之兼收并蓄，好恶不捐有异"。从1916年至1923年的7年时间里，张轮远累计收藏雨花石子超过3000枚，"余癸亥（1923年）秋初，以藏石日伙，遂署庋置之室为'万石斋'"。之所以取这样一个名字，并非出于自满，而是期待"勉诸将来"。

1924年初秋，"天气清凉，夜长无事，因集平日考评所得，并将神妙诸石，罗陈几案，目察心摹，笔之于篇，得十余章，名曰《灵岩石谱》"，并专门作了一篇自序。可惜，由于种种因素，这本书一直没有面世。此后，由于直奉战争的影响，时局一直不靖。1937年，"外寇乘之，华北沦陷，历时八载，水深火热，邑里丘墟"。1945年，故乡王庆坨之"万石斋"，被兵匪洗劫一空，"屋舍荡然"。遭遇这次兵劫之后，不特石多凋残，而且诸师友亦散亡殆尽。幸而这部书稿"早经携诸行笥，未遭掠夺"。并有部分石子被移置到天津安庆里（今和平区岳阳道）居所，躲过一劫。

抗战胜利后，张轮远"于衣奔食走之暇，辄浏览古今典籍，搜求关于灵岩石之资料"。并"将现有存石，制为小谱，各赐以嘉名，并为之志"，使原《灵岩石谱》得到充实。与此同时，开始着意收藏、研究大理石，并撰写了《大理石谱》一卷，与原《灵岩石谱》一起，合并形成了《万石斋灵岩大理石谱》，于1948年冬出版发行。该书由著名文人刘云孙题跋、李一庵（国瑜）题序，书后附著名小说家刘云若发表在《星期六画报》上的《拜石记》一文，以示纪念。

为祝贺《万石斋灵岩大理石谱》这部巨著问世，一些社会名流纷纷题联，这些人大部分是文人、学者，还有一部分政界人士，包括李琴湘、王猩酋、张龙媒（元骥）、卓星槎（炜）、刘云孙、王巽言（祖绎）、许佩臣（钟璐）、杜容甫（涵）、张仲文（星藻）、程卓沄（庆章）、黄洁尘（禄彭）、井蔚青（守文）、李一庵、韩作孚（世型）、崔侠甫（酿泉）、李啸秋（鸿文）、于兵农（公稼）、陈尚一（邦荣）、张一桐、李鼎文（鼐）、孙正荪、李石孙（大翀）、顾凤孙（训贤）、张靖远（国威）、杨轶伦、赵子久（继恒）、姚灵犀、杜步尘，共计28人。

李淑芸是张轮远的妻子，她非常理解并全力支持丈夫张轮远，不仅帮其整理、陈列藏石，还与张轮远一起共同为藏石立谱，日常夫妻并以品石为乐，时相唱和。1924年，当《灵岩石谱》编竟后，夫妻即题诗唱和。其中，张轮远自题绝句二首：

其一："石言晋国或冯（凭）之，师旷堪称王者师。谱石我疑通石语，秋虫吊月有谁知。"

其二："闲人岂是等闲人，九华壶中可避秦。一卷残编一拳石，风潇雨晦独伤神。"

李淑芸作《题外子灵岩石谱二绝句即次原韵》与此唱和：

其一："记曾坦腹选羲之，字愧簪花敢作师。有暇闺中同玩石，玲珑心绪少人知。"

其二："纵不能言也可人，锡封合并虢兼秦。阿侬拟向娲皇说，补就情天始是神。"

张轮远以石自拟，展现了作者"石言晋国"的胸襟抱负，而李淑芸的诗，则将张轮远比作王羲之，表达了夫妻同赏美石之乐，以及对丈夫"补天之志"的肯定与褒奖。上述唱和诗均已被收录在《万石斋灵岩大理石谱》中，堪称武清一佳话。

（原载2016年9月6日《天津日报》"武清资讯"副刊）

"斑马" 是张聊公的笔名

拙文《报人王小隐其人其事》在杂志连载后，专门研究《北洋画报》的师友孙爱霞女士，询问是否知道"斑马"这位作者。笔者在整理文献时，恰恰发现了相关线索。

"斑马"是著名学者、报人及京剧评论家张聊公的笔名。张聊公，本名张厚载，聊公是其发表文章时的笔名。他早年在天津新学书院就读。20世纪二三十年代，在天津交通银行任职，自1926年开始，先后在《东方时报》《天津商报》和《北洋画报》担任特约撰述、副刊编辑等职。

据署名太乙的《酒边散记——不易社同人戏拟红楼梦酒令》一文（刊于1940年9月21日第104期《立言画刊》），张聊公、王啸圃、王伯龙、韩慎先等友人在一起雅集，其间众友人仿《红楼梦》薛蟠所行"女儿喜、乐、悲、愁"酒令，以上述四人的笔名"斑马""土地""龙王""老虎"，分别代替"女儿"二字，戏拟酒令四支。其中有"斑马喜，堂堂正正一支笔（原作者注：'堂堂为斑马君笔名之一'）；斑马乐，中国买得头排座（此君喜顾曲，尤嗜中国戏院头轮戏剧）；斑马悲，车子没灯自己推（此君喜骑自行车）；斑马愁，等闲白了少年头（按斑马君鬓发为黄白两色，外号或由此而得）"。据"太乙按"，"斑马为张聊公，土地为王啸圃，龙王为王伯龙，老虎为韩慎先、别署夏山楼主（唱音如下山老虎故也）"。

1939 年 11 月 29 日《新天津画报》载张聊公与沽上之关系

通过该文，我们不仅知道了斑马是张聊公的外号（笔名），而且还了解了这个外号的由来，即"斑马君鬓发为黄白两色，外号或由此而得"。

这一说法，在张聊公的文章中，似乎也可以得到验证。据署名"谬子"的《集戏词自题十八年前小影》一文（刊于 1927 年 7 月 6 日《北洋画报》），为纪念《北洋画报》创办一周年，创办人冯武越拟出专刊，要求编辑部同人各自提供一张儿童时代的照片，并附上作者的祝福语。张聊公提供的是一张 15 岁时的小照，在照片上题写了一首打油诗："提起当年泪不干，光阴一去不复还。一事无成两鬓斑，连来带去十八年。"这一年，张聊公虽仅有 33 岁，但这时却已经是"两鬓斑"了。

有趣的是，笔者曾看到一首题为《美人与斑马》的旧体诗（刊于 1927 年 12 月 14 日《北洋画报》，署名"笠丝"），其内容是：

"美人名骥总难论,斑马萧萧气已吞。尽尔奔腾脱羁勒,只余胯下暗销魂。"诗后注解云:"斑马英名'贼不拉'(Zebra),急语读之,颇不雅驯。腾踔迅速,莫得而施以衔勒也。今则屈服美人胯下,异常驯服,信乎美的力量大无穷也。吾友俄以'斑马'名者,颇以此诗质之。"笔者曾查阅 1985 年影印本《北洋画报》第 33 卷,发现以"斑马"笔名发表文章的日期是 1927 年 7 月 20 日,也就是张聊公在《北洋画报》刊载其题写的打油诗之后十几天,笠丝的文章验证了上述史实。

基于上述分析,笔者得出如下结论:"斑马"二字起先是张聊公的外号,这外号的得来,一方面源于其过早地产生了花白头发,另一方面也是因为其性格上的桀骜不驯(曾在五四运动时期开罪于钱玄同、蔡元培,因之被北京大学开除)。因为这个外号很符合自己的特征,故之后被作者用作笔名。另据笔者考证,除聊公、斑马外,其笔名尚有拙公、堂堂、养拙轩主等。

(原载 2015 年 10 月 12 日《天津日报》副刊"满庭芳")

华世奎补书鼓楼四额题款

天津鼓楼的四面门楼之上，分别刻着"拱北""定南""镇东""安西"八个大字。游者不知就里，以为它是四个门洞之名。殊不知，这八个字是天津老城四座城门的旧名，并非鼓楼门洞之名。那么，为什么要在鼓楼四额之上刻上城门的名字呢？原来这里面有一段故事。

旧时津城曾有"天津卫三宗宝：鼓楼、炮台、铃铛阁"之俗语。鼓楼因为年代久远，且原为旧时老天津卫的地标性建筑，所以，它被赋予了更多的精神内涵，凝聚了天津人的家国情怀，将其誉为津门一宝实不为过。

众所周知，天津设城建卫始于明永乐二年（1404），由工部尚书黄福、平江伯陈瑄等人负责筑城浚池。起初的城墙为土制，明弘治年间（1493），由山东兵备副使刘福主持，将城墙用青砖包砌，仍开设四个城门，门上建楼，"东曰镇东，南曰定南，西曰安西，北曰拱北"，并于十字街中心修建鼓楼一座。明朝大学士李东阳，曾以这四座城门为题，写下了《镇东晴旭》《安西烟树》《拱北遥岑》《定南禾风》四首旧体诗，这四座城门分别被其列为"直沽八景"中的四景。清雍正三年（1725），天津城墙与壕沟毁损严重，经雍正皇帝准奏，由盐商安尚义、安岐父子捐资重修了城墙，并给四座城门起了新的名字：东曰"镇海"，南曰"归极"，北曰"带河"，西曰"卫安"。其中"卫安"，取自安尚义之姓，由雍正皇帝钦定，以示对安氏父子的褒奖。

1900年，八国联军侵占了天津卫，并将城墙拆毁。鼓楼虽然保留下来，但早已破败不堪。1921年，鼓楼开始重建，并于次年春落成。鼓楼一共三层，第三层因视线较好，故被消防队用于监视明火之用。中间为第二层，供奉着南海大士，关（云长）、岳（飞）二圣，以及天后圣母、天仙圣母等诸神位，并设有专人看守香火，每日有善男信女登临其上焚香叩拜，逢旧历之初一、十五及年节尤为热闹。

最底部是"四孔穿心"的四座门洞，门额之上分别刻有"拱北""定南""镇东""安西"等原四座城门的名字。关于这段史实，著名学者、报人刘炎臣在民国年间出版的《津门杂谈》一书中曾有记述。据他介绍，在鼓楼的第二层上，悬有木联一副，上联为："高敞快登临，看七十二沽往来帆影。"下联是："繁华谁唤醒，听一百八杵早晚钟声。"原为清朝诗人梅小树所书，因庚子之乱时丢失，故于1921年重建时由华世奎补书。"华氏并于联上附书：'乡先辈梅公撰斯语悬诸楼壁有年矣，经庚子之乱失去。客岁以楼基低仄，鸠工重修。今年春落成，碧瓦丹楹，焕然一新，乡人既取城门古名属余书楼下四面门额，并补制前联，以复旧观。嗟呼高敞依然，繁华日甚，读公斯语，不觉有动于中也。公名宝璐，字小树，诸生。壬戌夏（1922）五月华世奎书并识。'"由此可见，将城门旧名书于鼓楼门额之上，并非是在给这四个门洞命名，而是借以表达津门百姓对老城墙的一种怀念之情。

有趣的是，刘炎臣还曾记述了他第一次登临鼓楼的情景："我虽生长津沽，而对津卫之鼓楼，直迄大中华民国三十一年（1942）十一月四日下午始作首次之登眺，是不能谓为生平之一足资纪念者。登临其上，以目四望，全市形形色色，尽收眼底。不胜欣快之至。在楼之第二层，悬挂有大钟，据看守鼓楼上香火之窦秉臣谈，该钟重约三百斤，在从前每日撞钟一百零八下，声闻十余里。自天津城拆除以后，撞钟工作亦随之而停止。"上述文字不多，但信息量很大，其史料价值弥足珍贵。

（原载 2019 年 7 月 1 日《中老年时报》"岁月"版）

王伯龙天津竹枝词

　　1939 年夏秋之季，天津发生了著名的大水灾。短短几天之内，天津城内一片汪洋，积水深达二三米，一直到 10 月份大水才慢慢退去。这一年的 9 月 30 日，北平出版的第 53 期《立言画刊》，开设了天津水灾专版，请当时的包括朋弟在内的津门文人以文学手法记述了这次大水灾的景况。

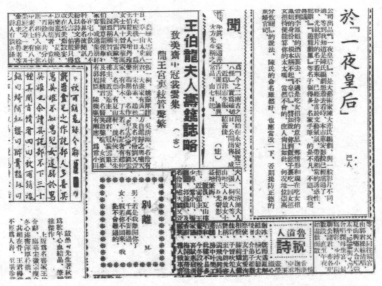

1940 年 12 月 10 日《新天津画报》载王伯龙夫人寿辰轶事

署名摩诃（王伯龙）的作者，以歌谣形式描绘了大水时的街头景象："号三津，七二沽。虽九河，赛五湖。汽车机当轮船住，洋楼顶上涮马桶，马路中间泡蘑菇，晒台好比新大陆。"

津沽名医王春园，作《水灾竹枝词》3 首，同样刻画了巷外停桡、游鱼穿户的奇异景象：

其一："高楼梯下水涓涓，寸许游鱼户牖穿。更有一般幽韵事，玻璃窗外好行船。"

其二："不必钱塘去作家，须臾水已泛靡涯。津沽小贩何伶巧，巷口停桡唤卖瓜。"

其三："门外奔涛波面楼，楼如孤岛立中流。日须家计七条外，出入还须赁小舟。"

署名抱冬的作者，在《天津大水歌》一诗中，则把人类与蚂蚁相比，记述了大水中人们的无助与无奈："河伯夺取天津地，蚁穴溃堤大水至。蚁命人命等无同，死者漂流生逃避。"

朋弟发表了一篇《记画水灾》的长文，配以创作的多幅漫画，全面记述了作者在津城水灾期间的所见所闻。按照作者的描绘，"我由不相信而亲眼看见马路两旁的水头，长蛇一般蜿蜒地跑着，淹没了全市"。当"长蛇"袭来的时候，"人们有楼的上楼，没楼的上房顶。牛羊、犬马、洋车，以及难民，齐集在我们家门口经过的一块较高的草地上"。

在水灾中，穷人和富人的境遇是不一样的。穷人们，不论男女老幼，身体连衣服一起泡在水中行走，身体在水中直打哆嗦。而富人们则是另一番景象，"小姐和少爷们，都穿了时装，乘船到各处游玩"。摩登的"小姐们，都赶制了时髦的各种涉装（专为涉水而制），在各处出现。大腿和膀臂丰白得令人不肯释眼"。而她们的船沿外，则围满了泡在水中讨饭的穷人。大水初期，朋弟还曾穿泳衣出去办事。到后来，水渐渐深了起来，不但变了黑色，上面还浮着彩云一般的油质，垃圾、粪便在水里面翻着跟头。鉴于卫生状况极差，朋弟再也不敢出门，每天囚在家里坐卧不安。这个时候，咸菜已涨到8毛钱一斤，土豆贵到1角钱一个。"有一天我全家五口的美菜，就是土豆一枚。"后来，有位小姐约朋弟出去写生，于是朋弟便携带纸笔乘船到各处考察。在朋弟眼里，"华贵的永安舞场，门面泡成了浮桥。法国教堂前面的绿牌电车道，变成威尼斯。英租界电灯房，好像苏州河旁边的风景。那座大大的烟囱，倒影映在水中，却好似'雷峰夕照'"。作者一边考察一边画着素描，"每个'对象'都须在一分钟内画成，否则一刹那的时间，所画成的东西便已经跑到身后去了。我只有把铅笔放在纸上，始终不抬笔，几乎一笔即画一个风景，里面还包括人物、船只"。这样的速度，连朋弟自己都不敢相信，"这时我自己不得不惊叹自己的本领，这里的速写，叫我快得没法再快了，一分钟一张"。

朋弟是津沽著名的漫画家，有《老夫子》《阿摩林》《老白薯》等漫画专集存世，其有关天津水灾的漫画为我们了解这场灾难提供了形象化史料。

（原载 2016 年 11 月 14 日《中老年时报》"岁月"版）

左次修的沽上缘

左次修（1887—1962），又名熙，号熙庆、六无老人等，安徽桐城人。著名学者、诗人、书画家、治印名家（善书甲骨文，常以金文入印，画以花鸟为主）。20世纪二三十年代一度在津居住，后迁往济南。"七七事变"后，蓄须明志，更名修髯，拒不从日。抗战胜利后，于1945年在齐鲁大学任教，新中国成立后一度被聘为山东文史馆馆员。

迄今为止，人们对左次修的简历知之甚少。笔者曾在1932年的《北洋画报》看到一篇介绍左次修的文章，对于了解这位大家的风采提供了难得的史料。这篇文章的作者是报人吴秋尘。吴秋尘与左次修是表兄弟，因此，可信度比较高。

关于他的才艺，作者介绍说："次修实在是一个多才多艺的人。能作、能写、能画、能篆刻、能油漆，能创造一切的小艺术品，用厚纸漆成的油金牌匾和屏风，是他近年来最得意的作品。"

不仅如此，左次修还是中国最早介入摄影技术的人。"早在二十五年（1907）前，他就开过照相馆，自己有很好的照相本领。虽然那时中国人还不懂得什么'艺术摄影'。"

但左次修的职业其实是幕僚。他曾做过庄士敦（清朝末代皇帝爱新觉罗·溥仪的外籍老师）的秘书，所以他的外语水平是很高的。"官虽然不大，但在所谓'宦海'——其实只可说'幕海'——中浮沉了二十来年的光景。"他的国学水平很高，诗词歌赋，样样在行。尤其是"寿屏挽联，绝不含糊"。

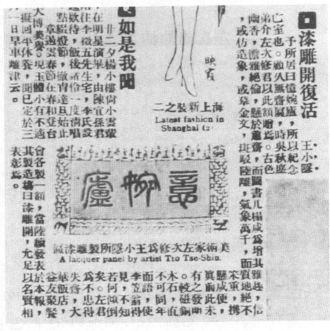

1929 年 2 月 28 日《北洋画报》载王小隐介绍左次修的文章

左次修最拿手的当然是他的漆雕作品。天津著名的大华饭店牌匾便出自他手。报人王小隐的书斋也同样出自他的匠心。据 1929 年 2 月 28 日发表在《北洋画报》上的《漆雕开复活》一文载："予所居曰'忆婉庐'，所以纪念亡室也。顾久无斋匾，时吴秋尘弟介左次修君以此额赠焉。古色幽香，淡雅绝伦，悬于萧斋，信文玩之逸品矣。额以漆制，色泽古雅，雕镂精细，或仿造像，或摹金文，斑驳陆离，气象万千，而质地绝不笨重，携悬咸便，前此未有之发明，较磁铜木石，直不可同年而语，使李笠翁得见，不知若何倾倒矣。"

左次修还是一位作家。他应《北洋画报》之邀，仅用了不到 3 个月的工夫，便创作了一部 20 万言的名为《帘卷西风记》的长篇小说，"洋洋洒洒，十分热闹。全部底稿，已送给了本报。从下期起，便开始刊载。在阅者可以多饱些眼福，在次修本身，也算得一种新的成功。虽然他很客气地说，'不过作着玩玩而已'"。

左次修的爱人萧少瑜，是四川名医萧龙友之侄女，多才多艺，能写能画，其作品常常见诸报端。有意思的是，左次修的起居处，取名为"厨梳书处"，意思是厨房、化妆室、图书馆都在一起，"的确，不如此够不上一对名士，够不上一个艺术家庭"。

（原载 2017 年 10 月 12 日《中老年时报》"岁月"版）

陈诵洛为《天津游览志》题诗

　　年少张郎不世才，翩翩词采似邹枚。珠从沧海探骊得，人羡兰台走马来。万国车书源自有，三津风物笔能该。待征文献仅余责，正好韦编助取裁。

　　这是丙子年（1936）新春之际，陈诵洛为张次溪撰写的《天津游览志》一书题写的一首旧体诗。

　　张次溪（1909—1968），名涵锐、仲锐，字次溪，号江裁，别署肇演、燕归来主人，民国时期著名报纸编辑、方志学家，著有《京津风土丛书》等著作240余种，被后人誉为"京华奇人"。

陈诵洛整理的《蝉香馆别记》书影

　　《天津游览志》是一本旅游手册，出版于1936年1月，该书共计24章，约16万字，另附1张天津地图和39张图片，详尽介绍了城市风情与旅游景观，堪称20世纪30年代天津的一部百科全书。

　　张次溪不是天津人，之所以写作这本书，是因为他与天津有着千丝万缕的联系，在张次溪看来，天津是他的第三故乡。对此，张次溪在自序中作了详细说明。

1913年，尚在幼龄的张次溪，"随宦北来，路经天津。当时市肆尚稀，不若今日之繁华。惟使吾至今未能忘怀者，即当年万国桥码头这空地上。百物罗列，颇似南方集市，此为今日所无也"。这是作者第一次来津时的印象。

1928年，"吾父漫游秣陵，吾与诸弟留守北平。适安邑邵竹琴年伯主河北高等法院，以书相召，委以文书，余乃赴津"。因为邵竹琴相召，张次溪担任河北高等法院文书，这次来津，距初次至津已14年。"儿时情景历历在目，而境界已非矣。"

1933年，已回到北平的张次溪因"与徐氏（即徐蔚如之女徐肇琼，曾著有《天津皇会考》）结褵。舅家侨寓津门，吾妻时时归宁，余必一送一接"。因有着这层关系，故与天津关系日益紧密，每年都要回津省亲五六次，天津"不啻为第三故乡，此即余所以欲作'游览志'以记游踪者也"。

张次溪与津门名流多有交集，如赵元礼、王仁安、吴子通、陈诵洛、徐一达、郑裕孚等。其中张次溪与陈诵洛关系更为密切。1933年至1937年，陈诵洛担任天津县长职，经赵元礼（与张次溪之岳父徐蔚如为知交）介绍，陈诵洛与张次溪二人相识。待1935年《天津游览志》成稿后，张次溪除请王仁安、徐一达、吴子通、郑裕孚等人题词、题签外，自然想到了时任天津县长的陈诵洛。陈诵洛对于小自己12岁的张次溪非常器重，"年少张郎不世才，翩翩词采似邹枚"。他在诗文中，把张次溪比作西汉时期的邹阳、枚乘两位大文学家。张次溪是一位藏书家，因此，他撰写《天津游览志》所参考的文献，几乎都是他自己的藏书，这非常可贵。陈诵洛叹道："万国车书源自有，三津风物笔能该。"因为"余近

宰津县，方谋修志"。所以，陈诵洛认为，《天津游览志》可作为
他修《天津县志》时的参考，即其所言"待征文献仅余责，正好
韦编助取裁"。

　　陈诵洛给《天津游览志》题诗，堪称天津文坛之佳话。

（原载 2018 年 3 月 5 日《今晚报》副刊"津沽"版）

王伯龙一门风雅

　　王伯龙是一位电影人，也是民国时期天津著名的书法家、报人和作家。他生于 1899 年，原籍上谷（今属张家口）。不仅王伯龙成就卓著，他的夫人、女儿，也都是名噪一时的艺术家、才女，可谓一门风雅。

　　王伯龙最早是一位电影人。1925 年，他曾与其弟王元龙、王次龙等，在上海成立著名的三龙电影公司，出品过《王氏四侠》等影片。他还是一位书法家。天津著名的"杏花村饭庄"牌匾，即出自王伯龙的手笔。据 20 世纪 40 年代初的《新天津画报》载："杏花村门前高悬王伯龙北魏法书，长八尺余横匾一方。黑地金字，笔飞墨舞，精力弥满，洵属王君得意之作。"他还是一位享誉津门的报人。自 20 世纪 30 年代初开始，王伯龙陆续担任《北洋画报》、《银线画报》《天风报》（后更名为《新天津画报》）、《天津商报画刊》编辑，并应邀担任《立言画刊》"天津专页"编辑。王伯龙的成就更体现在诗词创作上。20 世纪 30 年代，他曾发起成立不易诗社（又名神仙会）。1940 年前后，王伯龙继任天津城南诗社社长。1943 年又加入了天津玉澜词社。在三四十年代，他创作了大量的旧体诗词，并撰写了大量的随笔、散文及电影评论。

王伯龙夫人增丹玲女士，是津门知名的女画家、书法家。她出生于 1897 年。她本人属名门闺秀，年轻时曾入北平女子师范学校读书，后拜师于著名画家姚茫父、吴昌硕门下。20 世纪 30 年代，是她创作的高峰期，她的画作经常在《北洋画报》等平津画报上发表，受到读者好评，"艺林中无不佩服她的画作"。笔者曾在 1940 年 12 月 10 日的《新天津画报》上，看到《王伯龙夫人增丹玲女士寿辰》一文，该文披露了增女士的艺术成就。按照该文记载："丹玲女士善画梅，书法似伯龙而娟秀挺拔，有铁画银钩之致。惟不轻意写作，画成落款，多由伯龙代笔。"

王伯龙女儿王敏，诗、书、画等，六艺皆通，也是名噪一时的才女艺术家。除此外，她还是一位作家、翻译家。其所翻译的著作《如此人生》于 1939 年出版，受到时人好评。

"伯龙之书，夫人之画，二人皆蜚声津门，加之其女儿之译作，洵一门风雅，足能与清乾隆年间天津水西庄查氏相映，实为津门艺术界之佳话。"这是当时的学者们对王伯龙一家人的评价。基于此，著名学者、诗人金息侯曾赋诗称赞道："四十才名海内传，一门风雅望如仙。贤妻妙授娇儿画，采笔忆堪祝万年。"诗人顾寿人亦有诗予以褒扬："社友家声晋始兴，夫人门阀耀簪缨。诗篇兰芷香薰就，名字莒华玉琢成。同相天孙征贵寿，寄情书画寓时评。从今备致汾阳福，不独乌衣旧德赓。"

另据《新天津画报》载，王伯龙伉俪二人"隐居于'今传世楼'，一灯双管，享尽人间清福"。

（原载 2021 年 10 月 31 日《中老年时报》"岁月"版）

章一山与美国影星麦唐娜

　　20 世纪 40 年代，著名学者、诗人章一山已近八十高龄。他在天津寓所，除每日吟诗作赋而外，还有一大爱好，就是看电影。举凡旧英、法租界内的影院，每有新片上映，他都要前往观看，并由此结识了美国著名影星麦唐娜。麦唐娜曾有玉照相赠，章一山则以赋诗回馈，从而留下了中美民间交往的佳话。

　　1940 年初春，在上年的天津大水之后，经王伯龙倡导，城南诗社逐步恢复了活动。章一山作为城南诗社的核心成员，苟无他约，仍必莅止。如有他约，不克分身，则必先期函告，并派人送来嚼饮之资。"盖一老以城南（诗社）为津门目下唯一仅存之诗社，颇欲维护，使勿消沉。"这一年的 6 月，城南诗社在杏花村饭庄雅集。其间，章一山以麦唐娜为例，和大家谈了对外国影星的看法。他说，银幕上所谓之外国女星，并非都是高鼻梁、深眼睛，她们中的很多人颇合于东方人眼光。因此，他认为，古今中外，对于美的标准，大同小异。

　　麦唐娜于 1903 年 6 月出生在美国的费城。1920 年进入百老汇当合唱队员，成为当时歌舞剧和轻歌剧的明星。1929 年进入派拉蒙公司，主演过几部大场面的歌舞片。1933 年，转入米高梅公司，成为

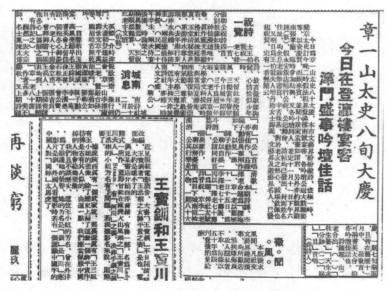

1940 年 12 月 5 日《新天津画报》载章一山八十寿辰庆祝活动

歌舞明星。其主演的《罗斯玛丽》《桃花恨》等影片中的电影插曲，脍炙人口，流传甚广。其主演的《火烧旧金山》获得了 1936 年第 9 届奥斯卡"最佳音响效果奖"。

1942 年 4 月 3 日《新天津画报》载章一山消息

1940 年 9 月，麦唐娜将自己的四季小景各一帧，送给了章一山。章一山见后，大为激动，专门赋诗一首以回馈。1940 年 9 月 4 日的《新天津画报》披露了此事。据该报载，9 月 1 日中午，城南诗社仍假致美斋饭庄举行例会，参加例会者有章一山、李琴湘、严台孙、樊小舫、姚品侯、于馥岑、胡峻门、郑菊如、童曼秋、张一桐、李濯愚、王禹人、陈子勋、孙正苏、黄洁尘、张异苏、王武禄、姚灵犀、张榜书、张聊公等共 20 人。"章一老睹此盛况，欣然语座上诸人曰："此可云城南（诗社）之中兴时代矣。"章一山一边说着，一边出示最近为麦唐娜所作的旧体诗。该诗云：

美国佳人妙选来，明是婺女出三百。生于忉利（指天国）为才媛，入侍珠宫合雅裁。一曲娇莺流百啭，九霄采凤舞千回。麦唐娜氏名天下，绝世无双称玉台。

李择庐觉得此题颇为有趣，亦诗兴大发。二老互相唱和之作，同人争观，并大中激赏。

1941 年 3 月 22 日中午，城南诗社假致美斋饭庄举行例会。这一天，章一山因患牙疾，不能出席，特来函通知，但仍附送聚餐"份金"。李择庐（琴湘）先生，亦因畏寒而未莅。参加活动的，只有姚品侯、陈葆生、刘云孙、陈子勋、黄洁尘、童曼秋、张聊公、曾公赞、孙正苏、石松亭、王禹人、张梯青等 12 人。本次例会应征诗题，仍由李择庐确定。但因他临时未到，故托人将本次课题送到会场。这次课题，以麦唐娜赠章一山之四景小影为对象，拟定了《题咏麦唐娜》的应征诗题，大家无不为这个有趣的课题而兴奋。他们据案吟咏，大诵其"未是草"以应风景，一时传为佳话。

（原载 2021 年 11 月 11 日《中老年时报》副刊）

赵元礼一语成谶

谶语是指当时无意中说出而事后得到应验的话。这种事在城南诗社发生过两次。一次是大方（方地山）先生，另一次是赵元礼先生。

关于大方先生的这一次，张聊公在 1942 年 9 月 21 日的《新天津画报》上以《记大方先生之联》作了记载。张聊公自 30 岁以后，

《赵幼梅先生哀挽录》书影

每年均有写日记的习惯。但因为日常忙碌、事务繁多，他的日记往往是记而不存。再加上他经常南北奔走，往返于京津沪三地之间，所以，保留下来的日记非常少。有一次，张聊公在自己的故纸堆中，忽然发现了 1936 年夏天的一页日记。张聊公自 1926 年迁津，一直在交通银行工作。其间，受聘兼任《北洋画报》《天津商报》等戏剧专刊的编辑工作。10 年之后，张聊公准备赴上

海谋职，他在天津的师友、画家赵松声特地安排晚宴为其钱行，此时被称为"联圣"的方地山亦在座。宴会后，张聊公记下了当时发生的事情。其日记云：

> 晚七点赴村酒香，应松声之约，为余钱别也。大方先生亦在席上，谈及袁公子克端，于端午节生日，使人乞先生一言。先生为作一联云："自断此生遄问天，先生休矣；以吾一日长乎尔，来日大难"。上联乃先生自抒其牢愁，下联言先生系五月初四生日，比克端先一日，而五月初六日，则又适为项城（袁世凯）忌日，故有来日大难之语也。又先生与海上闻人张啸林同日生，今年先生六十晋五，虽眇一目（指瞎一只眼睛），而精神矍铄，回复无衰颓之状。

1939 年 12 月 16 日《新天津报》载赵元礼玩算命游戏的消息

张聊公南下之时，大方先生犹康健如常。"及余抵沪不久，遂闻先生遽归道山，则当时上联所云，似亦不可谓非言谶矣。"按照张聊公的说法，"自断此生遄问天，先生休矣"这两句话，本来是发泄一下内心的忧思，不承想却一语成谶。

关于赵元礼的这一次。见诸 1940 年 4 月 20 日的《新天津报》。这篇文章是由王文洞撰写的，题目是《追念藏斋师》。据作者记述，1939 年 3 月，在一个黄风蔽天、飞沙走石的下午，作者王文洞和友人一同赴水西庄遗址，去凭吊天津查氏先贤。待回来时，已是黄昏

1940 年 4 月 23 日《新天津报》载刘赓垚《追挽藏斋》

了，二人一同去致美斋饭庄参加冷枫诗社的雅集。进得饭庄，先把脸上的风尘洗净，然后坐在墙隅休息。室外的大风依然如吼，虽是春天，颇有冬意。忽听有人说了一句"今晚社友出席者恐不多了"。而话音未落，忽听堂倌大声道："赵五爷到。"赵五爷，即赵元礼。当年，他已是 71 岁高龄的老人。作为城南诗社的耆老，他除参加城南诗社活动外，还受邀担任冷枫诗社的导师，或为社友们讲课，或出题征文、征诗钟。他老人家能够冒着寒风出席活动，殊出社友们意料之外。

当晚赵五爷精神甚佳，要是在以往，每次月课的时候，大家不过是吃饭、饮茶、聊天而已，但今晚散课之际，赵五爷忽然郑重地向大家说："和诸位谈谈。"于是，社友们屏息恭聆。赵五爷花了一个小时的时间，谈了他对诗的认识以及诗的作法，力劝社友们多读前人诗，然后再作，必能学有所成。社友们恐其说话多了太累，力请暂息。然而，赵五爷精神更壮，声音更洪，且滔滔不止。在演讲结束后，赵五爷对送行的社友们说："我老了，将自幼读书经验贡献诸君，比每次宴会吃吃喝喝更有益处。恐以后……"说至此，社友们已将其送至门外登车，这后半句话就再没有说出来。这之后，因交通关系，作者王文洞再未能聆听赵五爷的教诲，直至上年秋天赵五爷谢世。作者每每忆起致美斋赵五爷最后一席训话，"恐以后"三字，竟成谶语。王文洞禁不住感慨道："那日何不多听些训话，我写至此，心痛如割。"

城南诗社作为一个文人圈，其社友基本上以老年人为主体，生老病死本亦属常态，因此，所谓之谶语，其实是内在逻辑的反映，只是因在时间点上有些巧合，才令人产生出一些错觉罢了。

被人遗忘的诗人刘幼樵

刘幼樵（1861—1937），名嘉琛，幼樵为其字，号尽南。天津人。诗人、书法家。清光绪年间，曾参加科举考试，得中二甲十二名进士。应散馆考试，授翰林院编修。历官湖南副考官、山西学政、四川提学使、清史馆编撰等职。工书，善诗。有《益州书画录补遗》等。

刘幼樵有一子。据赵元礼《藏斋诗话》载："吾友王仁安《贺刘幼樵提学娶儿媳》诗曰：'我家开阁事堪怜，燕子空巢世变迁。一样龙钟君独好，佳儿佳妇慰余年。'"

刘幼樵晚年寓居乡里，以鬻字授徒为生，并与华世奎、高凌雯、王仁安、韩荫桢等津门耆宿有诗酒往还。刘幼樵曾为华乐坤书馆题联："满目竟华灯，喜今朝重踏歌场圆绮梦；赏心真乐事，看他日早销金甲舞霓裳"。著名学者龚望曾拜其名下习字。

卞慧新先生曾回忆说："犹记约在民国十年左右，高（凌雯）先生每与刘幼樵先生嘉琛、华壁臣先生世奎、乔亦香先生保衡、王仁安先生守恂、张协卿先生克一、张仲桂先生克家诸老辈，会聚于寒家旧居之东院。僧慧尚在童稚，常嬉戏院中，有时值诸公莅临，侪辈较长者遥指相告，此华七爷（壁臣）、此高四爷（凌雯）、此王大爷（仁安），余人不复记忆，亦有彼不识者。"

1927 年 8 月，著名教育家林墨青创办国文观摩社，其宗旨意在研习国文，互相观摩，刘幼樵等与诸耆老均应邀担任义务教员。1929 年，由高凌雯编辑、韩荫桢所撰写的《冬青馆诗存》刊行，刘幼樵曾题词四首。其中有"名词隽句费拈髭""天然风致见于诗""倾写生平意本诚"等诗句，肯定了韩荫桢在"倾写生平"的过程中对旧体诗创作上的锤炼功夫，以及《冬青馆诗存》所体现出来的"天然风致"。

刘幼樵的好友高凌雯，在其《刚训斋集》一书中，曾有不少诗作涉及刘幼樵。在卷一部分，即《郎曹集（1902—1911）》中，有一首《席上赋呈幼樵》诗，作者在注释中，曾提到他与刘幼樵在光绪乙亥（1875）"同应学政试，同坐堂右，诗题'桃笙象簟'，两人误解，至今恒引为笑"，时"幼樵与余年俱十五"。

清朝光绪、宣统年间，刘幼樵时在四川提学使任上。高凌雯所作的《寄幼樵成都》一诗，有如下诗句，记载了上述史实。诗云："八百桑株自古栽，使君今日有新培。弦歌彻地侪邹鲁，重见文翁化蜀来。"

1916 年，徐世昌倡导编撰《天津县新志》。这期间，早已告老还乡的刘幼樵，主动发挥余热，与高凌雯等一起，应邀在修志局参与该项工作。1921 年，高凌雯作《六十初度幼樵赠诗为寿依韵奉答》，中有"少年同是好风姿，白发欺人更几时"以及"最是关心文献处，喜从故纸得新知"句，概括了二人同时参加科举并出仕，辛亥革命后，二人均退隐回津，并同时参加修志工作的履历。表明二人之间的关系很不一般。1931 年，高凌雯作《寿幼樵七十》一诗："少小为朋契，老来情更亲。乖时守故步，结伴作遗民。历历桑田变，蓬蓬黍谷春。相逢应一笑，同是古稀人。"回顾了二人之间的特殊关系。他们二人本是同庚，且为"发小"，但都赶上了改朝换代，如今二人均已退隐回乡，并且都已是古稀之人。"老来情更亲"，表达了对老友真挚的情感和祝福。

据 1933 年 5 月 10 日出版的《益世报》载，天津市当年成立了"水西庄遗址保管委员会"，其委员共有 35 人，全部为津沽有影响的耆宿耆老，包括高凌雯、华世奎、赵元礼、吴子通、李琴湘、王仁安、刘宝慈、刘潜、乔亦香、姚品侯、刘云孙等，这其中还包括刘幼樵。在这一年，高凌雯曾作了一首《题九老小照》的诗，在注释中，作者透露了诸耆老的年龄，为研究人物生平提供了难得的资料："癸酉五月二十日，远伯约集同人年七十以上者，为壁臣（华世奎）祝古稀生辰。时陈弢庵年八十六，乔亦香七十五，刘幼樵与余俱七十三，陆孟孚、齐震岩俱七十二，王采臣、朱伯勋俱七十一。"作者在诗中，概括了九老中的每一位人物的性格特征，读来颇感亲切。其中"开颜举盏聊沾唇，提学使者须已银"，是刘幼樵的画像。一位须发皆白的老者形象跃然纸上。有趣的是，刘幼樵曾"与我戒饮约初申，惟有于思老未驯"。

1937 年夏末秋初，刘幼樵去世。高凌雯作了一首《哭幼樵》诗，披露了刘幼樵退隐及去世等具体时间。"化蜀方奏绩，遭乱身退休"，表明刘幼樵时在四川任上，正赶上了辛亥革命，所以只得离职返乡。因为经历过朝代更迭，所以才有"人生真似梦，百岁终浮沤"的感叹。"晚芳难久恃，风叶零初秋"这两句诗，说明刘幼樵由生病到去世乃在当年初秋。

另据赵元礼的《藏斋诗话》载："吾邑刘幼樵太史今夏（1937）病故，年七十七岁，周孝怀先生挽之。"文中提到的周孝怀，与刘幼樵同在四川为官。周孝怀的挽联云："共危舟值大波，权活草间，零落已无几老；舍此都适乐国，知从烟外，歆献时数九州。"

雅集之所

倪家花园与冷枫诗社雅集

倪家花园俗称倪园，以西汉倪氏始祖倪宽"带经而锄"之典故，取名"锄经别墅"。为清末安武军将领倪嗣冲（字丹忱）之别业，今儿童医院的位置即为倪园旧址（位于今河西区佟楼）。据教育家、诗人杨轶伦发表在 1943 年 1 月 6 日《新天津画报》上的《倪园墓碑记》一文载："倪园面积广约二百余亩，为津市私人花园中之最大者。"

倪园正门坐北朝南。进大门不远，便是"慎远堂"。这是一个小规模的客厅，四面有水环绕，且有小桥相通。四周是一畦一畦的菜园子，里面长满了韭菜、胡萝卜、大白菜、大葱等蔬菜，可谓应有尽有。慎远堂西侧有红栏小桥，且有矮屋三椽，屋角有小匾曰"瀛屋"。园东有小屋数间，曰"怡怡轩"。由怡怡轩往东，沿着小路走不远，便到倪氏的家祠。祠堂正门悬有匾额一块，上书"椿荫犹存"四个大字，系由山东胶州文人柯碣忞所撰。书者为安徽合肥的书法家张文运，篆额者则为江苏武进文人黄康。

祠堂前面，还有一座很大的石碑，上刻倪嗣冲的"家传"，撰文、书丹、篆额，亦均出于名家手笔。由此再往东走，走到尽头折而向南，再转而向西，沿小河走数百米，又转向南去，穿过一座小

1942 年 1 月 14 日《新天津画报》有关倪园所在的佟楼之考证文字

木桥，迎面岿然而立的是一座神道碑，碑文由新城王树枬撰写，翰林院编修、宛平人孟锡珏书丹，著名律师、武进人董康篆额。

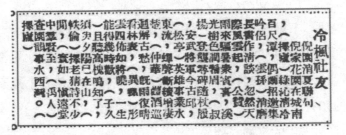

1942 年 8 月 15 日《东亚晨报》刊载倪园消息

由神道碑处再向西南方向走不远，便是倪嗣冲的墓地了。墓地用石头及洋灰筑成，前面有石马 1 对，翁仲 3 对，左执笏而右执剑，相貌奇古。墓前有一块石案，上面罗列着石刻祭器。墓的四周用石栏环绕。墓志铭系由著名学者、安徽桐城马通伯（其昶）撰文，教育家、四川江安的傅增湘书丹，合肥王什公篆额。作者、书者亦系名家，弥足珍贵。倪园工程之大，在 20 世纪二三十年代的津门一时无二。据说，整个工程持续数年，一直到 1939 年天津大水后才得以竣工。

1942 年 7 月 19 日，冷枫诗社柬约社友在倪园雅集，这一天正当盛夏，绿树青葱，花草繁盛，社友们伴着霏霏细雨，在阵阵清风中浏览徜徉。待雨后新晴、夕阳西下，师友们在慎远堂猜诗联吟，由冷枫诗社的导师李琴湘起句和收尾，由诗社其他成员"接龙"。诗成之后，由社友曾公赞出资特请致美斋饭庄大厨下灶，"饷以大餐，肴馔精美，痛饮'花雕'，均有微醺，而'杏仁豆腐'沁人心脾，较之西制冷食尤佳，是夏令最可口之妙品也"。

1942 年 8 月 15 日天津出版的《东亚晨报》发表了《倪园消夏联句》，记录了这首联句长诗及联句作者，为我们了解倪园旧貌及冷枫诗社活动方式提供了史料：

倪家花园在城南（择庐），绿沁清冷百尺潭。偶尔招邀集吟侣（云孙），消磨长昼作清谈。忽然天际风云起（公赞），雨来驱暑众宾喜。溪光树色润须眉（叔扬），登垄寻碑随杖履。安武将军今古丘（松亭），英雄事业水东流。蝉声断续增凄楚（仲华），醴酒巡回解古愁。既雨复晴看林表（异苏），彤云四布如将晓。一生能得几时欢（子久），且听高槐鸣知了。须臾夕阳已在山（轶伦），择老猜诗不少闲（寰如）。慎远堂中群贤至（禹人），查园韵事水西湾（择庐）。

（原载 2021 年 1 月 11 日《中老年时报》"岁月"版）

明湖春饭庄与城南诗社雅集

　　"明湖春"是津门一家历史悠久的老饭店，天津城南诗社自成立后，每每于此举办雅集，使这家老字号的大名久传海内。

　　关于这家饭店的得名，1942 年 3 月 27 日出版的《新天津》所发表的《明湖春重张》一文，曾作了这样的诠释："顾名思义，（明湖春）当系济南饭庄。探诸主人（李氏），则谓五十年前济南大明湖畔确有本号，嗣移至北京，旋又在南市设一号，与'先得月'对峙，此三十多年前事也。后北京亦收庄，现只此一家矣。"根据上述记载，天津的这家饭店应当成立于 1912 年前后，当时设在南市。

　　大约在 1927 年，明湖春由南市搬迁到日租界荣街（今新华路）。30 年代中期又迁至法租界永安饭店楼上（今新华路）。1939 年复移至绿牌电车道（今滨江道），1942 年 3 月在法租界三十三号路（河南路，一说为三十二号今赤峰道）重张，"楼凡三级，餐间都二十余号，所有设备极美善，如天花板、护墙板、门窗、甬路，均采用美国柚木精工嵌造。"

　　1926 年，城南诗社固定社址由江南第一楼移至明湖春饭庄。1931 年"辛未津变"后，社址又改在了九华楼。也就是说，明湖春曾有 5 年的时间，是作为城南诗社固定社址存在的。另据鲁人的《十年来之城南诗社》（刊于 1936 年 7 月 7 日《北洋画报》）载，城南诗社"社集期在昔每两星期一次，辛未以后，则每星期一集"。当时社友集会采用 AA 制，"人各醵资一元，节余则以一元或两元交天津广智馆，为年终赈济文贫（即救济受穷的文人）之用"。

自社址移出明湖春饭庄后，这一家老字号仍是城南诗社活动的主要阵地之一。据 1939 年 11 月 26 日沙大风发表在《新天津画报》上的《我与赵幼老以明湖春始以明湖春终》的文章载，1927 年，袁克文时在沽上，经常组织文酒之会。某日，在明湖春宴集，座有方地山、赵元礼等诸名流（二人均担任过城南诗社社长职）。"席间幼老侃侃而谈，与大方先生赌酒甚剧。""曾几何时，当时所忆座中诸老，俱已久归道山，仅一幼老，亦竟于今秋一瞑不视，撒手西去。""日前，先生（指赵幼梅）设奠明湖春，吊者云集，皆私相耳语，谓今日来吊幼老者，皆出至诚……所奇者，予初次追随先生杖履，在明湖春，今哭奠先生，亦在明湖春，盖宿缘也。"值得一提的是，"明湖春"匾额竟出自赵元礼先生之手，足令其蓬荜生辉。

报人王伯龙在担任城南诗社社长期间，亦经常在明湖春举行雅集。据 1940 年 8 月 12 日刊于《新天津》的《寿王志盛》一文载，王伯龙 40 岁寿诞日，津京文艺界友好 50 余人，就曾设宴于明湖春。出席宴会的有北京来的李云子、窦宗淦、郑梦塘、蒋兆和等名流，天津方面则有金息侯、章一山、王朱、蔡庆、李木、宋昆等诸文人。近云馆主、金又琴、喜彩莲等戏剧界人士亦联翩而至，"盛况空前，得未曾有"。席间，城南诗社社友王采丞书赠王伯龙湘竹折扇一柄，并亲题诗云："万方多难日，四十正强年。历劫同忧水，哦诗屡废眠。难除名士习，思与古人传。衡宇长相望，时留一醉缘。"

（原载 2020 年 8 月 4 日《中老年时报》"岁月"版）

八里台沧桑与城南诗社雅集

八里台，原是天津城南的一个小村落，其位置大致在今吴家窑大街（以南）与卫津路（以东）两条大街交叉口处。以其距天津卫城八里，故名。

清朝时期，天津卫城周边村庄按照方位被划分为东、南、西、北四路，其中南路自倪家台村（在今南马路与食品街之间，今已不存）至芦北口村（今属西青区大寺镇），共有100个村庄，八里台为其中第59个村，上为大韩庄，下为郭家庄。八里台一带素称泽国，港汉纷支，水患频仍。为此，天津道陶正屯于乾隆八年、九年上书，呈请朝廷批准在该村之东、南两侧各修建河闸一座，并开引河两道以泄沥水，其一为八里台至凌家口、波水洼（今西青精武镇境内）之引河，全长3610丈；其二为八里台至佟家楼（即佟楼）、贺家口之引河（又名佟家楼河），全长1336丈。

清康熙年间，天津镇总兵蓝理在今海光寺至八里台之间，卫津路以东"周数十里"的范围内围造水田200余顷（相当于1万亩），"引海河潮水，仍泄于河"，并修建了著名的宝刹——海光寺，延请僧湘南为住持。"蓝田"之名即缘于此。蓝理调离天津后，因水田无人管理，故而逐渐被人蚕食，尤其是到了1900年，海光寺一带被日本人所占领，蓝田渐为旧迹。

近代以来，八里台曾发生过不少战事。如清同治戊辰年（1868）春，捻军"密集于城地之八里台"，督办洋务大臣崇厚浚濠修墙，登陴固守，"由是捻军望风引退，而郡城以安"。1900 年，聂士成奉命抵御洋兵，且战且退，后阵亡于八里台，后人于阵亡处建有石碑一座以示纪念。

在清代，八里台附近水道与蓝田连为一体，津门八景之一的"南原樵影"即指此地。诗人汪西灏有诗云："蓝田雨过稻花香，吠蛤声中送夕阳。唤作小江南也称，僧衣一带抱回塘。"作者自注云："蓝田在城南五里，此可证也。"

20 世纪 20 年代初，由于南开大学的兴建，八里台周边一带便成为文人雅士以及市民踏青的好去处。"每当春秋佳日，游人不绝，尤其在盛夏之时，三五青年男女，于绿树浓阴之下，傍墙子河闲眺，夕阳一角，洋楼斜映，风景殊美。"

南开学校创始人严修，曾于 1921 年春创办城南诗社，并于当年夏天组织社友往游八里台。据久寓津门的书画家吴子通回忆，自城南诗社创建之始，他曾连续 3 年参加由严修组织的雅集活动，其中第一次曾于"（南开大学）工程处之旷地举行野餐"。在吴子通看来，八里台之水道（即津河）与"粤（广州）之荔湾，再之秦淮（今属南京），鼎足而三可也"。严修去世后，诗人管洛声"继主社事，亦曾于其别墅举行两次（雅集），墅址在青龙潭（今水上公园）附近，四围皆水，遍植荷花，境尤幽胜"。另一位城南诗社重量级社友（一度担任社长），著名诗人、书法家李琴湘，亦曾连续 12 年在八里台组织重阳诗会，给后人留下很多脍炙人口的名篇佳构。

（原载 2020 年 5 月 18 日《中老年时报》"岁月"版）

管城曾是城南诗社社址

城南诗社成立于 1921 年，是民国时期由乡贤严修创办的天津著名的文化社团，参加人多为津门乡贤、耆宿或寓公，如高凌雯、李琴湘、赵元礼、章一山、王仁安、马仲莹、刘润琴、胡秀漳、林墨青、步芝村、冯问田、王武禄等。诗社"曩推严范孙先生为祭酒；严逝世，赵幼梅继之"。另据资料介绍，李琴湘、陈诵洛、管洛声亦曾担任过社长职务。

据陈诵洛《今雨谈屑》载，城南诗社初无定址，辛酉年（1921）在河北公园（今中山公园）霞飞楼，壬癸（1922 年、1923 年）之际在华安饭店，甲子年（1924）在江南第一楼，1926 年改在明湖春，每两星期一聚。

另据鲁人《十年来之城南诗社》一文（载 1936 年 7 月 7 日《北洋画报》），城南诗社"社址初在河北公园（今中山公园）图书馆之霞飞楼，后改明湖春，辛未（1931）津变后，改九华楼，今为蜀通饭庄，诗社遂以蜀通为固定地址"。也就是说，一直到 1936 年 7 月份止，城南诗社社址均在蜀通饭庄。除相对固定的社址聚会外，严修的蟫香馆、李琴湘的择庐、管洛声的新农园以及水西庄旧址亦曾作为诗社的活动场所。

起初，城南诗社聚会每两个星期举行一次，辛未（1931）以后，则每周一次（时间在中午）。聚会采取 AA 制，每人釀资 1 元作为餐费，社集的内容除聚餐外，主要是分韵赋诗，或命题拈字斗诗钟。后来聚会内容则以促膝清谈为主，间以书画联扇相投赠。1924 年，曾印有《城南诗社集》。此后，诗社活动形成诗稿，"积厚盈尺"。

笔者曾在高凌雯所著之《刚训斋集·健饭集》中读到 1939 年所作的两首诗，为我们了解城南诗社社址演变提供了线索。

其一：《城南诗社移洛声之金石书画社发端赋此》

城南旧是聊吟地，诗事今移到管城。四壁欣看石墨遍，一楼常对海云生（在海大道），胜游随处留尘迹，大隐何须厌市声（门外人杂声器）。却怪当筵无只字，不辞瓦缶独先鸣。（注：括号中内容为原作者所加）

其二：《管城诗同社多有和章再用前韵奉谢》

道旁斗大三间屋，亦是书城亦管城。中有移居陶隐士，遍征失国鲁诸生。相逢俱是烟霞客，次第如闻金石声。想见同群无异曲，不教老鹤作孤鸣。

这两首诗提供了如下信息。一是自 20 世纪 30 年代末，也就是日本人占领天津后，城南诗社社址迁往"管城"。二是管城即为管洛声（高凌雯将其比作东晋时的陶渊明）的"金石书画社"，一共 3 间房屋，坐落于海大道旁（即今之大沽南路，从诗的"门外人杂声器"的描述看，似应在人口相对密集的德租界），在高凌雯看来，管城俨然就是世外桃源。三是经常来这里"失国鲁诸生"（文人学士），除把酒赋诗外，金石书画亦为诗人们的重要活动。

（原载 2014 年 10 月 29 日《中老年时报》"岁月"版）

天津诗人与罗园

20 世纪二三十年代，天津城南的八里台、佟楼一带还是一片沼泽洼地，每至深秋，湛蓝的天空下，河道弯弯，水波荡漾，芦花飞舞，野鸟云集。因之，城南一带便成为天津人游玩的好去处。一些有钱人看准了这一带的发展前景，纷纷购地置业，于是，以"罗园"（后又称梁园）为代表的，集休闲、观光、交游、娱乐为一体的许多私家花园便应运而生。

"罗园"的主人罗开榜（字仲芳），乃为安徽省肥东县人。生于1872 年，毕业于天津水师学堂，是北洋政府时期皖系军阀的骨干，曾官至北洋政府陆军部次长，代理总长。1926 年 4 月退职后到天津隐居，1933 年病故。

关于"罗园"的修建，据作家唐立厂的《罗园主人种菊谭》（详见 1928 年 11 月 24 日《北洋画报》）一文载，罗开榜先前在日租界居住，因为房子太小，故于八里台附近购地十余亩，除建房居住外，另用于种菊，每年的 9、10 月间，菊花盛开之时供游人观赏，"往游者无论识与不识，必殷勤款接，几不似仕宦人也"。

罗开榜"性癖种菊"，他曾在日本"俪罗名种，逐渐试植"。每年种三四千株，累计培育优良菊种七百余种，"其中列上品者，亦逾

1928 年 11 月 24 日《北洋画报》刊载王小隐《访菊记》

五十种"。另据王小隐《访菊记》载：罗园"屋数楹，自地上达后檐，盆盎累高骈列，霞绮云蔚，皆菊也，度不下七八百种，翠叶金铛，各擅胜致，或以色，或以态，或以韵，或以奇，或以致，澹雅宜人，不觉况然自失，尘思尽涤"。

作为报人、小说家的刘云若，自 20 世纪 20 年代末负责编辑《北洋画报》以来，便与王小隐、冯武越等人一起步入名流之列，因之亦成为罗园主人的座上宾。刘云若曾应主人邀请访菊并在罗园留影，这在其《菊事拾零》一文中记载颇详："访菊之游，诗词文作者已备，无可复书。爱记其琐屑：在罗园影菊时，花房光线稍黯，欲移至房外，则以花弱风高，倘有不虞，阿谁为花偿命，因迁就摄于室内。"

也许是因为刘云若的上述经历，所以，刘云若在自己的小说中，曾经多次提到过"罗园"。《回风舞柳记》一书中曾载，主人公吴楚青"因为年岁已老，又无后嗣，所以在事业上早早收束，作个闲散的人，常常到各处寻乐，借娱情以养生，有到近年，又在佟楼开辟

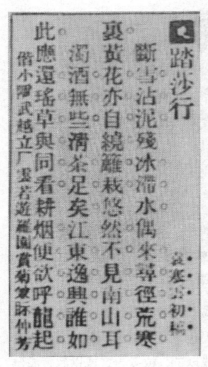

1928 年 11 月 24 日《北洋画报》载袁克文描绘罗园的词作

了一处花园，享受城市山林之乐……"小说中虽然没有直接提到罗园，但却有着罗园的影子。

在《红杏出墙记》里，刘云若对梁园（即罗园前身）作了近于写实的描绘，为我们了解梁园的布局提供了线索。如关于花房，"花房在梁园的最后面"，"花房是一长条的土窖，半在地平线下，半在地上，三面开着窗户，光线透明，气候温暖，摆着一重重木架，从地面直到房顶，几有十余层。菊花都栽在盆里，排列架上。那菊花都是异种奇葩，开得灿烂夺目。每一盆上，都插着一个竹牌，标明每一种的名色。名儿都很风雅，想见主人的闲情逸致"。在刘云若笔下，菊花还被赋予了一定的灵性，并用于刻画人物的性格，表现人物的心情。"芷华（作品中的女主人公）最爱的是一朵白菊，细瓣疏花，悠然有致。却半边卷曲如髻，半边散落如发，标名是玉女懒妆。式琨（另一位女主人公）所爱的一种却是黄色瓣儿，也是细长，生得很密。那瓣生在左边的不向左边伸放，却向右面斜出，四面都是一样，瓣儿互相穿插，盘成个圆形，把花蕊遮得一丝不露，标名是承露盘。"

上述逼真的描写几可以作为信史，为研究罗园及天津园林史提供了形象化史料。

（原载 2012 年 11 月 22 日《中老年时报》"岁月"版）

"择庐"与城南诗社

　　李琴湘（1871—1948），名金藻，号择庐，琴湘为其字。是天津近现代著名的教育家、学者和诗人，继严修之后，曾为天津的教育和文化事业做出过突出贡献，著有《择庐诗稿》《择庐联稿》《重阳诗史》《五雀六燕集》《诗缘》等。

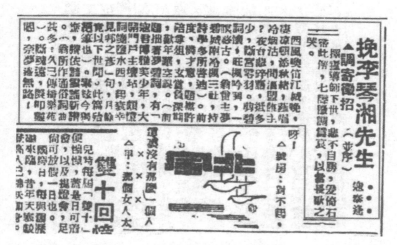

1948 年 10 月 10 日《中南报》载诗词家寇泰逢悼念李琴湘词

　　张玉裁《题李琴湘〈择庐饯秋图〉》（1925 年作）一诗云："城南歌吹喧天地，湫隘嚣尘居不易。先生独结人外庐，不见门前有车骑。去年重九集公园，刻烛催诗尚能记。是时先生客江右，相思唯用邮筒寄。何期今岁赋登高，折柬相招不我弃。香山结社凡九人，署曰择庐有深意……"张玉裁是李琴湘的学生，从该诗判断，早年香山结社，可能是李琴湘别署"择庐"之始。

"择庐"后亦用做李琴湘寓所另称。《题李琴湘〈择庐饯秋图〉》序云："乙丑重阳日，幼梅（即赵元礼）、寿人（即顾祖彭）、纬斋（即王纬斋）、子通（即吴子通，画家）、问田（即冯问田）、石雪（即徐石雪）、诵洛（即陈诵洛）暨余凡八人饮集琴湘寓庐，酒半并约石雪写一《择庐饯秋图》以留鸿爪，择庐者李公斋名也。"

1948 年 10 月 18 日《真善美日报》载李琴湘捐资助学消息

那么，李琴湘为何要别署"择庐"并作为其寓所另称呢？这从张玉裁的另外两首诗中可以得到答案。

其一，《贺李琴湘移居》（1924）："人境结庐人，高歌动鬼神。床空书作枕，地阔海为邻。松菊分明在，江湖战伐频。浔阳挥手处，往事已成尘。"

其二，《九日琴湘席上赋诗得花字》（1926）："两年此日饮君家，纵酒哦诗且看花。各有风怀慰迟暮，莫因霜鬓惜年华。归来栗里时寻菊，老去东陵学种瓜。偶忆浔阳江上月，空悲猿鹤与虫沙（君曾宦游江右，今则积尸如山，不堪回首矣）。"

20世纪20年代初，李琴湘曾在江西（时称江右）任职，而浔阳江（即江西九江）附近有个栗里村，据说是诗人陶渊明的故乡。陶渊明同情百姓疾苦，对黑暗现实不满，辞去了彭泽县令一职，《饮酒·其五》体现了离开官场的快乐和他的理想与追求："结庐在人境，而无车马喧。问君何能尔？心远地自偏。采菊东篱下，悠然见南山。山气日夕佳，飞鸟相与还。此中有真意，欲辨已忘言。"这首脍炙人口的诗作与《桃花源记》一文，代表了陶渊明希望逃离黑暗现实的理想与抱负，这对处于相似社会环境的李琴湘影响颇大。1924年秋天，李琴湘亦辞职并回到天津故里，依"结庐在人境，而无车马喧"之意，将其寓所取名为"择庐"，意为选择类似于世外桃源的地方做寓所。笔者推断，"署曰择庐有深意"当即指此。

另据吴子通《客居北平重阳又至忆去岁琴湘社长水西庄文酒之盛不可复得赋此志感》（原载《语美画刊》1936年10月28日第10期）一诗曰："我爱陶夫子，东篱撷秋芳。忽逢白衣人，旨酒欣共觞……我复爱李侯（谓琴湘先生），此会十年长。壁间诗百篇，留待名山藏。"吴子通是城南诗社重要成员，在诗中他把李琴湘比作陶渊明，这为李琴湘别署"择庐"提供了另一佐证。

（原载2011年11月7日《中老年时报》"岁月"版）

严修题匾的真素楼

笔者在 1937 年 5 月 20 日的《语美画刊》上，发现了一段有关严修与"真素楼"的掌故。因其内容与今人记述颇多不同，故择其要者加以介绍，与读者共享。

这篇名为《真素楼》的文章，刊在"津门杂记"专栏，由署名"乐农"的人撰写。著名学者陆辛农曾在《语美画刊》开设"沽水谈旧"专栏，专谈津门掌故，署名"辛"，而《真素楼》一文，则署名"乐农"，从作者对津门掌故的熟悉程度及文章署名等因素，笔者推测"乐农"有可能也是陆辛农先生的笔名。

《真素楼》一文披露的以下一些情况值得注意：一是"真素楼"的位置是在当年的大胡同这条马路的西侧中间。"一条车马嚣喧，行人杂沓的马路，一天不知多少人往来经过，这条马路就是直达天津总站的河北大胡同。两间古旧的小木楼，耸立在街的西面当中，那就是天津唯一卖素菜的饭馆'真素楼'。"过去关于"真素楼"的记载，只提到大胡同，而该文则明确指出"真素楼"在大胡同西侧，而且是在这条数百米繁华胡同的中间位置。二是"真素楼"的外观和内外结构，通过作者的文字，清晰完整地呈现出来。在作者看来，虽然"真素楼"门面本身并不起眼，但店门之上却悬挂着著名教育家、津门耆宿严修和林墨青两位先生题写的牌匾，显见"真素楼"昔日曾有的辉煌。店内分楼上、楼下两部分。楼下是厨灶、柜房；楼上则是餐厅，"满壁的字画"，多为津门社会名流的笔墨。有严修题写的牌匾、题识；另有直隶巡按使朱经田题写的"真味菜根得，素心兰臭同"楹联。笔者曾在一篇文章中看到一种说法，说华世奎亦曾给真素楼题写一副楹联："味甘腴见真德性，数晨夕有素心人"，内含"真素"二字。但《真素楼》一文并无记载。相反，却有署名"华少兰"的"耐人且喜寻真味，对此休教愧素餐"楹联一副，联内亦含有"真素"二字。不知这华少兰跟华世奎是否为同一人，还是另有他人，期待读者赐教。三是从严修题识，可以看出严修对教育问题的一些主张："张君雨田以资本设真素楼，亲率子鸿林执事其中，鸿林小学校修业生也，今人之急于营生者，多不令子弟就学，曾就学者，又不肯劳苦作业，若张氏父子，可以风矣。民国四年六月严题识。"严修是著名教育家，一生勤俭办学，惠及津门百姓，功德无量。在严修看来，有两种倾向和做法是不可取的：第一，"急于营生者，多不令子弟就学"，即为了生存不让孩子去上学；第二，"曾就学者，又不肯劳苦作业"，即上学就是为了摆脱苦力。他认为像张雨田先生那样，把受过教育并且修业已满的儿子张鸿林放到自己身边"劳苦作业"是应当提倡的。在严修看来，生计、教育、劳动三者之间并不矛盾，而是可以很好地结合在一起的。

菜根美味，别有余香。《真素楼》一文，为津门饮食文化史留下了宝贵的一页。

（原载 2011 年 2 月 25 日《中老年时报》"岁月"版）

水上公园的前身青龙潭

在 1903 年的天津地图上，今水上公园的位置被标记为"窑地坑"，显然是取土烧窑遗留下来的水坑。"窑地坑"四周有河道相连，其余为湿地和无边之旷野，除王家窑外，周边二三公里范围内并无其他村庄。

1931 年 7 月 23 日出版的《北洋画报》刊有吴秋尘撰写的《青龙潭》一文，其中提到了这个"窑地坑"。据该文介绍，1920 年前后，邻近南开大学有个水坑，人们习惯上称之为"南大坑"。从南大坑往南走约一里许，在"芦苇回环之端"，人们又发现一处新的水湾。这个水湾与一座旧砖窑相邻，水较"南大坑"益深且清。乡民在水湾中筑有一座小岛，用竹篱环绕，上面盖上席棚。席棚内设有茶社，备有藤椅、竹几儿等，供游人憩息。另备有冰激凌、汽水等，向游人兜售。岛前安装了伸入水中的巨木跳板，供游泳者使用。旁边还设有男女更衣室，有泳衣可供出租。据茶社主人介绍，"岛之南水深可五六丈，岛北稍浅，三四丈耳。向晚游舟云集，下水者亦颇不乏人。茶社悬白布大书'青龙潭'三字，于是水湾乃以茶社得名"。在吴秋尘笔下，水湾、相邻的旧砖瓦窑以及这座小岛，形成了独有的景致，吸引了包括文人雅士及南大师生在内的广大游人的

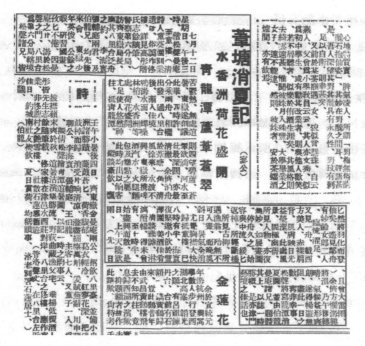

1942 年 7 月 17 日《新天津画报》刊载青龙潭消息

眼睛。

　　20 世纪 40 年代，青龙潭一带的水面事实上已经成为天津的一处旅游胜地。1942 年 8 月 19 日出版的《三六九画报》（第 16 卷第 15 期）发表了李明的《青龙潭》一文，详细介绍了青龙潭一带的美丽景致，读来如临其境，美不胜收："说到青龙潭的气派很够一气，处处青绿的田野，清脆的雀语。这潭可以一望见底，湖水澄清，水藻看去可仿佛森林，鱼虾在水中弓腰荷舞着，芦苇中野鸭清脆的叫着飞着，真使都会中人见了羡慕。堤上绿树成荫，蝉鸣鸟语，青蛙鼓舞。"

　　"潭面上已被粉黛的荷花占据了一个大角落，深绿的叶子，粉红而丰满的荷花在绿叶陪衬之下显得妖艳之至，有如青春处女美。那含苞待放的荷花有如肥胖少妇，那丰润艳丽深绿的大莲子也在引诱你，你可随手牵羊似的采几颗莲花蓬，送给你的同伴。"

水面上一叶叶的扁舟荡漾其中。船桨拨水声，相偎依的情侣们乘船谈话声，形成了一种天然的音乐。空气中弥漫着野花绿草的清香，由微风轻轻地送入鼻孔里，令人沉醉。虽然是炎炎夏日，但感觉却十分凉爽，"令你分不清是天上还是人间"。倘若你驾临此地，"自然而然的你就会唱出那种流行歌曲'树上小鸟啼……我这里人间比天上！'"

在作者看来，"轻舟泛绿波，香荷满池塘"的青龙潭未经雕琢，纯然一道天然野景，较之经人工斧凿的北平昆明湖似乎更有味道，"此地虽然未加修整，任人游览享受，我们是可以深深地领略自然的美，实在是消夏的绝佳胜地"。

新中国成立不久，青龙潭被改建为水上公园，并于 1951 年 7 月落成开放。整个公园占地面积近 200 公顷，由三湖五岛组成，目前仍是天津市区规模最大的综合性公园。

（原载 2018 年 4 月 26 日《中老年时报》"岁月"版）

方地山为春在楼书写嵌字联

　　春在楼酒家是一家著名的老字号，位于旧法租界二十五号路（今辽宁路）天祥商场后身。系由著名报人、戏剧评论家何怪石（胜芳人）创办于 1918 年。后于 20 世纪 30 年代让渡于同乡杨荫农，由于装饰典雅，并时有城南诗社文人过往，故其营业状况一直兴盛不衰。

1941 年 7 月 31 日《新天津画报》载春在楼诗人雅集的消息

　　"室小而雅，夏凉冬温。琳琅四壁，法书雅言。名士淑媛，常过高轩。至若中西大菜，特鲜味馨。段家食品，邹厨馔经。茶烹蒙顶，酒酤湘醽（líng）。侑座女侍，丽质妙龄。新妆时样，体态娉婷。"
这是 1941 年 3 月 7 日著名诗人吴子通发表的《春在楼赋》（详见
《新天津画报》）所描述的春在楼，从中可以约略窥见该酒楼的风貌。

　　春在楼的拿手菜是清蒸河蟹。据载，每值秋季，春在楼主人辄
遣专人赴家乡胜芳购蟹来津，"一时老饕争趋之，该楼自此遂以蟹
名"。

　　关于春在楼之得名，吴子通在 1941 年 5 月 28 日发表的《春在
楼酒家雅集序》一文中作了说明："析津城南，佛国（即法国）借
地。有小红楼一角，揭酒于闹市中者，即春在楼酒家也。命名取俞
曲园太史（即清朝文学家俞樾）'花落春仍在'之意。十年前，扬
州方地山先生赠以嵌字联一，写作佳绝。"

　　方地山名尔谦，与其弟泽山尔巽，向有"郊祁"（指宋郊、宋
祁兄弟）"轼辙"（指苏轼、苏辙）之誉。人称地山为大方，泽山为
小方，以示区别。方地山从此亦以"大方"为号。方地山诗文及书
法均佳，尤以所撰联语"工而速"，被时人称为"联圣"。方地山每
饮于酒家，求书者不断，方地山每自即席挥毫，一蹴而就。

　　报人王伯龙在《方地老挨打索隐》（详见 1940 年 12 月 17 日
《新天津画报》）一文中记载，大约在 1935 年，王伯龙、丁酉生、徐
一达等三名师友，在春在楼宴请方地山。席间，春在楼主人杨荫农
向方地山及同座诸人索取书联，并命第二、三、四、五号等四名女
招待分别研墨抻纸。方地老即兴撰写嵌字联一副，书成后被悬于楼
头。关于方地山这副嵌字联的内容，1941 年 5 月 5 日吴子通在《大
方联》一文中有如下记载："本市法租界天祥后门春在楼饭庄，昔为
先生（指方地山）沽饮之地，壁间悬先生一联云：'到此惜余春，
万事模糊惟有酒；偶来观自在，几回顾盼怕登楼'。中嵌'春在酒
楼'四字，语妙自然，深切有味。'惜余春'对'观自在'，皆成

语，而'怕登楼'三字，尤寓仲宣（即建安七子之一的王粲，其字为仲宣）不遇之感。才子之笔也。该楼近因粉刷墙壁，余询此联何往，据云，从新装裱，俟新岁再行悬挂，可谓珍惜名家墨迹矣。"

除方地山的联语外，金息侯、薛月楼、王伯龙等十余位名家亦均为春在楼题写过嵌字联，使这家酒楼的名字更加富有诗意。

（原载 2020 年 9 月 10 日《中老年时报》"岁月"版）

杨轶伦与天津八里台

八里台旧为沽上风景区，诗人杨轶伦曾与师友多次光顾，并于1950年作《天津南郊四时杂咏》数首，以诗人的笔触记录了八里台一带充满诗意的风物古迹，今日读来仍颇为亲切。

关于八里台地名的来源，署名"和生"的作者在《八里台吊古》一文（载于1938年11月16日北京《益世报》）中曾作了诠释：以其"去津八里，清僧格林沁亲王尝筑礮台于此，为南方入津之要路，虽废而名至今仍未忘"。

八里台本为水乡，旧有洼淀、窑坑，并有贺家口引河（即废墙子河，今称津河）、卫津河相连，周边种植大片水稻。每当春秋佳日，游人不绝，尤其在盛夏之时，三五青

1942年2月11日《新天津画报》载冷枫诗社创办五周年纪念诗作

274

年男女，于绿树浓荫之下，傍墙子河闲眺，夕阳一角，洋楼斜映，风景殊美。杨轶伦在《天津南郊四时杂咏·八里台》中，曾这样描绘过八里台："芒鞋竹杖任徜徉，八里台边趁早凉。别有清芬人不识，稻香胜似好花香。"这与辛弃疾的"稻花香里说丰年"似有异曲同工之妙。

青龙潭（今水上公园）乃为八里台名胜之一。清末时本为取土窑坑，遭废弃后，成为野景。每年夏季，市民往游者络绎不绝。1919年，南开大学在八里台一带落成后，这里被辟为游泳场，学校经常在此组织游泳比赛。杨轶伦作《天津南郊四时杂咏·青龙潭》诗，描述了作者眼中的青龙潭夜色："闲趁秋宵放棹行，苍茫野水夜凉生。寻常一样团圆月，看到龙潭分外明。"

"闲吊城南旧战场，寒烟衰草感苍茫。聂公遗迹今何在，胜有残碑映夕阳。"这是杨轶伦凭吊聂士成纪念碑时写下的诗句。在今八里台立交桥南侧有一座纪念碑赫然屹立，该纪念碑是为纪念在庚子之变的天津保卫战中中炮阵亡的聂士成而设立的。上镌"聂忠武公士成衣冠墓"，袁世凯有联语钤刻其上，联云："想当年马革裹尸，一片丹心，化作怒涛飞海上；看今日虫沙历劫，三军白骨，悲歌乐府战城南。"庚子去今已历两个甲子，每每凭吊碑下（今碑为后建），犹见聂忠武英魂正气，凛然立于其上。

水香洲位于南开大学之南（今水上公园一带），占地80余亩。胜芳人张锚（曾佐直隶总督杨士骧幕，又任京浦铁路财政总管）别业，修建于1934年。据孙爱霞《胜境水香洲与胜芳张锚的在津风雅生活》一文载，水香洲以"三十六陂为水香洲之四周边界，中间有三间小屋，屋南有茅亭一座，有水之地皆植莲藕，其余则种桃柳及蒔蔬"。诗人杨味云的《甲戌六月水香洲赏荷赋呈沧近居主人》一诗云："画船似落穿花入，翠盖亭亭万琼笠。凉云忽挟雨声来，鲛珠

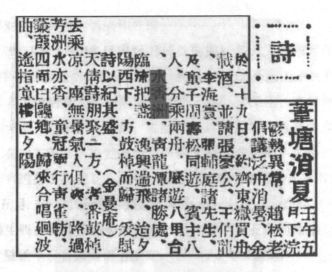

散走红衣湿。碧天欲暝花气凉,只愁风露侵鸳鸯。采莲歌里客归去,一路蝉声送夕阳。"一幅世外桃源的美景跃于纸上。可惜,到了 20 世纪 50 年代,水香洲已破败不堪。杨轶伦有诗句云:"张家废圃已沧桑,妍景犹能似故常。万朵莲花十顷稻,微风飐处水犹香。"读来令人唏嘘。

卫津河是连接天津大学、南开大学的重要水道。据载,该河开挖于 1890 年,是一条排泄城市沥水的河道,意为"护卫津城免遭水患"。从南京路至八里台段,历史上曾被称为海光寺外河、赤龙河等。1936 年 8 月 21 日,浙江出版的《东南日报》曾发表了一篇题为《八里台之夜》的文章,作者以现实主义的笔法,描绘了这位南开学子在卫津河划船时的所见所闻所感:"几次都耐着心踏上船板,吩咐舟子摇起桨来,在沉默中把船直往前摇过去,表面是比较轻松了,但是内心到底感到了沉重。"之所以感觉沉重,是因为"距离南大半里路之遥,有着一个又一个(日本侵略者的)军营,这地方倒给八里台一点紧张的氛围"。

新中国成立后，杨轶伦用诗意的语言，描绘了刚刚获得解放的劳动人民对卫津河的另外一番感受："卫津河上水粼粼，傍晚园林景色新。一叶扁舟游兴好，若非情侣即诗人。"

（原载 2020 年 9 月 30 日《中老年时报》"岁月"版）

"杏花村"与城南诗社

"杏花村"是一家酒楼的名字,其全称为"杏花村南饭庄",又名杏花村酒楼,位于天津旧法租界,创立于1928年前后,其大股东为前财政次长朱有济,经营者则为儒商张云华。

1940年9月14日《新天津画报》载吴子通所撰写的《谈杏花村》

据1930年2月11日出版的《北洋画报》载,杏花村"治南式菜点颇精,南人趋之"。然其定价之高,在津门则"举世殆无其匹。人尝谓'小食堂'价昂,抑不知杏花村物少而较贵。如'炒三冬加肉片'一小碟,索值及一元,狂欲噬人,弥足恐怖。其他精馔更可想见矣"。后来，这家小食馆进行了改建，并扩大了规模，形成了一家颇具影响的大酒楼。

1940 年 9 月 14 日《新天津画报》曾刊载一篇《谈杏花村》（作者吴子通）的短文，读此文，可知这家酒楼的大略情形。

1943 年 11 月 14 日《新天津画报》发表城南诗社在杏花村聚会消息

吴子通是天津城南诗社七位创建者之一，与严修、赵元礼等耆老友善。他于 20 世纪 40 年代初结识了杏花村主人张云华，并应其约请，与时任城南诗社社长王伯龙一起，将杏花村作为城南诗社长期活动的社址。

关于杏花村，吴子通描述道："画楼一角，位置于软红十丈间，市非远而适中，室甚雅而不大，盘飧则中西兼味，樽酒则新旧并醅，行人不必借问牧童，自然闻香下马。"张云华"性忱风雅，楼中遍悬

打油詩

杏花村即事有感

风光杏花村里，白玉霜，老辈愁好看。间如此霜少，尤物登场人看……

1940 年 2 月 24 日《新天津画报》载评剧名伶白
玉霜参加诗人雅集活动

诗家、书家、画家作品，满壁琳琅"。

　　1940 年 10 月 7 日，署名谦之的作者在《新天津画报》上发表了《记杏花村》一文，记述了作者在杏花村的所见所闻，其有关杏花村内外环境及内部设施的记述更为详细。作者写道：杏花村的门口有霓虹灯闪耀，远远地笑靥迎人，仿佛已带着几分酒意。那富丽堂皇的金匾大字"杏花村南饭庄"，则为报人、作家王伯龙所题写，"气魄浑厚，益为该村生色"。酒楼内部的设置井井有条。作者由堂倌带路，参观了二楼的布置。只见四壁悬满了名人字画，其中就有当代名家金息侯、章一山等人的墨宝，古色古香，颇为雅致。作者谦之先生随便点了几个菜，细加品尝，感觉的确不错。作者还描述了酒楼附近的环境，"推窗远眺，不觉扫兴。对面却是一家豆腐店，屹然对峙，两两相形，殊觉不称。然而一美一拙，一雅一俗，观之不禁令人绝倒"。

杏花村的菜品很有特色，最有名的是由王伯龙推荐的"玉斧龙须"这道招牌菜，其做法是：取胜芳鲜蟹（尖脐者）巨大双螯（去骨）四对，置过滤后的洁白鸡汤中，入水之二三分钟（勿令破碎），然后放入去尾且切成寸段的龙须菜，再入水四五分钟，略加绍酒和味之素半匙即成。将其贮入白色汤盘，其风味颇鲜美，可与莲叶羹之菊花锅这道名菜相媲美。杏花村的酒也同样很有特色。主人专门从山东兰陵购进了地道的兰陵酒，另备有竹叶青及绍兴黄酒。

1939 年夏季，天津城被大水淹没，城南诗社因此中断了活动。1940 年元宵节，经社长王伯龙倡议，城南诗社同人在杏花村酒家恢复了活动并举行宴集团拜。到会者计有章一山、丁佩瑜、马诗癯、马仲莹、陈葆生、王伯龙、吴子通、张聊公、陈子勋、石松亭 10 人。据 1940 年 3 月 6 日《新天津画报》发表的《杏花村重结城南诗社》一文载，团拜时，大家"即席商定恢复城南诗社和每周聚餐雅集，以杏花村酒楼作社集之地，依昔时蜀通饭庄原例行之，择于三月三日（星期日）上午十二时作庚辰年第一次公宴，分韵赋诗"。

张云华本为儒商，曾创办过一家舞厅。他与城南诗社许多文人有来往。1940 年 10 月 2 日，张聊公曾赋诗一首，以答谢张云华馈桃之谊。他在前序中写道："杏花村主人张云华兄，以肥城桃五只见贻，方拟觅句赋谢，忽见金息老（指金息侯）答谢主人馈桃七绝一首，吐属俊妙乃尔，自是身有仙骨，谨步其原韵，以谢主人，并呈息老。"诗云："杏村本不异桃源，多少渔翁坐满园。喜得桃源桃五只，从今我亦得仙根。"

城南诗社恢复活动，张云华非常高兴，他特意安排了"炸春卷""什锦馄饨""煮元宵""烫麦饺"等美食来招待贵客。为支持诗社下一步的活动，他还拟定了优待办法，"旨酒佳肴，收费极廉，盛意可佩"。

有趣的是，杏花村恢复活动当天，王伯龙曾戏出幽默联语征对。其上联为"元宵吃元宵，元宵宵夜"，张云华当即决定悬奖元宵一百枚，为最佳应征者之赠品。消息传出后，一时应征者十分踊跃，佳品迭出，堪称城南诗社的一段佳话。

（原载 2021 年 2 月 22 日《天津日报》"满庭芳"副刊）

春在楼雅集与胜芳螃蟹

春在楼酒家坐落于旧法租界天祥商场后身（今辽宁路上），楼主人叫杨荫农，世居胜芳镇（霸州市）。20 世纪三四十年代，这家酒楼以胜芳螃蟹招徕顾客，故在天津餐饮市场上十分火爆。

胜芳蟹是中华绒螯蟹的一种，以出产地域而得名，尤以"金爪玉脐"闻名于世。历史上，它曾与阳澄湖大闸蟹、大泽花津蟹齐名。胜芳镇地势低洼，大清河、中亭河等水道贯穿全境，三角淀、东淀两大洼淀之水，汇聚了上游冲积物中的营养成分，为胜芳螃蟹的繁育成长提供了优越的地理环境，这是胜芳螃蟹得以名扬海内的重要原因。

杨荫农夙谙家乡土产，每年凉秋将至，螃蟹初肥，他都要派专人赴胜芳选蟹来津，一时津沽老饕争相趋之，该楼亦从此以蟹闻名。楼主人同时深谙营销之道，经常借城南诗社诸耆老之力，在报纸上大打软性广告，一时间引来大批食客。

1941 年 8 月 27 日，杨荫农曾邀请吴子通、王伯龙、姚灵犀、张聊公、何怪石（春在楼旧主人）、刘仲威等名流，到春在楼品尝蟹宴。张聊公"连吃三只，饮白酒三杯，颇觉快意"。而吴子通"则吃四只，又继之以猪排等物。年已六十有七，而牙齿犹好，食量甚

1941 年 3 月 7 日《新天津画报》载吴子通
《春在楼赋》

宏。此翁矍铄，同座皆艳羡不置"。此前，大方（方地山）健在的时候，尝为春在楼食客，他每夕必扶杖独至，把酒持螯，兴酣之余，挥觞对客，豪情逸致。而今日大家再行聚会之时，大方已归道山，"主人犹指屋角一室曰，此大方先生常醉处也"。

晚宴结束后的次日，由王伯龙主持的《新天津画报》副刊，刊载了一篇由吴子通撰写的《螃蟹咏七律限阳韵》征诗启事，言"螃蟹又上市矣，不可无诗以咏之。因为拟题，广征佳制。此次不分名次，凡有佳咏，选定随即登报，并醉赠极大螃蟹，以助佳兴"。

启事发出去不久，应征作品纷至沓来。9 月 7 日，《新天津画报》发表教育家林修竹（字茂泉，有《澄怀阁诗集》存世）《和吴

1941 年 8 月 26 日《新天津画报》载
吴子通征诗文字

子通吟螃蟹诗步原韵》一诗，一时好评如潮。其诗云："佐餐疑带海霜凉（陆龟蒙诗'沫白还疑带海霜'），好伴橙香记最详（元好问蟹诗有'酒边遗汝伴橙香'）。斫雪含黄风味美，柔中刚外甲兵藏。两螯雅有东坡嗜（苏东坡诗'两螯斫雪劝加餐'。又杂志云：东坡嗜蟹，后有见饷者辄放之），百斛（《世说》毕吏部卓谓人云'得酒满数百斛船，左手持蟹螯，右手持酒杯足了一生矣'）还让吏部狂。正是菊天新酒熟，金膏玉髓喜观尝。"

又过了十天之后，《新天津画报》于 9 月 18 日又刊发了署名任巴的《螃蟹》一诗。诗云："横行并未祸人间，身死原因肉味鲜。不信胸中无脏腑，须知壳里有仙神（俗传蟹内有骨为仙人）。现形美女红颜醉（上海某年发现一'美人蟹'，蟹壳上有一美女，饮蟹以酒，

285

女颜即酡），部属虾兵铁甲寒（虾兵蟹将，孙悟空闹龙宫时曾一度出现）。切记秋凉莫出水，提防雅士就白干（白干即高粱酒，北人白字读平声）。"

无论是"柔中刚外甲兵藏"，还是"须知壳里有仙神"，胜芳螃蟹都被赋予了一种特殊的灵性，但再精明的螃蟹，哪怕是"美人蟹"，也难逃"就白干"的命运。

（原载 2021 年 5 月 26 日《中老年时报》"岁月"版）

重张后的大华饭店

一般读者只知道赵道生时期的大华饭店，而由王幼云接手后的大华饭店，却鲜有人知。

大华饭店开设于 1927 年 5 月，是当时天津非常著名的西式饭店。位于今和平区营口道（旧法租界十二号路）与和平路（旧法租界二十一号路）交叉口西南转角处德泰洋行楼上。今旧址尚存，原为二层小楼，楼顶设有屋顶花园。现为三层楼（第三层为后来续建）。

饭店为冯武越、赵道生合资创办。冯武越是《北洋画报》创始人，其妻赵绛雪是赵道生之妹，而赵道生又是赵四小姐之兄，亦为交际界名流，曾主持过著名的西湖饭店。借助二人的社会影响，大华饭店营业额一度列津门西餐厅之首。1936 年，冯武越逝世，大华饭店日渐消沉，遂让渡给儒商、律师王幼云。王氏将饭店迁至隔壁的寿德大楼（今和平路狗不理包子大饭店），并于 1940 年 10 月 10 日重新开业。

关于开业的消息，1940 年 10 月 9 日出版的《新天津画报》刊发了一则短消息。据称："本市法租界寿德大楼大华饭店，现经本市闻人集资改组，内容大加扩充，礼堂雅座均以新的布置，欢迎指导，准于明日双十节开幕云。""今兹重张以后，王（幼云）、吕诸君，亦系风雅中人，而又精于此道者。（王）伯龙兄于津门文坛，夙负盛誉，近又常作大华座上之佳宾。预料此后大华，又将为文酒流连之地矣。"值得注意的是，王伯龙是新闻界名流，并于当时接替管洛声担任城南诗社社长。可以想见，大华饭店将会成为城南诗社又一个重要的雅集之所。

大华饭店重新开业后，张聊公专门写了一篇小文，向读者推介大华饭店。这篇文章刊于 1940 年 10 月 30 日，题目是《大华小记》。按照张聊公的记述："前夕承伯龙兄招饮于此，颇觉其肴蔬之可口，而其盘碟于盛菜之前，均先行消毒，故抚之炙手可热。其对于清洁之特加注意，更可想见。"

这一年的圣诞节，大华饭店举办了交际舞会，邀请天津法商学院学生奏演广东音乐。董事长王幼云请来城南诗社社友到会助兴。其间，王幼云请城南诗社社友金息侯跳交谊舞。金息侯因年龄较大，故请张聊公代表他与名票近云馆主（杨味云之女杨慕兰）合舞。其他舞伴均相继而起。大华舞池相当宽敞，地板光可照人。饭店女招待向座客分赠纸帽和响器，一时欢声雷动，热闹非凡。

1941 年 5 月，丽都舞厅在大华饭店一楼大厅开业。据报载，该舞厅系由邱秉璋独资经营，由赵继永经理负责组织。开业不久，经理改由陈维廉接任。陈维廉一方面聘请了菲律宾琴师领班爱皮友氏，以吹奏欧美新曲为号召，另一方面又续邀大批港、沪等地第一流红舞星来津。丽都舞厅经常举办夜场茶舞大会，由 20 余位红星入场伴舞。

（原载 2021 年 7 月 21 日《今晚报》副刊"津沽"版）

吉祥饭店原是西餐厅

20世纪40年代，旧法租界劝业场周边，是豪华饭店相对集中的地方，如大华、致美斋、杏花村、明湖春等。这些饭店，位置都比较好，且门脸比较大，装修豪华，深为上流社会所欢迎。

1941年春季，继大华饭店重新开业不久，又一家豪华西餐厅——吉祥饭店正式开业。该饭店位于旧法租界二十五号路（今滨江道）的繁华地段，由天津著名八大家之一的卞家投资经营。该饭店所备西餐，系纯粹的俄罗斯风味，厨师多来自哈尔滨。这些俄罗斯籍的厨师，都是精于此道的名家。

饭店开业后不久，文化界、文艺界及新闻界名人曾在此进行过一次雅集。据张聊公发表在1941年7月24日《新天津画报》上的《吉祥谈荟》一文载，驰名津沽的吉祥饭店开业已达数月之久，作者总想体验一下，但一直未能如愿。7月20日晚，饭店的东家卞君，通过艺人、相声名家侯一尘的介绍，邀请作者等人前来小聚。当晚，应邀参加宴会的还有城南诗社的社友金息侯、吴子通、王伯龙、姚灵犀，以及小说家戴愚庵、李燃犀等名流。著名女伶、四大坤旦之一的金又琴，"亦翩然莅止"。

对于众位嘉宾的到来，主人卞经理自是殷勤招待，态度十分诚恳。另一位俄罗斯籍经理吉先生还即席致辞。他在致辞中，简单介绍了所备西餐的特点，并"深盼座上诸公，不吝指导"。大家先是品尝了冷热小菜，继以羹汤、牛肉、水果类食品。菜品既精致又雅洁，且十分丰盛，举座为之惊叹。宴会上，还安排了啤酒及俄国白酒。卞经理、吉经理非常好客，与客人竞相对饮。其中姚灵犀、李燃犀等两位"犀"君，"均称大户，屡与干杯，饮量甚豪，大有'犀'利无前之概"。

宴会行将结束时，每位参加宴会的人，又得到一份美味冰激凌。该冰激凌系饭店自制，且"纯以核桃粉伴牛奶制成，绝不掺水。尤觉甘美可口"。

据载，卞经理除经营吉祥饭店之外，还拥有一家天津人自己开办的人力三轮车厂。据参加宴会的李燃犀介绍，天津市场上所谓的人力三轮车，起初系从日本传入。刚进天津时，人皆称之为"东洋车"。著名的"丁大少爷"，是天津乘坐人力车之第一人。嗣以庚子祸乱，讳言"洋"字，曾一度改称为"太平车"。那个时候人力车的车轮都是铁制，后来才改为胶皮，遂又被称作"胶皮车"。另据卞经理介绍，人力三轮车很适合出租，故在北京颇为畅销，他经营的人力三轮车上市以来已累计售出 3000 辆。天津目前也已售出数十辆，估计年内全市销售量可达 200 辆。

1941 年 7 月 24 日《新天津画报》刊载吉祥饭店情况

吉祥饭店配有一本意见簿，供顾客留言之用。新闻界之名人，如沙大风、王喆夫、潘侠风、崔笑我、刘炎臣等，均在留言簿上留下墨宝，且均系对饭店的好评，"足见美味固有同嗜"。当天晚上，主人卞经理又特备宣纸一大张，供金息侯暨同座诸公依次题字。其中，王伯龙的题联最为有趣。其联云："吉祥店吃吉祥饭，快活人谈快活天。"

（原载2021年12月28日《中老年时报》"岁月"版）

城南诗社社友如何随礼

活跃时期的城南诗社,除正常的每周或每半月组织一次雅集外,还经常为社友中年长者举办寿诞庆祝活动。而这种公祝活动,自然也涉及随礼问题。那么,文人之间又是如何随礼的呢?

一般来说,城南诗社文人之间,仍循着"君子之交淡如水""秀才人情纸半张"的理念。尤其是一些大家,如方地山、章一山、高凌雯、赵元礼、吴子通、王伯龙等,他们参加寿诞活动,基本上是提前作一幅书法或绘画作品作为贺礼,即可交差。而大多数社友,则与普通人的交往一样,也免不了世俗的一面,除作贺诗外,还要缴纳"份子钱"。笔者在 1940 年 12 月 31 日出版的《新天津画报》上,看到了一则署名非诗人(即王寰如)撰写的"城南消息"。据这则消息称,夏历十二月初十日,为高彤皆(凌雯)先生八十大庆,社友除作寿诗贺寿外,另商定公祝办法:分福(六元)、禄(四元)、寿(三元)份金三种,社友们可自行酌情缴纳,由孙正苏代收汇转。孙氏为职业律师,热心诗社公益。故大家缴纳的份子钱,统一由其收齐后再转汇主人。制定"份子钱"的标准,并冠以福、禄、寿等名号,这又是文人交往区别于普通人的地方。

除送"份子钱"外,还有一种馈赠礼,更为高大上。笔者在

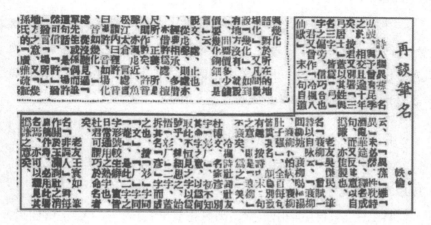

1943 年 3 月 29 日《新天津画报》载天津诗人笔名

1940 年 12 月 5 日的《新天津画报》上，看到了一则有关章一山寿诞的消息。据该消息载，今日为章一山太史八十大庆，本市文艺界纷纷献诗，盛极一时。章太史拟定今晚 2 时假法租界登瀛楼南号宴客。各吟坛公送大鼓、杂耍等，以资庆贺，而娱来宾。并闻小说家孟画如诸君，另外亦约鼓界副座张翠兰临时参加助兴。又各吟坛同人，并定 11 月 11 日下午 6 时假永安饭店补行公祝，公送舞会。请帖均已发出，封面姓名、住址，均为金息老（金息侯）亲笔书写，辛苦殊甚，对于老友之热心，诚堪钦佩也。

文中所言"各吟坛"，当指城南诗社、冷枫诗社、不易诗社、玉澜词社等比较有影响的诗词社团。这些团体之间多有交集，很多人同时为上述诗社的一分子。而且，章一山、高凌雯、李琴湘等人，还被很多诗词社聘为导师，所以，当导师寿诞之日，各团体"随份子"实属正常。只是，团体赠送的礼品，较之个人送贺诗、送礼金自然有所不同。组织大鼓、杂耍、戏曲、舞会专场，相比之下，可谓高大上。

当然，除团体公祝外，个人送贺诗也是常例。章一山寿诞日，城南诗社社长、名士王伯龙，曾送祝寿诗七律一首。其诗曰：

神仙漫道地行难，真作灵光鲁殿看。洛社风流延胜赏，玉堂清秘想高寒。重游泮水尊人瑞（去年举行重游泮水典礼，极隆重），两扈鸾仪侍御餐（民国二十年辛未，两次侍宴张园，时论荣之，称异数焉），预祝期颐添鹤算，天留此老主文坛。

报人、名士张聊公作贺诗四首。

其一："孤標一介峙津门，大耆初登道益尊。寿世文章千万卷，庞眉皓首照乾坤。"

其二："一自声华出玉堂，高风亮节早名扬。耆英会上留佳话，独抱冬心御墨香（老人七十寿日，曾拜御书'独抱冬心'匾额之赐，有诗记之）。"

其三："巍然一表大宗师，名士风流太传诗。最喜征歌腰脚健，心情恰似少年时。"

其四："天留此老挽颓风，三杰当年誉望隆。今日城南开寿宴，三千珠履一仙翁。（老人任京师大学堂文科提调时，与富阳夏涤庵、湘阴郭复初，皆崇尚气节，尊重经术，有大学三杰之誉，近年主持天津城南诗社，亦臻一时人文之盛）"

注重随礼的文化内涵，这是文人交往区别于普通人的地方。这也是文人雅集活动能够永留青史的重要原因。

（原载 2021 年 3 月 25 日《中老年时报》"岁月"版）

城南诗社雅集实行 AA 制

天津城南诗社成立于 1921 年，是民国时期规模最大、活动时间最长的诗词团体。高洪钧的《天津城南诗社成员一览》，核定出城南诗社历年入会社员为 150 人。那么，这么大的一个社团，他们的活动费用从何而来呢？

据吴子通《天津城南诗社源流》一文（刊于 1939 年 11 月 23 日《新天津画报》）载，因吴子通参加存社的征文活动，且文章内容旁征博引、观点独到，故引起严修的注意。当得知吴子通与其弟严台孙是北宁铁路局同事后，严修便欣然于 1921 年 3 月 25 日在他的蟫香馆设宴款待。参加宴会的，除吴子通外，尚有冯俊甫、王仁安、赵元礼、李琴湘、刘竺生、赵生甫、林墨青、严台孙等诸诗家。吴子通"当以诗致谢，在座者亦皆有和作"。其中王仁安和诗中有"却恨相逢已太迟"之句，表达了对吴子通相见恨晚的一种情绪。此为城南诗社之发轫。

一个星期之后的 4 月 1 日，赵元礼、王仁安、李琴湘、冯俊甫四公，又假蟫香馆宴请吴子通。吴子通在雅集时又以和诗致谢，但因一时疏忽，而"忘寄琴湘一人"，这种"忘寄"实属无意。而严修笑对吴子通言："当罚。"吴子通则报以一笑，并点头称是。不久之后，吴子通践诺前言，在位于南市的"江南第一楼"回请诸公，以自罚其"忘寄"之过。继此三次雅集之后，诸友人亦轮流做东，"诗酒流连，几无虚日"。

但严修觉得，"每人作东，颇觉靡费，不如改为公醵（即今言之AA制），仍于每星期一集，乃假江南第一楼为会址，此诗社取名'城南'之缘（原）因也"。

鲁人在《十年来之城南诗社》（原载 1936 年 7 月 7 日《北洋画报》）一文中也曾提到过雅集费用问题。该文道，初诗社雅集为每两个星期（15 天）一次。辛未（1931 年）以后，则改为每星期（7天）一次（与吴子通有关集期说法有出入）。时间一般选择在正午，"人各醵资一元"，餐后节余，则以 1 元或 2 元整数交给天津广智馆，以作为年终"赈济文贫"之用。每年夏历（旧历）岁首，社员合摄一影，留为纪念。

上述记载表明，城南诗社的雅集活动，实行的是我们今天所说的"AA 制"，意即由大家凑钱喝酒，费用则由每位参与者平均分摊，餐后有节余的话，则捐献给天津广智馆，以作为资助、慰问贫寒文人的费用。

"AA 制"这一传统一直沿袭下来。笔者在 1941 年 8 月 20 日出版的《新天津画报》上便找到了一条证据。据该报载，城南诗社于17 日午刻，假致美斋饭庄举行例会。参加雅集的有李琴湘、郭芸夫、陈子勋、黄洁尘、姚品侯、王叔扬、张聊公、张异苏、王禹人、曾公赞、孙正苏、石松亭、张梯青等 13 人。诗社耆老章一山来函，"以患牙疾，不能出门"，但却"送来酒资 3 元"。20 世纪 30 年代，每次雅集时个人分摊的费用为 1 元，而到了 40 年代初，则增加到了3 元，费用着实增加不少，但"AA 制"并没有改变。

虽然城南诗社雅集实行的是"AA 制"，但诗社主持者往往要付出更多的代价。城南诗社起初是由严修主持的，他经常在其蟫香馆举办雅集，费用由他一人支付。因为严修社会活动太多，且因身体欠佳，故社长一职于 1925 年让渡于另一位德高望重的诗家李琴湘。自 1925 年到 1936 年，李琴湘作为社长，连续 12 年承办城南诗社重阳雅集。活动地点除 1935、1936 两年改在水西庄旧址外，前 10 次的活动均在李琴湘的"择庐"寓所（旧英租界五十九号路四维里十四号，今沙市道），并依例由李琴湘"备酒"支持。对此，李琴湘的《丙子水西庄作重九来宾极盛分韵得年字》一诗有明确的记载。这首诗刊于 1936 年 11 月 5 日第 9 期《语美画刊》上。除正文外，作者还在诗文内作了一些注释，为我们了解这一历史细节提供了史料。原诗如次：

择庐十载作重九，移会"查园"又二年。有酒有花循社例（嵩若送花余备酒，前例也），无风无雨肃霜天（今日为霜降节，天气晴和）。郑公置驿人斯盛（许佩黄赠莲坡句"置驿郑南阳"。嵩若备车送迎，郑公风也。去年到会者廿四人，今为三十四人），滕王催诗期不愆（余即日赶程而至）。此日此身及行乐（陈后山《九日》诗："此身此日更须忙"），来朝一别复南旋（余来日视学去矣）。

"嵩若送花余备酒，前例也。"李琴湘为雅集"备酒"，显然已成为一个惯例。我理解，所谓"备酒"，其实就是由其全额出资宴请社友，而并非仅仅预备几瓶酒的意思。

继李琴湘之后，管洛声于 1937 年开始接任城南诗社社长一职（一直至 1939 年去世）。管洛声原籍江苏武进，晚清时曾在北洋新军任职，1905 年奉调担任海城知县，数年之后升任奉天知府。20 世纪 20 年代管洛声退隐津沽，并在城南八里台修建"管园"（即新农园，又称观稼园）。管园位于今八里台与吴家窑之间的津河南岸。"结庐南郭南，只有书堪读"，是他在天津退隐生活的写照。由于受到毗邻的"罗园"主人罗开榜的影响，管洛声同样喜欢艺菊。他从日本引进了籽粒种植法和人工授粉技术，从而使管园成了天津的菊花博览会。每至秋季，他便邀请城南诗社诗友到管园一起观菊、赏菊、吟菊，并出资宴请各位同人。另外，除管园外，他还有一处被称为"管城"的"金石书画社"，该处一共有 3 间房屋，坐落于海大道旁（旧德租界），经常来这里的多为城南诗社"失国鲁诸生"（文人学士），除把酒赋诗外，金石书画亦为诗人们的重要活动形式。

1939 年，管洛声去世后，主持《新天津画报》副刊及《立言画刊》"天津专页"笔政的王伯龙接替了城南诗社社长一职。自 1939 年至 1946 年，这一阶段是城南诗社的中兴时期，由于王伯龙善于交际，所以城南诗社的雅集活动更趋频繁。王伯龙还经常利用他的影响力，动员各饭庄主人给予支持。如致美斋、杏花村、春在楼、大华饭店等，其主人均为社会贤达，对城南诗社活动多有支持，或免或减，诚意十足。其中杏花村南饭庄主人张云华，还专门制定了优待城南诗社的办法。当然，这些饭店的主人也获得了丰厚的回馈，很多饭庄通过城南诗社活动，形成了一定的社会影响，一时顾客盈门。有的还通过悬挂名人手迹，增加了社会知名度。在这方面，春在楼即是一例。

据 1941 年 5 月 5 日吴子通的《大方联》一文（刊于《新天津画报》）载："本市法租界天祥后门春在楼饭庄，昔为先生（指方地山）沽饮之地，壁间悬先生一联云：'到此惜余春，万事模糊惟有酒；偶来观自在，几回顾盼怕登楼'。中嵌'春在酒楼'四字，语妙自然，深切有味。'惜余春'对'观自在'，皆成语。而'怕登楼'三字，尤寓仲宣（即建安七子之一的王粲，其字为仲宣）不遇之感。才子之笔也。该楼近因粉刷墙壁，余询此联何往，据云，从新装裱，俟新岁再行悬挂，可谓珍惜名家墨迹矣。"

　　春在楼酒家是一家著名的老字号，位于旧法租界二十五号路（今辽宁路）天祥商场后身。系由著名报人、戏剧评论家何怪石创办于 1918 年。后于 20 世纪 30 年代让渡于杨荫农，由于装饰典雅，加之时有城南诗社文人过往，故其营业状况一直兴盛不衰。

瀛洲食堂与城南诗社

瀛洲食堂（酒楼）创办于 1941 年 4 月，位于日租界与旧法租界交界处的秋山街（今锦州道）南侧，与奇香居饭店毗邻，由山东人方滨珊、黄继光等人集资创办。

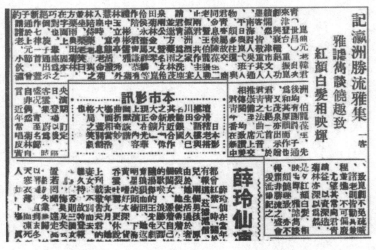

1942 年 3 月 22 日《新天津画报》刊载瀛洲食堂雅集盛况

从外表看上去，该酒楼的店面并不大，但其内部却很宽敞。诗人吴子通曾代征书画，故大厅四壁及雅间等多悬名流佳作。此外，食堂设施很完备，且干净整洁。所聘厨师亦系山东人，该厨师曾长期在"北安利"饭店掌厨，精于粤菜烹制，其所烹制的菜品、水果等，集南北特色为一身，兼具鲁菜、粤菜之长，顾客无不啧啧叹赏。城南诗社的丁佩瑜老先生，是一位美食家，丰泽园、致美斋诸大饭庄的菜肴，均经其"为之调度"，而他对瀛洲食堂之美味，亦复赞不绝口。

20世纪40年代初，城南诗社多次借瀛洲食堂举行例会。张聊公曾在1941年6月15日的《新天津画报》上发表了一篇他的随笔，题目是《瀛洲雅集记》。据载，6月11日晚上，为城南诗社"襄助"一切的吴子通，邀请城南诗社诸社友在瀛洲食堂雅集。参加活动的，有章一山、金息侯、丁佩瑜、金浚宣、王伯龙、姚灵犀、吴云心等，另邀请京剧名家金又琴出席。"裙屐联翩，蔚为胜会。"章一山、金息侯二老，因年龄原因，每次参加集会，进食都很少，而这天晚上，则大嚼特嚼。席间，酒酣耳热，气氛热烈。"目言此夕小聚，实为平生一快事。"吴子通还将瀛洲食堂之创办人方、黄两人向社友们作了介绍，二人殷勤劝酒，备见诚恳。旋取出宣纸，乞请诸老挥洒金墨，以增光彩。吴子通即席赋诗一绝，以见诚意。其诗云："借人杯酒浇愁垒，客里欢联旧雨亲。百劫余生太萧瑟，江湖白发老吟身。"章一山、金息侯诸先生亦均有和作。

聚会的翌日，金息侯赠嵌字联一副。上联为："瀛洲早饮长春酒"，下联对："食客同登大雅堂"。姚灵犀这次赠一副对联。上联云："十八登临皆学士"，下联对："三千跄济为春申"。上述两联，用典贴切，实属佳制。吴子通亦拟嵌字联两副。

其一云：

重瀛风浪，大浸稽天。懒看一局残棋，绮席金尊联旧雨；
五洲梯航，咸萃斯地。落拓卅年羁客，青衫白发惜余春。

其二云：

世事几沧桑，叹频年天步多艰，远未游万里瀛寰，近未访百花洲渚；

客怀寄觞咏，溯前辈风流余绪，口欲饫仓山食谱，足欲登绿野堂除。

张聊公以嵌"瀛洲"二字颇难，改赠山水画轴一幅。他"仿荆关笔法，颇觉超妙。初不料聊公精于六法至此也"。

1942 年 3 月，昆曲名家、城南诗社社友韩君青（世昌）由北平来津演出。城南诗社系重其为人，吴子通平日里与昆曲、京剧界颇多往还，并与君青亦属故交。故商请金息侯、陈葆生二老，及王伯龙、张聊止两君，共作主人，假瀛洲食堂宴请君青，为之接风洗尘。参加雅集活动的，还有方药雨、林茂泉两公。另邀请戏曲界田菊林、金又琴、侯永奎、马祥麟等艺人作陪。署名一客的作者，于 3 月 22 日的《新天津画报》上，发表了《记瀛洲胜流雅集》的随笔，披露了宴会的盛况。据载，韩君青谦恭有礼，彬彬儒雅，而田菊林则玉立亭亭，秀外慧中，意态活泼。入座时，金息侯请女伶田菊林坐在方药雨旁边，并陪方先生说话。方药雨开玩笑说："'方药雨'与'田菊林'在字面上，固亦一巧对也。"大家听后"皆为之绝倒"。紧接着，吴子通出示了他新作的一首七律。这是一首和作，此前于上元节，吴子通曾约请诸老先生小饮于瀛洲食堂，王伯龙、陈葆生等均有谢诗，故吴子通为和其原韵而作。此外，林茂泉亦出示赠君青的一首七绝，于君青之艺术成就推崇备至。席上大家交相传阅，均致赞美。"是夕红颜白发，相映生辉，雅谑隽谈，颇饶趣致。"

1942 年 7 月 5 日中午，城南诗社举行例会，原定地点设在致美斋，因该饭庄当天是周日，饭店已被人预订包桌，故临时改在了瀛洲食堂。是日，天气酷热。参加例会的，有李琴湘、黄洁尘、王占侯、孙正荪、张梯青、王禹人、张聊公等人。例会前，章一山曾向李琴湘请假，谓天气太热，加以道远，未能莅止。宴会所备之菜品颇佳，李琴湘等诸老，均啧啧称叹。大家希望下届的例会，仍借该酒楼举行。按，城南诗社雅集，本系每月举行一次，考虑到值此盛暑，诸耆老因多畏热不出，故决定暂停一次，待七夕时当再邀集。餐后，由李琴湘出题征诗，诗题为"纳凉杂咏"，不限体韵。又出题征诗钟，诗题为"纳""凉"二唱。

1942 年 7 月 10 日《新天津画报》载瀛洲食堂雅集消息

致美斋与众社雅集

致美斋是天津的一家老字号饭庄，坐落在旧法租界一带。其创办人为山东人迟星三。笔者在 1931 年 3 月 17 日出版的《新天津报》上，看到一则《致美斋昨晚小火》的短新闻，内称："昨（十六）晚十时，日法交界秋山街，与二十九号之交叉处，致美斋饭馆后院忽然起火，消防队赶到，旋即扑灭，未致酿成大患云。"秋山街即今锦州道，二十九号路则指今山东路。

1940 年 7 月 28 日《东亚晨报》载冷枫诗社雅集活动

1940 年 7 月 28 日，天津出版的《东亚晨报》载《冷枫诗社昨在致美斋雅集 李琴湘先生到社讲诗》一文，据该文载："本市冷枫诗社，自租界封锁后，即在华界燕春坊举行，开锁以来，同人异常欢欣，本月雅集，柬约在法租界三十一号路致美斋宴会。"法租界三十一号路，即今河北路。

笔者在《1948年度交通部天津电信局平津区铁路局电话号簿》里，查到了名为"致美斋宝记饭庄"的信息，其登记的地址为"一区河北路"（即嘉乐里一号址），与今山东路距离很近。由此可见，致美斋饭庄地址曾有过一次小的变化。

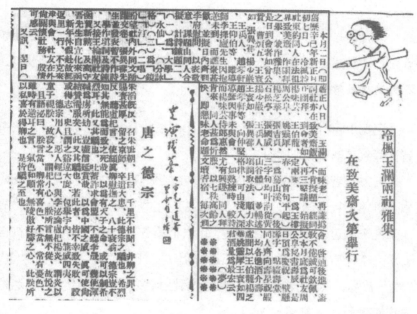

1941年2月7日《新天津画报》刊载冷枫诗社和玉澜词社在致美斋活动的消息

20世纪40年代初，因其坐落于旧法租界，加之当时的文人雅士大部分居住在旧英租界一带，所以诗人们在这里活动相对比较安全，故致美斋一度为城南诗社活动的根据地。

据1940年9月2日《新天津画报》发表的由张聊公撰写的《城南重叙》一文载：

庚辰七月初一日，城南诗社同人集于"致美斋"。时值阴雨，到者甚众。盖自租界解禁以来，华界与租界两地的社友至此乃得以合流。是日，由章一山、李择庐（琴湘）二老主持征诗活动。章一山当即以"城南重叙"命题，由社友分韵赋诗。张聊公分韵为"街"字。

其诗作如次：

难得诗坛二老偕，诸公着意与安排。无分泾渭终当合，略具杯盘便已佳。座上春风传好句，庭前新雨洗长街。当年耆旧今余几，莫负清樽且放怀。

另据 1940 年 10 月 14 日《新天津画报》载，重阳节当日，城南诗社假致美斋雅集。

社友、著名学者姚品侯先生特制花糕分饷社友，以为雅集点缀。本次雅集诗钟命题为，"重""阳"三唱。李择庐当即成联云："笔谈阳九宋洪迈，诗咏重三张悦之"。自谓第五字拗口，并非严格符合要求。李择庐亦将上次诗钟作品呈给社友。上次的诗钟课题为"之""烂"首唱，其所作诗钟云："之驴后注何多智（诸葛恪事），烂蛤先焦实大愚（《梦溪笔谈》）。"

李择庐即席赋诗。诗的题目是《庚辰重九作会于致美斋座中三十六人限覃韵率成一律》。诗云："重阳高会数城南，重叙城南兴倍酣。北海座中人六六，东坡诗作倡三三。岂辞菊酒身多病，特制花糕分外甘（品侯制）。今日避灾成故事，来朝庆会岂空谈。"

1941 年 4 月 3 日《新天津画报》刊发了城南诗社假致美斋举行修禊活动的消息。据该报载，清朝遗老金息侯即兴作诗。题目是《上巳城南诗社禊饮致美斋》，其诗云："不信新来三月三，春风吹不到城南。西沽桃柳墙河草，不见春光老不甘。"另作《禊饮分韵得暮字》："我最受春花暮，春风又几度。春禊酌春花，永祝留春住。"有趣的是，名伶金又琴会上亦作和诗一首，题目是《禊饮病未到息老代拈得细字》："一病惊春游，不觉叹腰细。何处洗愁肠，春风好同禊。"张聊公作《上巳日城南诗社禊饮致美斋分韵得肌字》，诗云："春风如剪尚侵肌，劫后江乡系我思。欲被悲辛拼一醉，城南高会许攀追。"

值得注意的是，致美斋一度曾被确定为城南诗社活动的会址。1943年6月9日，《新天津画报》刊载了王寰如撰写的《城南诗社即举行雅集》的短讯。据该短讯称，鉴于城南诗社长时间未举行雅集，日前该社中坚人物孙正苏君，曾于致美斋宴请社友，共商夏季诗社活动办法，以避免诗社长此停顿。参加宴请的社友计有李琴湘、王吟笙、胡峻门、吴子通、李一庵、丁佩渔（瑜）诸老。"金意仍当定期举行例会，地点仍以致美斋为适宜。现该社已决将于旧历五月上旬，仍假致美斋宴集，届时裙屐风流，自筹胜概，特先预志，以告同人。"

1944年2月27日的《新天津报》刊载了张聊公撰写的《城南诗社将于上巳修禊》的消息。据该报载：城南诗社于新正十三日，曾在致美斋邀集春宴，到者甚众，颇臻盛况。惟有少数社友，事先未接通知（当系邮误）不及参加，颇为美中不足。闻该社中坚分子李琴湘、孙正苏、王禹人等，以旧历三月初三日，为上巳修禊之期，拟于该日举行本年第二次雅集，其地点即假马厂道静园章一老寓斋，因一老今年已八十有四，精神固强健如常，以其春秋已高，不欲劳其步履，故特移樽就教，籍可畅叙。一老对此举，亦欣然允诺。"预料届时裙屐纷纶，敲诗觅句，必另有一番胜概也。"

从以上披露的资料来看，致美斋最早是作为城南诗社普通雅集的地点，1943年则被用作永久活动的会址。致美斋与城南诗社结缘六七年，在天津文化中书写了重要的一笔。

主要参考文献

1. 李颂臣等辑：《李子香先生七十寿言录》，天津华新印制局1918 年版

2. 梅成栋撰：《吟斋笔存》，"屏庐丛刻" 1923 年版

3. 胡树屏著：《小隐诗草》，1923 年自印本

4. 张玉裁著：《一沤阁诗存》，1925 年自印本

5. 王守恂著：《仁安续笔记》，1926 年自印本

6. 徐石雪著：《石雪斋诗稿》，1926 年自印本

7. 韩荫桢著：《冬青馆诗存》，1929 年自印本

8. 张玉裁著：《一沤阁诗存》，1931 年自印本

9. 国风社编纂：《采风录》，天津大公报印刷所1932 年版

10. 严修著：《严范孙先生古近体诗存稿》，天津协成印刷局1933 年版

11. 赵元礼著：《藏斋随笔》，1934 年自印本

12. 赵元礼著：《藏斋二笔》，1935 年自印本

13. 周学熙著：《止庵诗存》，1935 年自印本

14. 陈诵洛编：《杨昀谷先生遗诗》，1935 年自印本

15. 曹彬孙著：《寄傲轩诗稿》，1937 年自印本

16. 张轮远著：《万石斋灵岩大理石谱》，天津大公报馆工厂

1937 年版

17. 赵元礼著：《藏斋诗话（卷上）》，1937 年自印本

18. 赵元礼著：《重阳诗史》，1938 年自印本

19. 赵幼梅编：《赵幼梅先生七秩寿言》，1938 年自印本

20. 赵元礼编：《戊寅重九分韵诗存》，1939 年自印本

21. 任孝庭著：《九一老人闲文类编》，1941 年自印本

22. 华硕卿著：《一笑诗草》，1941 年自印本

23. 华世奎著：《思谙诗集》，1943 年自印本

24. 赵炳如编：《赵幼梅先生哀挽录》，1943 年自印本

25. 刘芸生著：《粹庐诗钞》，1943 年 9 月自印本

26. 王祖聪编：《杨味云先生八秩寿言丛录》，1949 年自印本

27. 杨轶伦著：《自怡悦斋诗稿》，1957 年油印本

28. 《北洋画报》，书目文献出版社 1985 年影印本

29. 姜亚沙等主编：《民国画报汇编（天津卷）》，全国图书馆文献缩微复制中心 2007 年版

30. 孙诵洛著：《陈诵洛集》，广陵书社 2011 年版

31. 杜鱼整理：《城南诗社集》，《天津记忆》丛刊 2011 年版

32. 杜鱼整理：《剑庐诗存》，问津书院《问津》丛刊 2014 年版

33. 杜鱼整理：《蟫香馆别记》，问津书院《问津》丛刊 2016 年版

34. 王猩酋著：《雨花石子记》，南京出版社 2018 年版

35. 侯福志整理：《桑梓纪闻（增补本）》，天津古籍出版社 2020 年版

36. 侯福志整理：《津沽诗集六种》，天津古籍出版社 2021 年版

后 记

2022 年 10 月，中国文史出版社将《老天津的诗社与诗人》一书列入出版计划，这令本书作者十分感动。

我们从事天津诗社与诗人研究都有很长的历史了。在这个过程中，主要做了以下几件事。一是收集民国时期的诗词文献及诗坛人物著述。二是搜集民国时期全国各地，尤其是天津本地报刊上有关诗坛活动的信息。三是对诗词家的后人、近亲属或知情者进行采访。四是边收集、边整理、边研究，并陆续撰写了二百余篇研究论文及学术短文。

去年，我们利用业余时间，对各类文献和调查成果进行分类整理，并在先前工作的基础上，又撰写数十篇研究文章。以上工作，使我们对天津诗坛有了较为系统的认识，而且也为本书稿的最后完成奠定了基础。

在整理、撰写书稿的过程中，我们非常荣幸地得到了著名作家、文化部原部长、中国作家协会名誉副主席、"人民艺术家"王蒙先生的大力支持。他在繁忙的工作之余撰写了"卷首寄语"，为本书增色不少。著名红学家、学者，中国红楼梦学会副会长、天津市红楼梦研究会会长赵建忠教授，亦在紧张的工作之余，挤出宝贵时间为本书作序，同样给本书增添了亮色。感谢两位先生对我们的支持和肯定。寄语及序文中的每个字，都是对我们的莫大鼓励和鞭策。借此机会，特向王蒙、赵建忠二位先生表示诚挚的谢意！

天津问津书院理事长、天津师范大学博士生导师王振良教授，对作者的诗词史研究一直给予肯定和大力支持。由作者整理点校的《津沽诗集六种》《一沤阁诗存》等民国文献，分别被纳入"问津文库""问津丛刊"给予资助出版。愿借此机会，向王振良先生表示真诚的敬意。

本书所收录的不少成果，先前都是以单篇文章的形式发表在《天津日报》《今晚报》《中老年时报》《天津史志》等报刊上，在这个过程中，曾得到了很多位编辑老师的大力支持。在本书即将付梓之际，特对各位编辑老师的前期付出表示衷心的感谢！

本书在撰写过程中，曾参阅了大量的历史文献。在行文中，基本都注明了引文出处及作者姓名。另外，作者在书后还注明了参阅文献目录，以体现对著作人的尊重。由于作者水平有限，书中错讹、遗漏之处在所难免，敬请专家学者和广大读者批评指正。

侯福志

2022 年 12 月 6 日